新潮文庫

俺　俺

星野智幸著

新潮社版

9678

目次

俺俺

第一章　詐欺《さぎ》

携帯電話を盗んだのは、あくまでもその場のなりゆきだった。盗んで何をするというつもりもなかった。たんに、マクドナルドのカウンター席で俺の左側にいた男が、うっかり俺のトレーに自分の携帯を置いただけのことだ。俺がトレーをあまりに左に押しやっていたので、そいつは自分のトレーと勘違いしたのだろう。俺は席を立とうとするまでその紺色の携帯に気づかず、トレーを持ち上げたときに初めて見つけた。

ウォークマンを耳からはずして、俺は左を見た。俺と同年代の、スーツ姿のあまりイケていない男だった。そいつは俺に背を向ける格好で、さらに左に座っている後輩らしき二人にまくし立てている。

「だから俺はエコバッグなんて使わないよ。あれを仕掛けたやつは偉いと思うんだよ。でも、振り回されてエコバッグ、やたらと買ったりもらったりしてるやつは駄目だと思うわけ。おまえのそれみたいにさ」と、そいつは一人の足もとを指さす。「俺ら営業の人間はさ、振り回す側だから、自分が振り回されたらアウトなんだよ。わかってる？　それが営業の極意。だから、例えばエコバッグならエコバッグをもっともっとほしいと思わせるように持ってくわけ。そんなのほんとはエコじゃないよね。余るほどエコバッグ出回ったら、ゴミになるだけでさ。本物のエコってさ、極端な話、うんこ食えば究極のエコってことになるだろ。そういう虫とかいるし。でもさ、フンコロガシだか何だか知らないけどさ、うんこ食べる虫のうんこって、何？　そう思わない？　てか、うんこ我慢してんのって気持ちよくね？　俺、ときどきやるんだよね。わりとぎりぎりまで。エコだし」

　俺はそいつの携帯を載せたまま、トレーを持って立ち去った。

　木曜日の昼飯時、俺は朝昼兼用の食事をマックでとったところだった。家電量販店「メガトン」で働く俺は、月曜と木曜が休日なのだ。

　マックを出てから、日吉《ひよし》駅ビル三階にある「天一書房」でカメラ雑誌を長々と立ち読みし、駅前通りのコンビニで夕食の弁当を買い、二十分ほど歩いてアパートに帰り着いてポケットの中身をこたつの上にあけたとき、俺は携帯を盗んだことを思い出した。あっちゃー、何でこんなつまらないもの持ってきちまったんだ、めんどくせえ、と後悔した。捨てちまおうとつぶやきながら、何気なく最新のメールをのぞいてみる。

「ＯＫ。じゃあ、基本、一人５０００円ってことで。あとは各自の事情で、多くても少なくても可。で、俺か大樹が立て替えて、お見舞いのときに渡すってことで。口座はあとでまた連絡します」

受信メールや送信メールを遡《さかのぼ》ってたどってみたところ、学生時代の友だちが飲酒運転で衝突事故を起こし、乗せていた婚約者に重傷を負わせ、保険ではとても足りないため、それなりの金が必要になり、みんなでカンパをしてその友だちを助けてやろう、という話だった。

捨てる前にいたずらぐらいしてやらないとこの携帯も浮かばれまいと思い、俺は返信メールとして、「そっちで立て替えといて。よろしく。いま俺うんこ我慢中。すっげー気持ちいい」と打ってみたが、ばかばかしくなって送信するのはやめた。

やっぱり捨てよう、と折りたたんだとたん、携帯が震え始めた。表示を見ると、「母」と出ている。メールではなく、電話がかかってきているようだ。むろん俺は出ない。震えが収まってから履歴を確認する。留守電が吹き込まれていたので、メッセージを聞いた。

「あ、だいちゃん？　お母さんです。高校からクラス会のハガキが来ています。必要なら転送するけど、たまにはうちに来なさいな。この留守電、聞いたら、ちゃんと折り返し電話ちょうだいね」

俺はまず、クラス会のハガキごときでいちいち帰れと要求してくる母親を持った「大樹」に同情した。「大樹」も過保護に過干渉に甘やかされて育ったせいで、いまだに「うんこ我慢」が好きなのかもしれない。いやいや、ハガキはたんなる口実で、「母」はよほど「大樹」からの連絡に飢えているのだ、それほど「大樹」が親につれないのかもしれないと考え直し、よし、うんこメールを「母」に送ってやるか、とアドレス帳の「家族」フォルダを開いた。しかし、「母」のところには「048×××××××」と十ケタの数字が並んでいるだけで、携帯の番号はない。「家族」フォルダ内には、ほかに「姉家電《いえでん》」「姉携帯」しかないから、「母」は携帯を持たないのだろう。

俺はメールを送ってあげられないことに未練が残った。何とか「母」を喜ばせてあげたい気になっていたのだ。しゃあない、俺からかけてみるか。そう考え、俺はマクドナルドで聞いた「大樹」の声や口調を真似《まね》てみた。

あ、俺、大樹。うん、悪りい悪りい、ちょうどうんこ我慢してるところでさ、電話取れなかったんだよ。

案外似てるかも、などとその気になって片道電話を続けていると、「大樹」の携帯が再び震えた。また「母」からである。俺は迷ったあげく、この携帯を持ち帰ったのも何かの縁だ、俺はちょうど今「大樹」なんだし、行っちゃえ、と通話ボタンを押した。

俺が「もしもし」と言う前に、「母」は「あ、大樹？　お母さん。さっきの留守電聞いた？　出欠の返事は五月七日までに必着だって。あんた、取りに来なさいよ。正月も帰ってこなかったし、もう半年以上でしょ。顔ぐらい見せなさい」と息つく間もなく畳みかけてきた。この母親にしてあの子あり、か。俺は、マクドナルドで一方的にしゃべり倒し後輩二人を白けさせていた「大樹」の様子を思い出した。

「行きたいと思ってるよ。思ってるけど、こっちもいろいろ忙しくてさ、なかなか身動きが取れないわけだよ。休みだってなかなか取れないし、腹の具合もおかしいし、疲れきっててさ」

ニセ物だと見破られるんじゃないかと緊張して、もし「声が変だ」などと言われたら「風邪でさ」と定番の嘘《うそ》をつこうと身構えていたが、「母」は何の疑問も感じなかったらしい。

「また体調崩してんの？　あんたもお父さんに似てあんまり丈夫じゃないんだから、

少しは気をつけなさいって言ってるのに。だから、たまにはこっち帰ってきて、少しのんびり休んで、しっかり野菜とったほうがいいんだよ」

「俺だってそうしたいのはやまやまだよ。俺もうマックは飽き飽きしてることは確かでさ。まじ疲れきってると、うち帰っておふくろの煮物食いてえとか思いはするんだけどさ」

「おふくろ？　あんた、いつからお母さんのこと、おふくろ呼ばわりするようになったのよ。おふくろなんて古くさい言い方されると、まるで年寄り扱いされているみたいで、何だか惨《みじ》めになってくるじゃないよ。お姉ちゃんとの間ではおふくろおふくろって言ってるのかもしれないけど、あたしはそんな呼び方されたくないわね」

俺は冷や汗を掻《か》きながら、「ごめんごめん、つい出ちゃったんだよ。何かこのところいろいろうまく行かなくて、投げやりな気分だったんだよ。ちゃんと、お母さんのことはお母さんって呼び続けるからさ」と取り繕《つくろ》った。

「うまく行ってないって、仕事のこと？　まみこちゃんとは仲よくやってるんでしょうね？　全然わからない。やっぱり近いうちに一回帰ってきて、ちゃんと話してよ。何がうまく行ってないの？」

俺はまたうんこがらみの話に持っていこうとしたが、あまりにうんこばかりなのも芸がないなと思い直し、何か別のトラブルをでっちあげねばと焦《あせ》った。

「いやあ、言いにくくてさ」

「何よ、気になるじゃない。何なの。言えないようなこと？」

「言えなくはないけど、あんまり心配かけたくなくてね」

「そんな言い方されたら、かえって心配になるでしょうが。何なの」

「参ったなあ、言わないつもりだったのになあ」

などと引き延ばしているうちにとっさに口を衝《つ》いて出たのが、「借金こさえちゃったんだ」というフレーズだった。

これには俺自身もびっくりした。暗く沈んだ弱々しい俺の声は、俺自身まで「借金？　やべえよ」と深刻になるほど真に迫っていた。だから「母」が尋常じゃない狼《ろう》狽《ばい》を示したのも、当然といえる。

「やだよう」と「母」は疲れた声でつぶやいたきり、しばらく沈黙した。そしてようやく「いくらなの」とか細い声を絞り出す。

「それが」と言って俺は黙った。俺はまた驚いた。何で間を持たせるんだ？「母」がぶっ倒れるぞ。

「いくらなの」と「母」はもう一度言った。

「やっぱ言うべきじゃなかった。もういいんだ、忘れて。大丈夫だからさ」

「いくらなの」

もはや撤回できる状況ではなかった。俺は正直にならなくてはと腹をくった。でも、どのぐらいの額なら、正直に言ったという雰囲気が出るのだろう？

「二百万」と俺は独り言のように言った。「母」は大きく息を吐いた。数字は間違っていなかったらしい。で、何の借金なのか。

俺「それで金利は？」

俺は思ってもいなかった問いに慌《あわ》てた。そして「いや、それはないんだけどね。それがないからまだましでね」などと、しどろもどろに答える。

「借金って、消費者金融じゃないの？」

俺「違う違う。俺、じつはだいぶ前に友だちの車でハンパない事故やっちゃってさ。二人とも飲んでたんでろくに保険下りなくて、別の友だちから借りて回ったんだよ。それで少しずつ返してるんだけど、もう気分的につらくてさ。友だちとの関係もぎこちなくなってくし、早く返したいから夜もバイトするんで体ボロボロになるし、ほんと疲れてるんだよ」

「事故って何よ！　あんた大丈夫なの？」

「もう治ったけど、まだちょっと足が不自由でね」

「お友だちは？」

「まあ何とか。怪我《けが》よか、車がね」

「母」はまた大きくため息をつくと、「そういうお金だったら、親に相談してくれりゃいいのに」と暗い声で言った。

「まあ、お友だち相手でよかった。お父さんみたいにサラ金で借金膨らませたのかと思って心臓が苦しくなったよ。ほんと、あんたは最期《さいご》までお父さんをなぞりそうで、それが心配」

俺はここに来てようやく、アドレス帳に家電《いえでん》が「実家」などの表記ではなく「母」と登録されていた理由を呑《の》み込めた。父親はいないのだ。

「そんな不吉な予言するなよ」

「心配してるのよ。そんなに苦しいんだったら、少し都合しようか？　もちろん、あくまでも貸すんであって、あとでちゃんと返してもらうけど」

「そらあ助かるけど、ま、子を思う親の気持ちだけありがたく受け取っとくよ。俺は自力でがんばるからさ」

「でもあんた、自分を追いつめてヤケ起こしそうだからねえ。はっきり言ってお母さんは、どうせ借金するんだったら、親に頼んでくれたほうがずっと気が楽」

「そう言われると、こっちもぐらつくけど」

「あんた、まだ何か隠してない？　ほんとに消費者金融じゃないの？　何かにおうのよねえ」

俺は、「母」の嗅《か》いでいる「におい」が俺のニセ物臭さではないか、と罪悪感を覚えた。「母」をがっかりさせてはいけない。「母」が満足できるもっとリアルなにおいを提供しなくてはいけない。

変な話だが、俺はこのとき初めて、「母」から金を借りてあげるべきだというねじくれた使命感に駆られた。

俺「まあ、せっぱ詰まってるのは事実かも。ぶっちゃけて言うと、カネ貸してくれた友だちが、じつは大麻で検挙されて会社もクビになって、突然カネに困ってさ。家賃とかのこともあるし、俺、明日までにそいつに百万、返さなくちゃならないんだよ。それで俺ももうどうしようもなくなって、サラ金から借りるしかないかって、ヤケ起こしかけてたのは確かで」

俺「何で……」と「母」は言い、深い沈黙が訪れた。「母」が奈落《ならく》へ落ちていくさまが見えるようだった。

「明日までなの？」自分に問うように、「母」が聞く。

「できれば今日じゅうだと……」

「あんたの口座教えなさい」

「それが、その、俺の口座より、友だちの口座に直接振り込んでくれたほうがいいかもしれなくて」

「百万でいいのね」

「俺も十万は集めたから、九十万あれば何とかなる」

「百万振り込んどくから、その十万を持って、うち来なさい」

「いや、十万は何とか返したんだ。だから九十万で頼むよ。多すぎると、もっと援助求められないともかぎらないし、俺も負い目あるから断れないし」

「わかったわよ。じゃあそのお友だちの口座、教えて」

俺は自分の口座を告げていた。まるで自分が乗っ取られているかのようだった。本名はまずい、すぐバレる、確実に捕まる、と頭は俺に警告するが、俺は金縛りにあって、俺の暴走を止める手だてがない。

誓って言うが、俺は本当にこの通話を善意のおふざけぐらいにしか思っていなかった。「母」の寂しさを紛らわせてあげる、軽いお遊戯。だから、できるだけ「母」の期待に添う形で、罪のないでまかせを並べたのだ。

ところがいつの間にか、冗談が現実に取って代わられていた。いったい、どこで入れ替わったのだろう。俺には自覚がなかった。

「母」は電話の切りぎわに、いまいちど、「本当に消費者金融、手を出してないんだろうね？」と念を押した。俺は「誓って、ない」と答えた。


電話を切っても、俺は自分が俺じゃない気分が続いていた。「借りてきた猫」という言い回しがあるが、「借りてきた俺」という感じだ。

現実感を欠いたまま、俺は「母」からの電話を待った。振り込みが済んだら連絡が来ることになっているのだ。「母」が「姉」に連絡したら、だとか、「大樹」がそろそろ携帯の紛失に気づいて通話を止めるんじゃないか、とか、心配すべきことは多々あるはずだが、何しろ自分の口座を教えちまったんだ、捕まるときは捕まる、と思うと、何をする気にもならない。俺はテレビをつけて、五分後には居眠りをしていた。


震える携帯に起こされたのは、一時間ほどたってからだ。俺は自分が勤務中で休憩時間に眠りこけていたような気がして慌てたが、自分のアパートにいるとわかると、今度は騙《だま》されたように感じた。

「母」は振り込みが完了したことを報告すると、「警備の警察官がさ、振込額を聞いてきてね、振り込め詐欺《さぎ》の可能性はありませんか、なんて言うもんだから、ドキッとしちゃったよ」とつけ加えた。

ドキッとしたのはこっちだ。ひょっとして探りを入れているのだろうか？

「何て答えたの？」

「気になる？」

「そりゃあ気になるよ、だって俺、リアル振り込め詐欺みたいなお願いしてるわけだからさ」

「あんたまだあたしに何か隠してることがあるような気がするから、その意味では詐欺って言えるかもしれないねえ」

「だからサラ金じゃないってば」

「ちゃんと顔見せたうえで、そういう説明してちょうだいよ」

「わかってるよ。できれば来週末にでも行くよ。また連絡するけど」

「明日。必ず明日電話よこしなさい。これで問題なくなったのか知りたいから」

俺はすぐにチャリンコで駅前のＡＴＭコーナーへ走り、九十万円を引き出した。残高は二十一万四千三百七円。逮捕されるような気配はまったくなかった。もう一度

「母」に礼を言おうかと思ったが、墓穴を掘るような気がして思いとどまった。

アパートに戻りがてら、俺は近くのどぶ川に寄った。そこで携帯の電源を切り、表面に付いた指紋を服の端で丁寧に拭《ふ》きながら、口座が知られているのだからこんなことをしても無意味だと気づいて、舗装道路にうんちをしても砂をかける仕草をする犬みたいなものだと思い、苦笑する。

それにしても、この間、「母」以外、「大樹」宛《あ》てに一本のメールも通話もないなんて寂しい野郎だ、と思ったが、平日の勤務時間中なんだから当然かと思い直し、むしろそんな寂しいやつの携帯でこんなことをしている俺は寂しくないのか、と考えたら、俺は自分がどこにも存在していないような気がして、意識が遠くなりそうだった。急いであたりに人がいないことを確認すると、携帯を二つに割って川に投げ込んだ。まるで、「借りてきた俺」の実体は「大樹」の携帯電話で、それを捨てれば正真正銘の俺に戻れるかのようだった。俺は少しだけ緊張から解放され、自作の鼻歌を歌いながら帰った。

ポケットからお札の入った封筒を取り出すと、自分がほとんど囚《とら》われの身であることを再び感じた。このとんでもない不労所得をどうするべきか、と俺は不機嫌に考える。フルサイズの高額なデジイチでも買うか。俺には蓄えがないから、生活費として大事に使うべきか。宵越しの銭なんか持たないで、今晩豪遊するか。でも俺の思いっく豪遊なんて、いつもよりちょっと高級な風俗に行くことぐらいだ。それじゃ普段と変わらない。せめて彼女がいれば、高価なプレゼントでもするのだが。でも現実に彼女がいたら、何をプレゼントすればいいかわからず、間違った物を買って相手を困惑させるのが関の山だろう。罪滅ぼしとして、せめて寄附にでも回すか。

どう使っても無意味な気がする。いっそのこと携帯と一緒に川に放り込めばすっきりしたのかもしれない。あるいは、捕まるのを少しでも遅らせるために、引っ越すか？　騙し取ったカネを全部、逃亡のために注《つ》ぎ込んでしまうのだ。無意味なカネらしい無意味な使い道で、悪くない。でも引っ越し先を探すのが面倒だ。

次第に考えるのが億劫《おっくう》になり、俺は五万円ほどを財布に入れると、残りの八十五万円は封筒ごと、パンツやアンダーシャツをしまってある引き出しに突っ込んだ。そしてそのまま、眠るみたいに忘れることにした。そして本当に忘れてしまった、三日後に異変が起きるまでは。

その日曜日、俺は勤務中、売り場で田島主任に頭突きを食らわせ、店長にこってり絞られた。

田島は俺が初めて契約社員として働き始めたときの直接の先輩で、最初から折りあいが悪かった。俺の仕事ぶりが認められて三年後に正社員へ昇格したときも、田島だけは反対していた。

この日も田島は俺に難癖つけようと待っていたのだろう。俺は年のいったおばあさんの応対をしていた。曾孫《ひまご》が生まれたのでできるだけ簡単なデジカメがほしいということで、俺は最もシンプルで失敗写真の少ない機種を勧め、使い方を丁寧に説明した。それでも覚えられないと言うから、たまたまその時はカメラ売り場に他の客もいなかったので、これだけ実行すれば写真が撮れるという最低限の操作を紙に書いてあげていた。その間、そのおばあさんは息子のこと、その息子である孫のこと、その息子である曾孫のことをずっと話していた。息子も孫も、赤ん坊の写真を送ると言いながら、なかなか送ってくれない。だったら自分で撮るしかないと思い、ここに買いに来た。まさか自分が曾孫を見ることになるとは思っていなかったから、不思議な気がする。こないだ抱いていた孫が、もう父親だなんて嘘《うそ》みたいだ云々《うんぬん》。少し耳が遠いせいか、声が大きかった。

その声を聞きとがめたのだろう、田島が割り込んできたのだ。ちょっと永野、と俺を売り場の隅に呼び出すと、必要以上に一人の客にかかずらわってたら仕事にならないじゃないか、さっさと会計済ませて帰せ、と小声で言った。俺は、他に客がいればそうしてますよ、たまたまいないからこうしてるんじゃないですか、他の客ほっといてこういうことしていたら言ってくれてもいいですけど、そうじゃないならわざわざ注意するようなことじゃないでしょう、と小声で口答えした。

田島は俺を白い目で見ると、おまえの目は節穴《ふしあな》かと言って、先ほどはいなかったカメラ売り場の客数人を示し、いまだに契約《ケーヤク》社員感覚で仕事してるならケーヤクに戻れ、と吐き捨てた。俺は、田島さんもそろそろ転勤したらどうですか、独り者なんだし、と言い返した。田島はキレたときの特徴である舌なめずりを繰り返し、しばらく俺を無言で見てから、おまえこの仕事に向いてないね、やっぱりケーヤクに戻ってカメラマンになる夢を追ってろよ、死ぬまでよ、そういう中途半端《はんぱ》が半人前のおまえには似合ってるんだよ、などと言った。俺はうなだれたふりをし、頭を低く垂れ、田島ににじり寄った。

もう戻れ、と田島が言った瞬間、俺はたまたま頭を上げたふうを装《よそお》って、体全体を伸び上がらせた。俺の頭は、上背のある田島のあごを下から突きあげるはずだった。けれど距離の詰め方が足りず、俺の頭は田島の鼻を下から打った。柔らかいものがつぶれる音がし、田島は鼻を覆《おお》った。周辺の客が振り向く。田島が鼻を覆った手を開くと、鼻血が滴《したた》った。

売り場で、というのがまずかった。日曜で客は多かったし、騒ぎは大きくなり、一一〇番しかけた客までいて、その点を店長からこっぴどく叱《しか》られた。田島は俺に公式の処罰を与えてほしそうだったが、店長がそうしなかったのは、俺と田島の喧嘩《けんか》が二人の個人的な因縁によるものだと理解していたせいだろう。

十時過ぎに勤務が終わると、いつもつるんでいる同い年のヤソキチと、田島とやはり仲のよくない南さんから、明日は休みだからと飲みに誘われた。

南さんは「でかした」と言い、俺たちは乾杯した。「でも売り場で喧嘩するほどむかつく目に遭わされたの？」と南さんが聞くので、俺は一部始終を説明した。

「永野君てカメラマン目指してたの？」南さんは見当違いの箇所に反応した。

「それ禁句なんですよ。だからキレたんですよ、こいつ」ヤソキチが知ったふうに言った。

俺「禁句ってことはないです。言ったのが田島主任だったからむかついただけで」

俺「俺がその話持ち出したって不機嫌になるじゃないか」ヤソキチが不服そうに言う。

「じゃあ、ほんとに目指してたんだ？」

「こいつ、そのことで親父《おやじ》さんと喧嘩して家出したんですよ」

「家出じゃねえよ、自立だよ。おまえが俺のこと説明すんな」

「均《ひと》しって、どっか人の神経逆撫《さかな》でするところあるんだよなあ」

「俺、写真学校出たんですけどね、カメラマン採用の仕事探したんだけど、全部落ちたんですよ。それでフリーターしてたら、親父が就職しろってしつこく言うもんで、だんだん険悪になって、一人暮らしすることにしたんです」

「でも結局、就職したと」

「しちゃいましたね」

「じゃあ、今はお父さんとは仲直りした？」

俺が首を振っただけで何も言わないものだから、沈黙が訪れた。

「ほら、やっぱり禁句なんですよ」

「デリケートな問題なんだよ。説明しにくいんだ。俺だってよくわからないんだから」

「ぶっちゃけ、カメラマンにまだ未練あるんでしょう？　だからわざとそこを突くって、いかにも田島のやりそうなことじゃない」

「いや、カメラマンへの未練はもうないです。そうじゃなくて、カメラマン目指したことが、俺的には痛いんです。俺のうちは転勤が多かったから、俺も転校が多くて、そのたびにうまくなじめないで浮いてたから、親も心配したんですね。それで、何か打ち込めるものをって、中学の入学祝いに一眼レフ買ってもらったんです。当時はフィルムですけど」

「機種、何?」ヤソキチが突っ込まれたくない点を突っ込んでくる。俺は迷惑そうに「EOS—1」と答えた。

「中一でEOS—1? おまえ、ひょっとしてお坊ちゃん?」

「違《ち》げえよ。一人っ子だから少し甘やかされてたんだよ。親も転勤転勤で罪悪感あったんだろ。それで俺がカメラにのめり込んで、中学では写真部を作ったら、親は喜んで、特に親父は、やりたいことを実現するために努力するのはいいことだって褒めてくれたんですよ。なのに、俺が高三のとき、大学進学じゃなくて写真の専門学校行きたいって言ったら、反対してね。写真で食っていける人間なんてわずかなんだから、まずは大卒の資格を確保しとくべきだって。そのころから親父とは行き違い始めたんですね」

「なるほどね。お父さんも困ったでしょうね」

「最後はおふくろが、そんなに行きたければ写真学校に賭《か》けてみてもいいんじゃないかって言ってくれて、親父もやむなく折れたんですけどね。それで俺が卒業してカメラマンになれなかったもんだから、親父は勝ち誇ったように言ったんですよ、俺の言ったとおりじゃないか、だから大学行っときゃよかったんだ、今さらどうにもならないんだから、自分で何とかしろって。俺も確かに甘かったたから、カメラマンなれなくて超ショックだったのは確かで、どうしたらいいかわからなくて漫然とアルバイトしてただけで、就職はどうするんだ、将来のこと考えてるのかって言われりゃあ、痛いところ突かれてるわけです。ただ、そのときの親父の言い分に俺は腹が立ったんです。均は俺と同じで何かの才能なんかないんだから、地道にサラリーマンするしかないんだ、ちょっと夢破れたぐらいで腑抜《ふぬ》けになるな、サラリーマンしながらも夢に近づく道はいくらでもある、例えば俺なんかは車の開発者にはなれなかったけれど、好きな車の販売員をして充実した生活を送っている、と、こう言いやがった。俺は知ってたんですよ、親父が車なんて少しも好きじゃなくて、車のディーラーもいやでいやで、おふくろと夫婦喧嘩したときに、俺は我慢してこんな仕事してるんだ、家族養わなくていいんだったら俺は今ごろ陶芸家になってた、と怒鳴っていたのを覚えているんです。実際、親父は営業成績もさしてふるわない、うだつの上がらないサラリーマンだった。そんなやつにあんなこと言われて、俺は嫌気がさしたんです。てめえを棚に上げてんじゃねえよって」

俺は話しながら、ビールをがぶ飲みしていた。上機嫌だから飲んでいたつもりだったのに、気がついたら、酔いの沼に沈みたくて飲んでいた。何かよくわからないが、とても耐えがたい。俺は酔うと寝てしまう質《たち》で、すでにまぶたが重くなっていた。

「その話、田島にしちゃったわけ？」

「俺が入ったばかりのころですけどね。俺もあのころはまだ田島さんとも何とかうまくやりたいって必死でしたから、けなげに悩みを打ち明けてみたりしたんです」

「そんな最初から嫌われてたんだ？」

「でしたね」

「何で嫌われたんだ？」

「俺に人の神経逆撫でするところがあるからだろ」

俺は自虐《じぎゃく》的な冗談を返してから、急に思い出した。田島は俺が契約社員に採用されることからして反対だったのだった。

あの当時の俺は、吉野家でバイトをしていた。唯一《ゆいいつ》の楽しみが、この「メガトン」のカメラ売り場で展示品をいじり回すことだった。写真を捨てる覚悟で家を飛び出したから、カメラはすべて置いてきたのだけれど、どうしても新製品が気になり、ネットで情報を見たり、カメラ雑誌を読んだりしてしまうのだ。そこで俺は気がついた。

じつは写真を撮ることよりも、カメラ自体が俺は好きだったのだと。

俺は毎日のように「メガトン」に入り浸った。当然、店員からも顔を覚えられ、田島らとも親しく話をするようになった。買いもしない客を相手にしてくれたお礼に、田島らが俺の勤務時間に吉野家に来たときは盛りつけを少し多くしたりした。

あるとき、俺は売り場の客に声を掛けられた。紺のチノパンにねずみ色のブルゾンという投げやりな服装が、店員の装いと似ていたのだろう。俺はまわりを見たが、本物の店員の姿は見当たらなかった。そこで俺は客対応をしたのだ。カメラ新製品の知識ならば店員に引けを取らない俺は、完璧《かんぺき》に役割をこなした。自分でもあきれるほど滑らかに口が動き、客の痒《かゆ》いところに手が届くような説明をした。

その場で買いはしないがとりあえず情報だけは欲しかったその客は、満足して帰っていった。その様子を見ていた別の客が、すぐさま俺に人気機種がどれであるかを尋ねてきた。俺はカンを働かせて売れ筋を紹介し、それぞれの長所短所を説明し、迷っている客に用途を尋ね、でしたらこちらがよろしいかと思いますよと勧めた。なお迷う客に、その製品の隠れたよさを言いつのり、最後に「じつは私もこちらの黒を愛用してまして、これになじむとちょっと他は使えないですね、内緒ですけどね」とダメを押したら、購入を決めた。

そこで俺ははたと困った。店員ではないから、商品を取り出せないのだ。客がにわかに不審を抱いたところへ、顔なじみの中村という店員と田島が通りかかり、俺は助けを求めて、無事にそのカメラを売ることができた。中村は俺の能力に驚き、吉野家よりうちで働いたほうがいいんじゃないか、永野さえその気なら、どうにかならないか俺が上に掛け合ってみる、と言った。それで俺は面接を受けた。だが田島は、俺が店員のふりをして客から代金をだまし取ろうとしたんじゃないかと疑い、採用を担当している者たちに意見した。結局、田島の見方よりも中村の進言が信じられ、俺は無事に採用されたというわけだ。

そんなことを思い出しながら、俺はうつらうつらしていたらしい。回想から夢に入り込み、誰かに追われて逃げ回っていたようだが、まだ捕まっていないと安堵《あんど》したとしか覚えていない。目の前では南さんが、ヤソキチに向かって「もっと腰、重く」と言っている。

「何？　相撲？」と俺は尋ねた。

「均は寝てろ」

「ヤソキチは軽すぎるって話」

南さんの目もとろんと据わっている。酔うと南さんは目の前の人間の品評を始める。

「均よりはましでしょ?」

「永野は重い。ヤソキチはふわふわしてるから風船」

「俺は風船すか」

「俺はどっしりしてるってよ」

「違う。ちゃうねん。永野は重暗い。ちょっとやばいとこある。ヤソキチはこれで色気あるから、軽さが取れれば、けっこう危険な男。永野はやばい男」

「どういう意味ですか」俺は抗議した。

「ほら、その感じが。ちょっと、何するかわからない感じがあるのよねぇ」

「そりゃ急に頭突きしたからでしょ。田島相手には陰気な攻撃しますよ。だって田島が陰険なんだから。陰険なやつには陰気にやり返すんです」

「ああ、二人とも似てるのかも」

「冗談でしょ」

「冗談でもないよ。永野も田島もピュアなんだよ。ピュアな人間が傷ついて、うまく癒《いや》せないでいると、ちょっとやばくなることがあるんだなって思うわけで」

「ほんとだ、そう言われると確かに似てるかも」風船のヤソキチがうなずく。

「全然似てねえよ」俺は否定する。

俺

「田島も入社したころはもっと前向きな好青年だったんだよ。あいつ能力高くて器用でしょ。だからいいように使い回されるんだよね。それで自分は正しく認められてないって気持ちが強くなってって、ねじくれちゃった。自分にしかできない領域があるって自負してるのに、じつは誰でもできちゃう。そのことに傷ついたんだよね。それで、カメラ畑のエキスパート扱いされてる永野のことも気に食わないんでしょう」

「南さん、今日は落ち込んでる俺を励ましてくれるために飲み誘ってくれたんじゃないんですか？　さらに追い討ち掛けられるんだったら、俺、帰りますよ」

「帰ろ、帰ろ。永野が泣くから帰りましょ」

俺は日吉駅の改札で、南さんとヤソキチを見送った。南さんは別れぎわにいまいちど、「田島のことなんて気にすんなって。あんまり意識しすぎると、永野も田島になっちゃうから」と俺を鼓舞してくれた。俺は「今日は傷つきましたよ。もう立ち直れないっすよ」と恨みがましく言った。

消沈してアパートに帰り着いた俺は、シャワー浴びないでとっとと寝ちまおう、など思いながら玄関の鍵《かぎ》をあけ扉を開いた。

ダイニングキッチンに灯《とも》った明かりが目に入った。料理のにおいのついたなま暖かい空気が俺を包む。テレビの声が聞こえている。ふすまを隔てた奥の六畳から「だいちゃん？ ずいぶん遅かったじゃないの」と声が飛んで来、一拍遅れてその主が現れる。見たこともないおばさんだった。

俺はパニックに陥り、「すいません、部屋間違えたかな」と言って出ていこうとした。

「何言ってんの、ここはあんたのうちでしょう。お母さんが急に来たんで慌《あわ》てたかもしれないけど、悪いのはあんたなんだからね。携帯変えたでしょ？ 変えたなら変えたって連絡しなさい。だいたい、次の日に電話するって約束したのにかけてこないし。それでこっちからかけても全然つながりゃしないし、留守電吹き込んでも音沙汰《おとさた》なしだし。何かあったのかと思ったわよ。やっぱりマチ金かなんかに手を出してトラブルにでも巻き込まれたんじゃないかって。よっぽど警察に電話しようかと思ったけど、かすみが、大樹のアパートをのぞいてからでも遅くないんじゃないって言うから、すぐ来てみたわけよ。そんなとこ突っ立ってないで、早く中入ったら？」

「あ？ ああ」

俺は言われるがまま、靴を脱いだ。あんた誰だ、と愚問を発しかけてやめた。声や話し方にも聞き覚えがある。確かに「大樹」の「母」なのだろう。

でも、どうしてここにいるのだ？　警察がからんでなければ、「大樹」の「母」は俺の住所など知りようがないはず。おとり捜査か？　振り込め詐欺《さぎ》の犯人を逮捕するために、あえて詐欺に引っ掛かったふりをするという話も聞く。でも俺は自分の口座を教えちまったのだ。おとり捜査などする理由がない。

じゃあ何の芝居なんだ？　いったい何が仕組まれてるんだ？

「飲んできたって顔してるね。ご飯はもういい？　一応簡単に用意しといたけど」

「いらない。ありがと」俺は警戒しながら、芝居に応じた。

「体調はどう？　無理してない？」

「大丈夫」

「それでお友だちの問題は解決したの？」

「ああ、助かったよ。ありがとう」

「大樹」の「母」は、そっけない返事を繰り返す俺を疑うような目で見つめ、「だいちゃん、隠しごとはしないでよ」と強い声で言った。

探りにかかってきたぞ、と俺は身構えた。一瞬、正直に告白して金をまるまる返せば今ならチャラにしてもらえるかもしれないという考えが頭をよぎる。俺はためらった。そのため俺はすぐに返事を返せず、好ましくない間が空いた。俺は小細工を諦《あきら》めた。

「はっきり言うと、あの金はまだ全然手をつけてないんです。だからそっくりそのまま返しますよ」

「どういうこと？　お友だちのトラブルっていうのは嘘《うそ》ってこと？　だったら何のためのお金だったのよ？　全然わからない。適当なこと言っとけばお母さんなんてどうにでもごまかせると思ってたんでしょ。冗談じゃない、子どものすることなんかちゃんとお見通しだよ。何だか嘘くさいと思ったんだ。本当は何なの？」

「大樹」の「母」は声を張りあげ、しつこく芝居を続けた。俺は苛《いら》つきながらも、薄気味悪く感じた。こっちは本性を現そうとしているのに、なぜ芝居を続ける必要があるんだ？　これは本当に芝居なのか？　もし演技じゃないとしたら……。

だとしたら、「大樹」の「母」は俺を本当に「大樹」だと思い込んでいることになる。それは何を意味するのか？

俺は恐慌《きょうこう》を来《きた》した。捕まるのでも何でもいいから、この場から解放されたかった。俺の現実に戻してほしいと痛切に願った。俺がよけいなことしました。ほんの出来心でした。悪気なんてこれっぽっちもありません。なりゆきなんです。

すがりつくような思いで、俺は「母」にありのままの事実を述べていた。そうすれ

俺　俺

ば、「大樹」の携帯を拾ってからの出来事がリセットされるとでもいうように。時すでに遅いことも知らず。

　俺の自白を聞いた「母」は、さらに激した。

「言うに事欠いて、自分は息子じゃありません、だと？　ああどうぞ、親を他人扱いしたいならそうしなさい。どうせこれまでも放っておかれてたんだし、同じことだ。その代わりお母さんももう遠慮しないからね。あたしが首突っ込むことじゃないと思ってたから、あんたから言い出すの待ってたけど、我慢しませんよ。聞きたいこと聞きます。まみこちゃんと結婚するの、しないの？」

　俺に答えられるわけがなかった。言葉はまったく浮かんでこない。

「そう。また都合が悪いと黙《だんま》りか。まあいいでしょう。お母さんと関係なく、あんたはあんたの人生築きなさい」

「そういうんじゃないよ」

　俺はかろうじて言葉を発した。「母」が何をしてかすか不穏になってきたので、とりあえずブレーキをかけたかった。

「じゃあどういうのよ？　説明できるもんならしてみなさいよ」

「まみことは別れた」

俺にはこう言うしかなかった。「母」も虚を突かれて、きょとんとした顔をし、「そうなの？」とだけ言った。俺は少しほっとした。それで頭も動き出した。

「これはつまり、じつは借りたお金のことと関係があって。つまり、俺、まみこ怪我《けが》させて、こじれて少し距離置こうと」

「何言ってるんだか全然わからない」

「ごめんごめん。つまり、前に説明したのがじつは本当の話で、俺が友だちの車にまみこ乗せて運転してたら、衝突事故起こして、まみこを大怪我させちまったんだよ」

「やだ、どんな怪我よ」「母」は生きていること自体がつらそうな表情をした。

「それはつまりいわゆる腰の骨を複雑骨折してね。もうだいぶいいんだけどさ。後遺症とかもないよ。それで俺ら二人とも酒飲んでたから保険もほとんど下りなくて、治療費を友だちから借りまくって何とか捻出《ねんしゅつ》したというわけ。俺としてはまみこにはきちんと謝ったし、できるだけのケアしてるし、特に険悪になったわけでもないんだけど、何となく気まずくてね。お互い、一緒にいても気づまりで苦しいんだよ。距離が空いちゃったというか。それで、しばらく会うのやめようって決めて、ひと月ぐらいしてから、いったん別れようってまみこが言ってきて」

俺は乗ってきた。こんな会話、自分の親とだったら絶対しねえと思いながら、俺は

「大樹」であることに少し自信をつけてきている。

「そう。いつの話？」

「もう半年近くなるかな」

「なるほどねえ。それであんた、体調崩してるわけね」

「まあいろいろね」

「でもまみこちゃんのことなんだったら、お母さんに言ってくれてもよかったんじゃない？ 少なくとも、治療費ぐらい融通したのに。何か、他人行儀」

「逆に言えないよ。お母さん、まみこお気に入りだったから、すごくがっかりするだろうし、俺も自分が落ち込んでるので手一杯だったし。まみこもあんまり親に言ってほしくなさそうだったし」

「ふうん。そういうものかねえ」「母」は不服そうに言い、「でもやっぱり残念」と落胆した。

「わかってるよ。それを言われると俺はつらいんだよ。だから言いにくかったんじゃないか」

「でも時間が解決するんじゃない？ ほとぼり冷めたら、よりが戻るような気がするな、お母さんは」

「まあそうだといいけどさ。でも俺はあんまり希望的観測をする気にはなれないね」

「あんたも悲観的にばっかり考えないで、少しはプラスになるように努力しなさいよ。さもないと、元に戻るものも戻らなくなるわよ。あんただって、まみこちゃんがいなくなったら、一生独身かもしれないんだし」

「それは関係ないだろ。何だよ、人が傷ついてるのに、親がそんな言い方するのかよ」

「ああ、ごめん、撤回撤回。それは別の話ね。でもほんと、まみこちゃんも時間たてばわかってくれるわよ」

俺は若干、唖然《あぜん》とした。まみこが何をわかってくれるというのだろう。「母」は俺の話す事情をちっとも呑《の》み込めていないのではないか。ひょっとしてこの人は、「大樹」のことを理解できていないんじゃないだろうか。だから「大樹」も距離を置いているんじゃないか？

でも俺にはどうでもいいことだ。それよりも、「母」を満足させていることのほうが、俺には重要だった。だから「まあ俺もタイミング見計らって、まみことまた話してみるよ」と言っておいた。「母」は「そうしてみなさい」と嬉《うれ》しそうにうなずいた。

俺も喜びを感じた。

「あら、もうこんな時間」

　腕時計を見て母が言った。俺も携帯で時間を確認する。十二時を回っていた。

「あ、ちょっと、あんたその携帯、新しい番号教えて」

　俺は抵抗を感じ、でたらめを教えようとした。だが俺の口は俺の意思を裏切って、本物の番号を告げていた。「母」はそれを手帳に書き留めた。

「泊まってくでしょ？　もう帰れないだろうし」

　泊まってほしくなどなかったが、他に選択肢はなかった。「母」の電話の市外局番は「048」で、それが埼玉方面の番号であることを俺は知っていた。なぜなら、俺の実家は北浦和にあるからだ。

「そうね。でも寝るとこあるの？」

「俺の布団《ふとん》使ってよ。俺はダイニングで適当に寝るから」

　万年床の布団をきれいなシーツ二枚で覆《おお》い、俺の新しい寝間着を渡して「じゃあおやすみなさい」と言い、仕切りのふすまを閉めると、俺はどっと疲れを感じた。からだ中のビスが抜け落ちていくようだった。

　食卓を端に寄せて、ダウンジャケットをマット代わりにし、その上にタオルケットを敷き、毛布を掛け、クッションを枕《まくら》にした。部屋着に着替えて電気を消し、横たわる。ふすまの向こうからは今しばらくかすかな物音が聞こえる。それから消灯、布団に潜り込む音、もう一度「おやすみ」という声。俺もそれに答えると、あとは静寂。

眠れなかった。疲労は激しいし、何も考えたくないから早く眠りたいのに、隣の部屋が俺を圧迫して眠らせない。静まりかえって寝息すら聞こえない。ふすまの向こうが真空のように感じる。「母」なんか本当はいないんじゃないか。ふすまを閉めたときに幻影は闇《やみ》に吸い込まれてしまったんじゃないか。

俺は小声で隣の部屋に向かって「お母さん？」と声を掛けてみた。返事はない。もう一度、今度は少し声を大きくして「お母さん？　寝てる？」と言ってみる。反応はない。俺は静かに起きあがり、ふすまをそっと開けてみる。しばらくは闇しか見えないが、目が慣れてくると、白っぽい寝床がうっすらと浮かびあがってくる。盛りあがりもなくほとんど平坦で、人が寝ているとは思えない。俺はもう少し大きくふすまを開き、部屋に足を踏み入れた。畳がきしむ。俺はかがんで布団に顔を寄せた。ほんのかすかに掛け布団が上下している。頭までかぶったシーツの端からは、髪の毛が乱れ出ている。俺は自分の体が冷えているのを感じて、寝床に戻った。

下半身丸出しのままマックのトイレから出てきてしまい、こそこそと下半身を隠すようにビッグマックを食べている夢を見て明け方に目が覚め、トイレに行ってからは、三十分ごとに眠ったり起きたりを繰り返し、隣の部屋から起きる気配を感じて寝床を畳んだのは、午前九時だった。

俺は目玉焼きを作り、ティーバッグの紅茶を入れ、トーストとブルーベリージャムを用意した。それだけで「母」は、「あんたが朝食作ってくれる時代が来るなんてねえ」と感動した。

俺は約束があって外出しなくてはならないことを告げ、十時半に二人で家を出た。日吉駅に着くと、ちょっと買い物してくからと駅ビルに入るふりをして別れる。「母」が改札をくぐるのを確認し、俺は用意していたニット帽をかぶり伊達《だて》眼鏡をかけて、あとをつけた。

「母」は目黒線、南北線、埼玉高速鉄道乗り入れの「浦和美園《みその》行き」に乗った。俺は「母」と同じ側のシートの端に座った。「母」は老眼鏡をかけ、文庫本を読み始める。寝不足の俺はうっかり眠らないようハードミントのガムを立て続けに六つも七つも嚙《か》みまくり、都心に入って混んでくると座席から立ったりした。

「母」が降りたのは、終点の三つ手前、新井宿駅だった。駅の周辺は何もなかった。「母」は駅から少し離れただだっ広いスーパーマーケット「さわやかジャパン」で食料品を買うと、寒々とした印象の住宅街を抜けていく。俺は道のりを忘れないように努めた。たまにすれ違う人が例外なく俺の顔を、腑《ふ》に落ちないと言いたげな表情で眺めてくるのは鬱陶《うっとう》しかった。

十分ちょっと歩いたところで、しごく古い団地群にたどり着いた。黒ずんでひび割れた灰色コンクリートの三階建てアパートが平行に建ち並び、棟《むね》と棟の間には、パンジーやらチューリップやら菜の花やらの過剰なまでに詰めこまれた花壇が、建物のきわぎりぎりまでを占めている。

「母」は真ん中あたりの棟の二階へ上がる。そこには「檜山《ひやま》」と表札が出ていた。ここまで確認したら、俺はいったん引き上げるつもりだった。ところが俺は呼び鈴を押していた。キャンセルしたかったが取り返しはつかない。インターホンもなく、ドアの向こうから「はい？」とよそ行きの「母」の声が問う。

「俺、大樹。鍵《かぎ》忘れちゃって」と俺は怒鳴った。ドアが開き、チェーンをかけた隙間《すきま》から「母」がこわばった顔で俺を見、「どうしたの？」と固い声を出した。

「何なの？　何しに来たの？」

「いや、あの後すぐ、友だちにドタキャンされてさ。だったらお母さんにもっとゆっくりしてもらえばよかったって思って、うち帰ることにしたんだよ」

「そうなの？　びっくりさせないでよ。あたしもたったいま帰ってきたところだから」

「じゃあ電車一本違いぐらいだったかもね」

俺は努めて慣れたふうを装《よそお》って家に上がる。玄関を上がるとそこがすぐダイニングキッチンなのは、俺のアパートと同じだ。他に四畳半が二つ、ダイニングの奥に並んでいる。部屋は散らかっているというほどではないが、こまごまとした物が雑然と積み重ねられていて、何となく薄汚れた印象を与える。それが一人暮らしのせいであり、長らく誰も訪れていないがゆえの結果だということは俺にも理解できた。

俺は食卓の椅子《いす》を引いて腰を下ろすと室内を見回し、依然として怪訝《けげん》そうな目つきで俺を眺めている「母」に、「いやあ、半年ぶりだなあ」と言った。

「まったく、お正月すら帰ってこないんだから」

「姉貴もあんまり来てないの？」

「そうよ。しょうがが生まれる前後はこっちにいたけどさ、古い家はほこりがひどいだとか黴《かび》が赤ちゃんによくないだとか何だとか言って、寄りつかなくなっちゃったわよ」

そう言いたくなる気持ちもわからないではないと俺は思ったが、むろん口にはしなかった。

「そういや大樹、まだ一度もしょうを見てないんじゃない？ ひどい叔父さんだねえ、もう八か月にもなるのに」

「もうそんなにか」

「そこに写真あるよ。ほれ、そこの、テレビの棚」「母」は湯を沸かす準備をしながら、右の四畳半をあごで指した。

「ひと月ぐらい前にかすみが送ってきたんだけど、写真じゃなくて生で見たいもんだ」

「お母さんが姉貴んちに行きゃいいじゃないか」

「けんすけさんが独立して、うちで仕事してるから、邪魔なんだと。しょうの世話もけんすけさんがするから、お母さんはのんびりしてて言われたよ」

話しながら俺はテレビ台に寄った。二十年は使われていそうな古い型のテレビが載っている。がたいが大きいわりに、画面は小さい。テレビ台の観音開きのガラス戸を開ける。下の段には、これまたかなり初期の製品と思われる図体《ずうたい》のでかいビデオデッキが鎮座し、隙間にビデオテープが詰めこまれている。上の段にもビデオテープが乱雑に積み重ねられ、その前面に写真立てが三つ並ぶ。女が赤ん坊を抱いてこちらを指さしているのが、くだんの写真だろう。だが、俺が思わず手に取ったのは、男女がこの家の食卓に座っている写真だった。女は赤ん坊を抱いている女と同じ「かすみ」だった。そして「かすみ」とどことなく顔の造作が似ている男は、俺だった。「大樹」ではなく俺が写っていた。俺が「俺だ」と思うのだから「大樹」ではないはずだった。

残りの一つは家族四人の写真で、背景はディズニーランド。真ん中で目をむいて豚の鼻をしているのが、十一、二歳の俺だった。隣で俺の頭をはたいている「かすみ」、後ろにまだ若い「母」、そして若い背の高い男は「父」だろう。

「しょうちゃん、鼻から口のあたりがかすみにそっくりでしょう」と言う「母」の声に俺は我に返り、「この写真がもともと入ってたアルバムって、どうしたっけ?」と、俺
家族写真をかざして尋ねた。

「アルバムは大樹の管轄《かんかつ》でしょ。お父さんの以外は、あんた全部持ってったはずだけど。ネガがあるから必要なら焼き増しできるって言って、その一枚だけ置いてさ」

「探していい?」俺
「いいけど、ないはずよ」

俺は半畳ほどの造りつけの物置を開けた。二段になっている物置の上の段は、ダンボールで作った棚にビデオテープがぎっしりと並んでいる。「プラハの恋人」「オール

イン」「天国の階段」「チャングムの誓い」「冬のソナタ」……。

韓流ドラマのオンパレードだった。三倍速で録画したのだろう、一本のビデオに三、四話分が詰められている。これらを見返すことはあるのだろうか？　あるのだろう。なぜなら、ところどころ欠けている巻があって、棚が空いているからだ。それらの巻がテレビ台の棚に置かれているのだろう。

ダンボール箱をせっせと下ろすと、後ろにはさらに薄汚れたダンボール群が待ち構えている。開けてみると、買い物でもらった手提げ紙袋の束、ポリ袋の束、包み紙の束、裏面の白い折り込みチラシの束、ロシア人形みたいにいくつも入れ子状に重ねられた空き箱。

下の段も同様だった。くたびれた食器や子ども用の古着、流行遅れの婦人服、ランドセル、ほこりだらけのミシン、「婦人之友《の》」「装苑《そうえん》」「ミセス」といった婦人雑誌の古い号が詰まったスポーツバッグ、時代物のハンドバッグ。取り出すものいちいちが黴くさく、俺はくしゃみを連発した。

がらくたを掘り進むうち、俺は過去に深く呑み込まれていくような気がした。俺のものではないはずの過去に。

俺は遺物の圧力に耐えかね、すべてを元に戻して、物置の扉を閉めた。呆然《ぼうぜん》と部屋を見回す。脱力する俺の目に映るのは、父親の遺影と仏壇、黒電話、CDプレーヤーのついていない巨大なラジカセ、天井から吊《つ》り下がる四角い枠の蛍光灯、上段がフリーザーのツードア冷蔵庫。「母」はいったいいつから、独り、生き埋めにされてきたのだろう。

「こんな使わないもん、いつまでも持っててもしょうがねえだろ。どんどん捨てろよ」俺は何かを振り払うような気持ちで叫んだ。

俺
「いいの、勝手にいじらないでよ。あんたには無駄でもお母さんには意味あるんだから」

「母」は鋭い声で警告すると、隣の部屋から現れた。そして、「これだけあったわよ、
俺
あっちの押し入れの奥に。それとクラス会のハガキ」と言って、畳にへたり込んでいる俺の鼻づらに分厚いアルバムと往復ハガキを差しだした。

アルバムは、固い台紙に格子《こうし》状のゴム糊《のり》と透明なフィルムがついていて、透明なフィルムを剝《は》がし、台紙に写真を固定し、またフィルムをかぶせるという旧式のものだった。ページをめくってみる。最初は赤ん坊ばかり、そしてそれを抱く「母」と「父」。今の俺ぐらい若い。どうやら「かすみ」の写真らしい。ページを繰れども繰れども延々と赤ん坊の写真が続き、「かすみ」は遅々として成長しない。

「お姉ちゃんの写真はこんなたくさんあるのに、ぼくのはほとんどない、不公平だって、あんたずっと文句言ってねえ」

俺の横にぺたんと尻《しり》をついてのぞき込んでいた「母」が、嬉しそうに言う。

「姉貴はありすぎじゃね」

「最初に生まれた子はどうしてもこうなるのよ。二番目になると親も慣れちゃって、二人もめんどう見てるからそれどころじゃないし、放っとかれやすいんだよ。そういう意味では確かに損してるけど」

俺は最後のページを開いてみた。一つのページに、中学の入学式、卒業式、高校の入学式の写真が並んでる。

「手抜きじゃん」

「その年になると、かすみも自分のアルバム作るようになるから、そんな形式的なのしかないんだね」

ページを一つ前に戻ると、一家で行ったディズニーランドの写真で埋まっている。その前の数ページも同じ。中学生らしき「かすみ」が主役で、「母」や「父」も一緒に写っているが、俺が被写体なのは、「かすみ」とアイスを食べながら中指を立てているのが一枚と、「父」「母」に挟まれて腕を組み寄り目をしているピンボケ写真が一枚だけだった。

「あんた、絶対普通に写ろうとしなかったよね。四人で撮るんで、通りがかりの人にシャッター押してもらうときだって、あんな顔して。撮る人が苦笑してて、お母さん、ほんと恥ずかしかった」と、「母」は写真立てに飾られた四人の写真を指さした。子どものころから「大樹」はおちゃらけた野郎だったのか、と俺はマクドナルドでの「大樹」を思い出したが、すぐに気づいた。この写真の子どもは、「大樹」ではなく俺なのだ。

俺「ここでも俺、ほとんど写ってない」
「あたりまえでしょ、大樹はカメラマンだったんだから」

俺「あ、そうか」

「あ、そうか、じゃないわよ。あんたがカメラの腕前見せたいからディズニーランド行こうって言い出したんじゃない」

「そうだっけ」

「そうだったでしょうが。何だか付け替えのレンズまで持って、重ーいバッグ提げて、えらく張り切ってたのに、あんた忘れたの？　大丈夫？　まだ若いんだからしっかりしてよ」

「いや、思い出してきたけど、何というか、写真やめちゃうとそれ関係のこともうろ覚えになっちゃうもんだなあ」

「本当に覚えてないの？　お姉ちゃんが、家族と行っても楽しくないっていやがって、大樹と大げんかになって、あんたがお姉ちゃんに蹴《け》り入れるもんだから、そんなカメラなんか壊してやるってキレて、二人ともお父さんにビンタされたでしょ」

「ああ、思い出してきた。カメラ壊すなんて言われて、俺もキレたんだよね」俺はこれ以上不審がられないよう調子を合わせた。

「そうそう。大樹はまあカメラカメラだったからねえ」

「あのカメラ、お年玉貯《た》めて買ったんだっけ？」鎌《かま》を掛けてみる。

「あれはお父さんのでしょう。自分の買ったのは高校入ってからじゃなかった？」

「あ、そうか、合格祝いも合わせて」

「そうそう。それまではお父さんの。子どものときの写真があんまり少ないっていうんで、それなら自分で撮るからいいってお父さんからカメラ借りて、お小遣いはほとんど現像代とかに注ぎ込んでね。でもお父さんより上手《うま》くなったから、感心したよ。お父さんがあんなふうになったときも、大ちゃん、自分で焼き増しして、お父さんの遺影、作ってくれたじゃない。高校入ったばっかりのころさ」と、「母」は仏壇の横に並べてある遺影を見た。「お父さんのアルバムもきれいにまとめてくれたでしょ。亡《な》きがらを撮った写真、本当に眠ってるみたいだった。お父さんに見せたいくらい。あれはあたしの宝物だよ」

「母」は洟《はな》をすすった。「大した腕前だったのにねえ。だから写真学校出たのにカメラマンの仕事に就けなかったときは、お母さんも心配だった。言っていい？　ちょっと言わせて」

「何だよ」

居住まいを正すような「母」の態度に、俺はにわかに緊張した。

「あのとき、お母さんが就職活動してくれってしつこく言ったのは、無気力が一番怖かったからなんだよ。何くそ、何でもいいから仕事に就いてやるって気概があれば、また写真の道も開けるかもしれないのに、諦《あきら》めたら開ける道も開けないでしょ。それでちょっとうるさいぐらいに尻叩《たた》いたつもりだったんだよ」

俺は船酔いしたような気分になって、「あの、その話、」と問おうとしたが、「いいからお母さんに最後まで言わせて」と「母」にさえぎられる。

「無気力になったらおしまいだっていう思いは、今でも変わってない。でも、今思えば、就職すれば気力が出てくるっていう考えは間違ってた。それはお母さんの過《あやま》ち。

だから、大樹が立ち直るいとまもないまま、うちでも追いつめられて、家を出て行かざるをえなくなったのも、あたしの責任。それは認めます。そのことをね、ずっと言いたかったんだよ。もちろん、だからうちに戻ってくれとかそんなこと言いたいんじゃないよ。ただただ、お母さんも反省していることをわかってほしかっただけ。でもあんたも寄りついてくれないし、なかなか言う機会がなくてね。大樹が今のとこ就職してさ、カメラ売り場に配属になったって聞いたときは、ほんと嬉《うれ》しかった。そういうわけ。もうこれで言いたかったことも言えたしね、すっきり」

「母」はそこで言葉を切って洟をかんだ。俺はぶっ倒れそうだった。それでトイレに退散した。便器にしゃがみ、目を閉じ、歯を食いしばり、拳《こぶし》を握り、俺は必死に何かにしがみついていた。しがみついていないと、気が遠くなりそうだった。俺が俺から離れてしまいそうだった。俺が生きてきた現実から攫《さら》われてしまいそうだった。でも何にしがみつけば離れないでいられるのか、わからない。ひたすら、目を閉じて、俺を離そうとする力に耐える。腹で息するんだ、ゆっくりと。十秒かけて吸って。十秒かけて吐いて。そう、それでいいんだ。

少し落ち着いた俺は、トイレを出て洗面台に立つ。鏡を見る。また心臓が止まりそうになる。

こんなとこにまで俺が映ってる！

速くなりかけた呼吸を抑えて、気がついた。鏡に俺が映っているのは自然なことじゃないか。

俺は俺を見る。けれど、なじめない。目を逸《そ》らし、顔面を消すような勢いで顔を洗った。

テレビのある四畳半に戻ると、「母」は片膝《かたひざ》立てた姿勢でアルバムを見続けていた。そして「お腹《なか》、大丈夫？」と言ってこちらを振り向いた。蜂蜜《はちみつ》で固めたような笑顔だった。俺は、もうやばいと思った。「あれ、電話だ」と電話がかかってきたふりをして携帯の時計を見た。午後二時近い。「何だよ、職場かよ」といやそうな声でつぶやき、端末を耳に当てる。そして「えーまじすか」「勘弁してくださいよ、俺、今埼玉なんですよ」「そりゃ非人道的ってもんじゃないすか」「わかりましたよ、その代わり絶対代休取らせてくださいよ。泣き寝入りはしませんからね」などと独り芝居をして切るふりをし、「遅番に病欠が出て売り場誰もいなくなっちまったんで出てくれだとよ」と「母」に告げた。「母」は、「そんなのまともに引き受けるから体調崩すんだよ。お人好《ひとよ》しになってるといいように使われて、壊れたらポイだよ。報われないよ」と、断る姿勢を求めてきたが、俺は押しきって「檜山」家を後にした。

ノイズキャンセリング機能の付いたウォークマンを両耳に差し込み、アルゼンチン音響派のプリミティブな世界に引き籠《こ》もって、駅への道を急いだ。確実に記憶したはずだったのに、俺は道に迷った。目印の「さわやかジャパン」にたどり着けず、やや大きめの川に出てしまった。かまわず橋を渡って歩き続ける。

歩くことおよそ一時間半、俺は蕨《わらび》駅にたどり着いた。気が緩んだせいだろうか、俺はここでも間違いを犯し、都心に向かうのではなく反対側の大宮行きに乗ってしまった。泣きたい気持ちで、次の南浦和駅で上り電車に乗り換えようとして、はたと考えた。北浦和まであと二駅だ。俺の本当の実家に行くのはどうだろうか。本物を見ておきたくはないか？　このまま帰っても、おまえはおまえの日常に戻れないんじゃないか。

いったん自問自答を始めてしまうと、俺は自分の本当の実家を見ずにはいられなかった。俺は南浦和で下車せずに北浦和まで行った。

北浦和駅で階段を降りているとき、俺は転びそうになった。数段を越して跳び下り、着地でよろけてしゃがんでしまう。頭の中がフェイドアウトしかける。俺はその姿勢でしばしじっとしていた。そしてひどく空腹であることに気づいた。

駅前のマックに俺は入った。クォーターパウンダー・チーズとてりやきマックバーガーとサラダをがっつき、ようやく人心地がつく。

野菜生活100をすすりながら、おふくろは俺を見たらこわばるだろうな、と想像した。おふくろの性格を考えると、歓迎されるよりも怒りを爆発させられる可能性のほうが大きい。

俺は長いこと実家に寄りついていない。親父《おやじ》の顔を見たくなかったからだ。最初のうちは意地から、今や惰性で。おふくろに請《こ》われて、親父が不在の平日昼間に顔を出すことはあったが、ここ二年ぐらいは適当な口実をもうけて避けている。何もかも面倒になったのだ。

俺はやっぱり予告なしで帰るのはまずいと思い、俺は母親の携帯に電話してみた。だが留守番電話サービスにつながったので、何も言わずに切った。メールを打ちかけたが、何と言えば火に油を注がずに済むのかわからず、やめた。

俺でも突然押しかけて、おふくろにどう謝ろう。いや、謝る以前に、親父が在宅で応対に出てきたらどうする。考え始めたらふんぎりがつかなくなり、ぐずぐずと思い悩んでいる自分がいやになり、俺はテーブルに突っ伏した。

寝不足がたたったのだろう、気がつくと俺は眠りこけていた。慌《あわ》てて携帯を見れば、もう六時になろうとしている。夕飯の支度どきだ。親父のいる確率も高い。タイミングを逸した。何て馬鹿《ばか》なんだ、俺は。いや、本当は実家に帰る勇気なんてなかったんだ。こうやっておまえは生きてきたんだ。

苦い思いを抱えながら、俺はアパートに戻ろうと決めた。トレーを始末すると、「大樹」の携帯を盗んだときのことを思い出し、「うんこ我慢」というフレーズが浮かんだ。俺はトイレに入った。大便を済ませ、手を洗い、鏡を見る。見るんじゃなかったと後悔した。俺はもうその顔にうんざりしていた。それは俺なのに、俺とは関係ない感じだった。俺は濡《ぬ》れた手で乱暴に髪を梳《す》き、トイレを出てマックを出た。そして、道路を渡って駅に行くのではなく、進路を左にとって実家へ向かっていた。

早くも帰宅する人たちが、俺と歩調をそろえて住宅街の遊歩道を歩く。実家へ一歩近づくごとに、俺の緊張は高まっていく。二年ぶりの街並は微妙に変化していたが、つぶさに確認する余裕などない。

名門高校の脇《わき》の街区の、かどから三軒め、俺の実家には明かりが灯《とも》っている。表札を見る。「永野」とあった。車庫の車は懐《なつ》かしの白いマークⅡ。この季節はいつもそうであるように、玄関脇のボケはピンクと赤の花をつけている。扉には、子どものころに俺が釘《くぎ》で傷つけた「均」の文字が残っている。

体から毒が抜けていくのを感じる。麻痺《まひ》していた神経が正常に戻る。まったく今までのは何だったんだ、と俺は笑顔で独白し、インターホンの呼び鈴を押した。

「はあい？」とおふくろの威勢のよい声が聞こえた。俺はインターホンのカメラに顔をぎりぎりまで寄せ、「俺でーす。均でーす」とおどけた。

「またあなたですか！　いい加減にしてください」

おふくろはいきなり俺を怒鳴りつけた。無防備の俺は完全に度を失った。

俺「またあなたって、俺、久しぶりじゃん。それ、嫌味《いやみ》？　確かにだいぶ帰らなかったけどさ。まあ勘弁してよ」

俺は今起きている出来事を認めたくなくて、軽薄に押し切ろうとした。カメラにいっそう顔を近づけ、あまりどアップではかえって識別しにくいと気づき、少し離れてカメラを見る。

「とにかく帰ってください。帰らないと、またこないだみたいなことになりますよ」

おふくろの声は攻撃性に満ちている。

俺「だから帰ってきたんじゃないか。このうち以外のどこに帰れって言うの。そりゃあ、長らく音沙汰《おとさた》なくて、急に予告もなく帰ってきたら、頭来るのもわかるけど。謝ります。ごめんなさい」

俺はカメラに向かってまじめな態度で頭を下げた。

「どんな理由こじつけたって、私はあなたを知りません」

「おい、勘当かよ？　俺、勘当されたの？　話ぐらいさせてよ」

「全然懲《こ》りてないんですね。どうなっても知りませんよ」

「懲りてるよ。だから謝ってんじゃないか。とにかく開けてくれよ。頼むよ」

ドアが開いた。俺は少し引いた。「あんた、ストーカー行為は犯罪だろ？」と言いながら若い男が現れた。俺は凍りついた。そいつは今日、俺がさんざん見てきた男だった。すなわち、**俺**だった。

第二章　覚醒《かくせい》

俺は俺の顔を見たとたん、怪訝《けげん》そうな表情を一瞬浮かべ、その場で俺を凝視した。

俺も凝視し返した。

俺は勤めから帰ったばかりらしく、黒っぽい銀色のスーツ姿だった。目の下にうっすらと陰のある、くたびれた昏《くら》い顔をしている。短い髪をワックスで軽く立て、流行《はや》りのスタイルの黒ぶち眼鏡をかけ、左目の脇《わき》に泣きぼくろがあり、二重まぶたと、俺自身にはない特徴を備えていた。端的にイケメンだった。それでも俺には、そいつが**俺**であることが直感的にわかった。俺が「俺だ」と思うのだから、**俺**に間違いないはずだった。

俺はすぐに気を取り直したふうで、俺に対し間合いをつめ、「帰れ、迷惑だ」と怒った声で言った。その声に体の内側をなでられたような気がして、俺は思わず震えた。

録音で聞く自分の声とそっくりだったからだ。ただ、茫漠《ぼうばく》とした俺の声より響きが明《めい》瞭《りょう》だった。

「誰だおまえ」と俺は愚問を発した。愚問だと思っても言わずにはいられない。

「おまえこそ誰だ？」

「永野均に決まってる」

俺は悲しげな眉《まゆ》をし、薄ら笑いを浮かべ、首を振った。

「おまえさ、また先週とおんなじこと繰り返したいの？　無意味だからこんな茶番やめろ。俺を騙《かた》って、何企《たくら》んでんだ？」

「ていうか、先週って何？　俺、先週はこのうち帰ってないんだけど」

「茶番はやめろって言ったろ」

「茶番じゃねえよ。二年ぶりなんだよ、俺が帰るの」

「じゃあ先週のは誰なんだ」

「俺が知るわけねえだろ」

ふうむ、と**俺**は口をとがらせ黙ってしまった。そして俺を見つめて首をかしげ、確かにちょーっと違うんだよなあ、とつぶやく。

「先週と先々週、おまえみたいなやつが、今のおまえみたいに押しかけてきたんだよ。

帰省してきた大学生のふりしてさ、自分の実家だって言い張って」

ドアの陰で見守っていたおふくろが**俺**をつつき、ちょっと、何あなたが説得されてんの、しっかりしてよ、同じ人に決まってるじゃないの、こんないたずらする人、他にいないんだから、とぼけてるのよ、と囁《ささや》いた。俺には、まる聞こえだった。おふくろの声はよく通るので、いつだって内緒話にはならないのだ。

俺は不機嫌そうに、いいから俺に任せて、と制した。おふくろはうなずいたくせに、俺に向かって、「さっさと立ち去らないと、今度こそ本当に警察呼びますよ」と言った。**俺**は嫌悪《けんお》感《かん》をあからさまにした。苦痛に顔をゆがめていると言ってもよいほどだった。そしてぶっきらぼうに「名刺」と言って、俺に手を差しだした。

「は？」

「名刺ぐらい持ってんだろ。名刺置いてすぐ出てけば、警察には通報しないどいてやる」

「なぜに俺が実家に名刺置いて……」

俺は途中で言葉を切った。**俺**が目配せのようなものを送って、必死で何かを訴えていたからだ。よくわからないが、胸に来るものがあった。**俺**はおふくろを欺《あざむ》くために俺と芝居を打ちたいのだと、漠然と理解した。

俺は俺の企みに乗ることにし、定期入れから「メガトン」の名刺を取り出す。最後の一枚だった。そこにはちゃんと「永野均」という名前が印刷されている。俺は堂々とそれを手渡した。俺は眉間《みけん》の皺《しわ》を深くしたまま名刺を眺め、俺に突き返してきた。

「携帯も書いといて」

俺は俺の顔を見た。俺は、依然として訴えるようなまなざしで俺の目を見て、かすかにうなずく。俺はおふくろの差しだすボールペンで携帯の番号を書き加えた。

俺がボールペンを返そうと顔を上げた瞬間、強い光が瞬《またた》いた。目がくらむ。おふくろが俺にデジカメを向けているのがぼんやりと見えた。それでも俺には、その機種がパナのＬＵＭＩＸ—ＦＸ35だと識別できた。

「何すんだよ!」

怒声を上げたのは、俺ではなく俺だった。

「証拠写真よ。万が一のため」

俺はふんと言って顔をまたゆがめ、おふくろからも俺からも目を逸《そ》らすと、「じゃあ帰れ」と右手で俺を追い払う仕草をした。だが、左手は体でおふくろから隠すようにし、握り拳《こぶし》の親指と小指を広げて電話の形を作っている。俺は曖昧《あいまい》にうなずき、一応「ちっ」と舌打ちだけはしてみせて、二人に背を向けると、振り返らずに駅への道を急いだ。

俺から電話がかかってきたのは、それから十分もしなかった。俺はまだ駅に着いていなかった。今すぐ追いかけるから駅の付近で落ち合おうと言う。俺はマックを指定した。

俺が現れたのは、俺が携帯を見て午後七時十三分であることを確かめたときだった。俺は二階窓ぎわのカウンター席で飲みたくもない爽健美茶《そうけんびちゃ》をすすりながら、通りを監視していた。にもかかわらず、俺が通るのを見逃していたので、いきなり「お待たせ」と言って左隣に男が座ってきたことにびびり、びくりと体を痙攣《けいれん》させてしまった。

「おう」と応じて俺は左を向いたが、目は合わせられなかった。俺も同じらしく、顔はこちらに向けながら、視線は宙をさまよっている。それでも俺は席に着くと、意を決したふうに緊張をみなぎらせて俺を見据えた。俺は見返せず、視線を落とす。俺のトレーにも爽健美茶が載っている。俺は体に悪い光線でも浴びているような気分だった。

「それでどういうことなのか説明してくれよ」

俺はけんか腰にならないよう注意を払い、すし詰めのエレベーター内で話すかのような囁き声で要求した。小声で話す必要など何もないのに、俺が**俺**とサシで話しているという事実が途方もなく恥ずかしい。

俺は視線を俺から外し、正面の窓に向き合うと、「さっき言ったとおり、おまえみたいなのが二回やって来て、春休みだから帰ってきたと言い張ったんだよ」と言った。

「おまえみたいに真ん中分けの髪が無雑作に伸びてて、一重で、眉も整えてなくて、空気の混じった薄い声してて、服の適当な感じもちょうどこんなだった」と、**俺**は俺のユニクロのネルシャツを指さす。

「ただ、髪が茶色く染めてあるのと、無精髭《ぶしょうひげ》っぽいのを顎《あご》んとこに残してるのと、少し受け口なのと、背がもっと高かったのと、こっちにえくぼができるのが、おまえと違ってた」**俺**は自分の右ほほを指す。

「それは俺じゃねえよ」

「わかってる」

沈黙が降りる。俺はトレーの上に置いてあった携帯を意味もなくいじる。**俺**も携帯を開いたり閉じたりしている。その携帯はヤソキチが持っているのと同じで、ボディ全体が赤く点滅するドコモの人気機種だった。青いジンベエザメのストラップがついているところまで、ヤソキチの携帯と同じだ。そしてそれは俺の携帯にもついている。

南さんが去年の夏、夫婦で美《ちゅ》ら海《うみ》水族館へ行ったときのおみやげとしてくれたのだ。

「で、どうしたんだよ、その学生さんは？」

俺は苛《いら》だちを隠さずに催促した。

「最初は力ずくで追い返した。入ってこようとするの、突き飛ばしたりしてね。そいつも暴れまくったけど、マサエさんが警察呼ぶって怒鳴り散らして近所の人が出てきたりしたんで、逃げてったよ」

「マサエさん、かよ……」

自分の顔が醜くゆがむのがわかった。**俺**も、自分がついいつもの癖でおふくろのことを「マサエさん」と呼んでしまったことに気づき、俺そっくりに顔をゆがめる。俺らは互いを見たくなくて、うつむく。

おふくろは、俺が中学生のころ、四十歳の誕生日に、「お母さんは辞める」と宣言したのだ。自分はまだ第二の人生を生きたいから、これからは「お母さん」じゃなくて「永野昌枝」として生きる、と言い、息子の俺にも「マサエさん」と呼ぶことを強要した。

「うちの中で『お母さん』って呼ばれるたびに、お婆《ばあ》さんになってく気がするんだよね。でも私、母親だけで人生終わる気、ないから。まだまだ若いんだし。だから、

『マサエさん』って呼んでほしい。部活なんかで先輩を呼ぶ感覚でさ。できれば、お父さんのことも『トシオさん』て呼んだらいいんじゃない？」

親父《おやじ》は、息子から「トシオさん」と呼ばれるなんて冗談じゃないと激しく拒絶したが、おふくろのことは「マサエさん」と呼ぶようになった。俺はしばらく意地になって「お母さん」と呼び続けたが、反応してもらえないどころか、「私を年寄りにするな」と叱《しか》られた。それで仕方なく「マサエさん」と呼ぶようになったが、独立してからは呼びかけを一切やめた。だから俺には、おふくろを呼ぶ呼び方がない。

「こないだ来たやつは、必死に『マーサ』って呼んでたよ。『ねえ、マーサ、俺をちゃんと見てくれよ』とかって。そのたびにあれは、『あんたなんか知りません！　なれなれしい』と突き放してたけど、俺は一緒になって、おまえなんか知らない、って言えなかったんだよ。どういうことか、わかるだろ？」

俺はそこで言葉を切り、視線はまっすぐのまま、窓を凝視した。俺も窓を見る。窓ガラスに映った俺を、**俺**が見ている。

俺はうなずいた。**俺**はそいつを見て、「**俺**だ」と思ったのだ。今横に座る男について、俺が思っているように。俺が今、かぶれたようなむず痒《がゆ》さに鳥肌が立ち、逃げ出したい衝動に駆られているように。

「最初は、兄貴が帰ってきたのかな、とも思ったんだよ。兄貴が照れくさくて妙な狂言してるのかなって。でも背格好といい年といい、どう見ても兄貴とは違う。どう見ても、その、なんというか……わかるだろ？　それで一回目は、なんていうか、草むしりしてたら蛇つかんぢまってほっぽり投げるような感じで、追い出した。でも二回目は俺はもっと話を聞こうとした。だけどおふくろは違った。本当に詐欺師《さぎし》かなんかが来たと信じ込んでて、警察警察って喚《わめ》くんだよ。今日みたいに証拠写真撮ったんで、それを見ながら俺が、俺に似すぎてる、なんか変だっていくら強調しても、そりゃあ桑田佳祐《けいすけ》と長門《ながと》裕之《ひろゆき》ぐらいには似てるかもしれないけど、二人とも親戚《しんせき》でも何でもないでしょ、なんて具合で、違和感ひとつ感じちゃいないんだよ。自分の息子が目の前に二人いるのにわからないなんて、どういうことなんだ、って俺はそっちのほうがショックだった。そういう親なんだよ。子どものことなんて理解したためしがないんだ。それで兄貴も……」

「ちょい待ち。兄貴って誰よ？　おふくろは俺しか産んでないけど」

「おまえには兄貴はいない？」

俺がうなずくと、**俺**はううむとうなり、考え込んでしまった。

「おふくろは本当にその兄貴とやらを自分の子として認識してるのか？」

俺が言うと、**俺**は空っぽの目で俺を見た。

「してるはず。ただ、兄貴は十年ぐらい前に家出たっきり、あっちこっち転々として帰ってこないんだ」

「十年も会ってないのか。じゃあ会ってもわからないかもしれないな」

俺はうなずく。「だから今日も、おまえが兄貴じゃないかって、ちょっと考えた」

「おまえ、本当は一人っ子なのに、兄貴がいるって思い込んでるだけじゃないの？」

自信なげな**俺**の様子に乗じて、突っ込んでみる。

「いや、確かにいる。俺にはときどき連絡来るから」

俺は携帯を操作し、「ほら」と俺にメールの画面を見せた。「あいかわらず生きてる。今は大分」とだけ書いてある。日付は十二月八日、差出人は「大」となっていた。

「だいっていうのか」

「ひろしって読むんだよ」

「いくつ違うの？」

「二つ上」

「しかし暗いメールだなあ」

「兄貴は暗いんだ。まじめで要領悪くて勉強できなくて。俺と同じで公務員とかが向いてる性格なのに、小さいころからおふくろや親父に、自分らしい道を見つけるよう言われ続けてね。選んだ仕事が美容師で、専門学校出たのはいいけど、いつまでたっても見習いから抜けられなくて、とうとうその美容室の店長から、接客業には向いてないから辞めろって言われて、そのまま失踪《しっそう》しちまった」

俺は胸騒ぎのようなものを覚えたが、直視したくなくて、「それは気の毒に」と軽く流した。そして「おまえは公務員なんだ？」と話題を変えた。

「さいたま市役所勤め。おまえは？」

俺「電器屋の店員」

「いつから一人暮らしなんだ？」

俺「七、八年前かな」

「さっきの話だと、二年間、実家に帰ってなかったんだろ。どうして？」

俺はためらったあげく、「親父と折り合いが悪いから」とぶっきらぼうに言った。

俺は独り言のように「そっか、兄貴と似てるな」と言うと、「どんな親父なんだ？」と尋ねた。俺はむしゃくしゃしてきて、「おまえの知ってのとおりだよ」と説明を拒んだ。

「悪意はないが、言い訳ばっかりで、自分を正当化するためには息子だって世間に売っちまうような、惨《みじ》めな小心者か？」

「まあそんなとこだろ」俺は、まるで自分がつぶやいているような錯覚を覚えた。

俺はまた「そこも同じか」と独り言を言うと、「おふくろはあれそのもの？」と聞く。

「親を間違えるわけねえよ」

「でもおふくろは子どもを認識できてないんだよ。あれは自分の見たいものしか見ない。おふくろが自分の息子じゃないと思えば、本物の息子だって息子じゃなくなるんだ」

「そんなにおふくろが耐え難いんだったら、一人暮らしすればいいだろうが。そのぐらいの給料はもらってんだろ？」

俺は険しい顔で俺を見、無言で何度もうなずいた。そして俺がいたたまれなくなったところに、「そこなんだよ。どうして俺はいまだに親元で暮らしてるんだろうって思う。あんなに自立したいって思ってたのに、俺は何でまだここにいるんだろう？」

「知るかよ」

「おまえだってそれで二年も家に寄りつかなかったんだろ？　それが急に帰ろうと思ったのは、どういう風の吹き回しなんだ？」

俺はまた躊躇《ちゅうちょ》した。この馬鹿《ばか》げた現実を話して、信じてもらえるだろうか。俺はニセ物でじつは他の家の人間である、と思わせる手がかりを俺に与えるだけなのではないか。

けれども俺は、溜《た》め込まれて出口を失っていた澱《おり》を、すべて吐き出していた。「檜山大樹」の件だけじゃない。親父のこと、おふくろのこと、写真家を目指して挫折《ざせつ》したこと、そんな自分は長い無意味な余生を送っているようなものであること等々、洗いざらいぶちまけた。俺が率直に誠実に接してきたから、というだけではない。俺は俺を信用したかったのだ。なにしろ相手は俺なのだ。自分なのだ。自分を信用できなかったらもうおしまいだという思いが俺にはあった。他の誰をも信用していなくても、俺だけは信じたかった。信じていいのだという確信もあった。なぜなら、俺のほうも俺に対してそんな気持ちを抱いていたからこそ、俺に接触してきたはずだから。俺も俺も、草と間違えてつかんだ蛇を放り投げたい衝動を抑えてでも、自分を信用したくてたまらないのだ。裏を返せば、俺らは心の底では自分を信用していない、ということになる。

俺が話している間じゅう、俺は「まじかよ」「ありえない」と相づちを打っていた。

「その『大樹』の『母』ってのは、うちのおふくろに似てるの？」

「容貌《ようぼう》は似てない。身なりもみすぼらしくて、見栄《みえ》っ張りなおふくろとは全然違う。態度はちょっと似てるかも。でもうちのおふくろは潔癖症だろ。家があんな汚いなんてありえない。それに、自分は人と違ってると思ってるから、韓流ドラマにはまったりもしない。だろ？」

「そうだな」と**俺**は同意する。「そのおばさんのこと、どう思う？」

「どうって、なんか孤独で憐《あわ》れだなとは思うけど、しょせん他人だからなあ」

俺はしばしテーブルに目を落とし、携帯を睨《にら》んでいた。それからおもむろに俺を直視する。

「おまえさ、『大樹』になるしかないんじゃね？　そのおばさんの子どもになるしか、ないんじゃね？」

俺は一瞬、絶句し、次の瞬間には裏切りやがってという怒りがほとばしった。

「てめ、自分は実家に居着いてるからって、いい気になるんじゃねえよ」

「いい気になんかなってないよ。現実問題として、おふくろはおまえを認知してない以上、おまえはうちの子ではいられないわけだ。で、逆にその『大樹』の『母』には実の子ども扱いされてるんだから、そこで自分のおふくろさんとして面倒見るしかないんじゃないの？」

「俺を追い払おうって魂胆だろ!」

「違《ち》げぇよ。現におまえはうちがいやで飛び出して、二年間も留守にしたんだ。半ば捨てた家と縁が切れたところで、何が変わるってわけでもないだろ。その代わりとして、同情を感じる人を親としてケアするなら、ずっと理にかなってると思うけど」

「てめえ、頭どうかしてる。ニセ物の親なんか親だと思えるかよ」

「昔から継母とか継父とかだってあるんだし、誰かが誰かをケアしなくちゃならないんだ。高齢者は余ってるんだよ。俺はまったく望んでないのに、自分の嫌ってる親たちをケアしてる。だからおまえは『大樹』のお母さんをケアしろよ」

「おまえこそうちがいやなら出てって、『大樹』の『母』をケアすりゃいいだろ」

「俺が行っても、認知されないで追い出されるだけだ。今じゃ『大樹』のお母さんはおまえの親なんだよ。面倒見るのはおまえの役割なんだよ」

「俺じゃねえよ、本物の大樹の役割じゃねえか!」

「俺のカンではさ、『大樹』はもうそのおばさんの子どもじゃないと思うよ」

「何言ってんの?」

「俺にはそういうふうになってきてるとしか思えないんだよ。おまえはもううちの人間じゃないし、『大樹』は檜山大樹じゃなくなってるような気がする。『大樹』も今ごろ実家に帰って、そのおふくろさんに、あんたなんか知りませんって追い出されてるかもしれない」

「何言ってんの！ わけわかんねえ！」

俺はもうただ怒鳴っていた。**俺**は目配せして、まわりの目があることを示した。俺は声を落とし、「本物気取りで、つけあがってんじゃねえよ」と罵《のの》しる。

「わかってないねえ。俺は、俺こそが本物の永野均で、おまえはニセ物だから大樹にでもなってろ、とか言ってるわけじゃないんだよ。あの若造が現れてから、このところ、毎日思うんだ。仕事から帰ったら、今度は俺がおふくろに、あなたなんか知りません、うちの子はこの人です、って言われて、あの若造が俺の部屋から現れたりするんじゃないかって。それでもおかしくないんじゃないかって。だって、年齢とか細かい容貌とかを別にしたら、あいつと俺は何の違いもないんだからね。入れ替わったって親には同じことだろうし、入れ替わったこともわからないだろうし、俺が本物だって証拠はないんだよ。それで、俺って本当にこのうちにずっと住んできたのかなって考えつめてたら、だんだんぼんやりしてきてね。全然自信ないんだ」

「じゃあ俺が代わってやる」

「それでも俺はかまわない。ただ、おふくろがおまえのことは認めなくて追い出すだろうけどね。そこなんだよ。俺がうちに暮らしてるのは、おふくろや親父が俺を均だと思ってるからにすぎない。入れ替わったって、均だと思う人間がそこにいれば、日常は続くんだ。その程度でしかないんだ。仕事と同じ。異動があっても、担当が俺じゃなくて別の人間に代わっても、業務さえ回ってれば日常は続く。だからもしかしたら、俺は何代目かの均なのかもしれないって思うんだよね。俺はずっとこのうちで均だったと思い込んでるけど、本当はわりと最近のことで、何て言うか、長い一本道があったとして、実物の道はほんの数メートルで、あとは書き割りとかＣＧ、みたいな」

俺は空っぽの目で俺を見つめている。俺はおまえの書き割りやＣＧじゃない、と言いたかった。同時に、こいつは俺の書き割りなのか、とも思い、全身から力が抜けていく。

「じゃあどうしたらいいのかって考えると、結局、今はこのうちでも職場でも均なんだから、俺は均でいるほかないんだよね。同じように、おまえはもう檜山大樹になりかけてるんだから、檜山大樹でいるしかないと思うわけ」

そこで俺はいきなり携帯を開いて「もしもし」と不機嫌な声を出した。そして「わかってるって。もう帰るから」と言った。よく通るおふくろの声が「冷めちゃったじゃないよ」などと言い立てているのが俺にも聞こえる。見る間に、**俺**の表情から苦渋がにじみ出てくる。

俺は通話を終えると、「赤外線使えるでしょ？　メアドとかも交換しとこう」と言って、携帯を差し出した。俺は言われるがまま、自分の携帯を差し出す。**俺**はジンベエザメのストラップを目に留め何か言いたげに俺を見たが、口は開かなかった。俺も同じ心境だった。

同じジンベエザメをぶらぶらさせた携帯同士の赤外線通信が終わると、**俺**は「悪いけど、これで登録させてもらうよ」と言って、自分の携帯の画面を示した。「檜山大樹」という登録名の下に俺のデータが表示されている。俺は特に反応せず、寝ぼけているような朦朧《もうろう》とした感覚の中で、**俺**の連絡先を登録名「永野均」で登録し、**俺**に示した。**俺**はうなずき、「また近いうち連絡する」と言った。

京浜東北線に乗り込んだときには十時を回っていた。三時間も話していたとは信じがたかった。その時間、俺は一人でぼうっと窓ガラスに映る自分を眺め、妄想に耽《ふけ》っていただけのような気さえした。それでも携帯のアドレス帳には「永野均」の登録がある。俺は「均」にメールを書きかけては消すということを何度か繰り返した。何かを言いたいのに、何を言いたいのか、わからない。

赤羽で埼京線に乗り換え、渋谷で東横線に乗り換え、各駅停車に座って発車を待っていると、携帯が震えた。「永野均」か、と期待を持って表示を見ると、048から始まる番号だった。この数日で何度も目にした、「大樹」の「母」からの電話だ。

携帯を開くなり、「あ、大ちゃん？　その後、どう、体調は？」と声が響いてくる。

俺は不機嫌に「なんだよ、寝てたのに起こすなよ。良くなるものも良くなりゃしねえじゃねえか」と言った。

「ごめんごめん。それでちょっとは良くなったの？」

「もう少し寝ればね」

「なんだったらお母さん、明日そっち行ってご飯とか作ろうか？」

「いらねえよ。子どもじゃねえんだよ！」

俺は声を大きく荒らげてしまった。迷惑そうに周囲の乗客が俺を見る。

「また明日の夜にでも電話するから、ちょっとほっといてくれよ」

「わかったわよ。あんたが内臓弱いから心配しただけじゃない」

「切るよ」

「はいはい、どうぞ、お大事に」

苛立《いらだ》ちの収まらない俺は、携帯の電源を切ってやった。
チャリには乗ってこなかったので、日吉駅からは歩いて帰る。
俺のアパートで「大樹」の「母」と朝を迎えてから、果てしなく長い一日だった。
俺はいくつかの一日をつまみ食いして、ひと月ぐらいをいっぺんに過ごした気分だった。

途中でコンビニに寄り、弁当を買う。すべての弁当を食べ飽きているにもかかわらず、同じ選択肢から選ぶしかない。俺は肉そぼろ弁当にポテトサラダをつけ、「金麦」を奮発した。

家に帰り着いてそれを食べていると、次第に俺は惨めさにうちひしがれていった。今ごろ、**俺**のほうはおふくろに作ってもらったコロッケとか八宝菜とかキノコの炊《た》き込みご飯とかを食べているのだ。やっぱり俺は体《てい》よく追い払われただけじゃないか、という気がしてくる。そう言えば最近は、おふくろからのメールもめっきり減っていた。俺がほとんど返事を返さないせいだと思っていたが、そうじゃなかったのかもしれない。二年前までは電話もしょっちゅうかかってきていて、就職できたんなら早く結婚しなさい、いい人見つけなさい、とうるさかった。

均がいつまでもトシオさんといがみ合ってるのも、子どものままで安定してないからでしょ。伴侶《はんりょ》ができて親になったら、あなただって落ち着いてきて、少しはトシオさんの気持ちもわかるようになるから、そうしたらもっと大人どうしとしてうまくやっていけると思うな。仕事のことも地に足着いたんだし、今が結婚するいいタイミングじゃないの。どうしても出会いがないって言うんなら、私のほうで当たってみることもできるわよ。均だって、三十までには何とかしたいと思うでしょ？　私だってまだ六十前でお祖母《ばあ》ちゃんになるのはちょっと抵抗あるけど、若くて体力あるうちに孫の世話はしておきたいな。

　そんなことを言われ続けて、俺はおふくろの電話に出なくなっていったのだ。するとメール攻勢に切り替わったが、俺はそれも無視したというわけだ。

　結婚したいのかどうか、俺にはわからない。そんなチャンスもめぐってこないから、真剣に考える気にもならない。ただ、結婚したところで、相手は俺に分相応な地味な女に決まっているし、要するにおふくろと親父《おやじ》のような夫婦になるのが関の山だ。そんな家庭を築きたいとはまったく思わない。むしろ、そんな夫婦が量産されるサイクルを断ち切りたいぐらいだ。そうしたら俺のような子どもも生まれない。

　いや、子どもなんかはどうでもよくて、問題は俺が誰とも暮らしたくないという事実だ。こんなふうに代わりばえのしないコンビニ弁当やマックを一人で食べる生活は惨《みじ》めで情けない。でも、これは餌《えさ》だからこれでいいのだ。一人でいるときの俺は、電源がオフになった物体なのだから、ただ壊れないように最低限の燃料補給だけしておけば十分なのだ。だから、こんな餌以上のごちそうを望んでいるわけじゃない。本当の問題はいつだって、電源がオンになっているときに起こる。電源がオンになれば、プログラムで型どおりにしか動かず生身の俺など理解しない親という連中に関わらなければならないし、同僚と同僚らしくつきあわなければならないし、自分のキャラを立てる努力をしなくちゃならないし、自分を説明しなきゃならない。俺は絶えず俺でいなければならないのだ。生きている間じゅうずっとそんなことをしていたら気が狂うので、スイッチをオフにする必要がある。それで俺は一人の時間を大切にする。俺が俺をやめる時間に安らぐ。そのときに誰かがいたら、俺はオンでなくてはならず、俺は俺でいなければならず、電源の切れている時間は寝ているときだけという恐ろしい事態に陥る。

俺はさっきとうって変わって、いまだにおふくろや親父と夕飯を食べざるをえない**俺**に同情を感じた。俺がオフでいる間も、**俺**は見栄の皮だけでできたようなあの親たちの息子でい続けなくてはならないのだ。こんな餌を食べるしかなくても、何者でもなくいられるってのは、なんぼ気楽なことか。きっと**俺**も週に一度ぐらいは、結婚をどう考えてるんだと迫られていることだろう。

ひょっとしたら俺には彼女がいるかもしれない。いや、いるに違いない。俺よりもずっと洗練されていて、抜け目なく無難に生きている俺のことだ、ほどよい彼女と結婚を考えていてもおかしくない。それでいいのか、俺は？ 後で破綻《はたん》しないか、「均」よ？

俺とて彼女がずっといなかったわけじゃない。嘘《うそ》みたいだが、写真学校時代末期のほんの一瞬、彼女と二人で一人、みたいな熱熱《あつあつ》ラブラブになったことがあった。ものすごく優秀な彼女だった。卒業前から賞を取って、写真家の助手として働き始めた。俺はデキる彼女の彼氏ということで、自分までデキる人間になった気でいた。すっかりその気で就活をし、軒並み落ちまくり、俺は彼女を自分だと勘違いしていたことに気づかされた。彼女は俺ではなかった。二人で一人の時代は終わった。

あのとき俺がスピードを出しすぎたのは、単なる事故とは言えなかったと思う。単に酒が入っていたからだけじゃない。俺はどこかでこのまま破滅してしまえと望んでいたはずなのだ。といって、本当に破滅に踏み切れるほどの太い胆《きも》があれば、たとえ才能の差で仕事の道は分かれても、真見子とだってつきあい続けられていただろう。けれど俺には何も太いものはなかったから、アクセルを踏み込んでも中途半端《はんぱ》、カーブでガードレールに正面から激突するはずだったのに、直前でハンドルを切って車体の横からぶつかった。助手席の真見子は左腕を骨折して、しばらく仕事に差し支えた。俺たちは別れるほかなかった。

俺はうんざりした。また「母」から延々と、真見子と別れるべきじゃなかったという愚痴を聞かされ、結婚はどうするつもりかと責められるのだろう。だいたい、結婚て、なかなか彼女のできない人間の気持ちをおふくろはわかってない。逆《さか》あがりみたいに努力すればできるってもんじゃないのだ。彼女さえできてりゃ、俺だってこんなカスみたいな人生、送ってねえよ！　「均」の野郎、俺は「母」をケアすればいいだなんて、お気楽に言いやがって。くそう、こっちの身にもなってみろってんだ。

俺は腹を立ててみたものの、どこか筋が違っている気がした。間違った方向に怒って、空振りしている気がした。けれど、どこがどうずれているのか、考えてみてもぼんやりしてしまう。何が気にくわないのか、自分でも判然としない。とにかく疲れすぎている。一日の間にあれこれありすぎた。俺は俺でいすぎた。「母」の息子の俺、母の息子の俺、**俺**ではない俺、俺ではない**俺**、**俺**としての俺、俺たち俺俺。俺でありすぎてしっちゃかめっちゃか、もう何が何だかわからない。電源オフだ、オフ。スイッチ切らないと壊れちまう。

翌朝、目覚めた瞬間に違和感を覚えた。部屋の空気がいつもの冷えて澱《よど》んだものとは違ってしっとりなま暖かく、おなかを刺激するにおいに満ちている。隣のダイニングキッチンからは物音も聞こえる。俺は慌《あわ》てて布団《ふとん》から抜け出し、ふすまを開いた。

「おはよう。どう、体調は？」

俺にそう言ったのは、キッチンで卵を溶いている「母」だった。俺はまた昨日の朝に逆戻りした気がした。昨日一日のことは夢で、今、泊まっていった「母」と俺は目が覚めたようにさえ、感じた。

体を包む網目がいっせいに開いて、眠っている間に蓄えられた自分の内容物がざあっとこぼれ落ちていく感じがした。力が出なかった。それで弱々しく、「ここで何してんだよ」と無意味につぶやいた。

「ご飯作ってるんじゃない。やっぱり心配だったから来てみたんだよ。昨日の態度といい、電話の受け答えといい、どうも大ちゃんの様子がおかしかったからね。大丈夫かなと思って」

「来てくれなんて言ってねえだろうが」

「だから家出る前に電話したわよ。でも出やしないし、ここに着いて呼び鈴押しても出てきやしないし、よっぽど熟睡してるんだと思って、勝手に上がらせてもらったんだよ。卵おかゆ、食べるでしょ？　あんた、こんな時間で仕事間に合うの？　勝手に起こすとまた叱《しか》られるから、ほっといたけど」

　時計を見ると、八時半だった。ぎりぎりと言えばぎりぎりだ。

「ったく、頼まれもしないのに来んじゃねえよ」

「でもお母さんが来なかったら、大樹、寝坊したんじゃない？」

「俺は自動的に起きたんだよ。これが普通なの」

「はいはい、そうですか。いいから早く食べなさい」

　俺は顔を洗い、卵おかゆと豆腐の味噌汁《みそしる》を掻《か》き込んだ。癪《しゃく》なことに、それらはとてもおいしかった。

「それで具合はどうなの？」

「いまいち」

「仕事大丈夫？」

「こんな程度で休めるかよ」

「無理しなさんな。お父さんもいっつも、まだ大丈夫だ、休むわけいかないって言って、少しずつ悪くなって気がついたら取り返しつかなくなってたんだから。ちりも積もれば山となる、だよ」

「ちょっと違わね？」

「そうかしら。体が弱るとね、心も弱るんだよ。体だけなら休めば治るけど、心まで弱ると、そんなつもりはないのに、自分から人生諦《あきら》めたりするんだ。人間は弱いんだよ。あたしはね、大樹にだけはお父さんみたいな人生、歩んでほしくないんだよ。だからうるさく言うけど、あんたも自分の健康は自分で管理してちょうだい。親孝行だと思って」

途中から鼻声になった「母」は、目元をぬぐい洟《はな》をかんだ。俺はぶっきらぼうに
「わかってる」とつぶやいた。まるで本当に俺の親が自殺で亡《な》くなったみたいに、心臓が締めつけられた。

「あ、それと、これ。あんた忘れてってたから」

そう言って「母」が差し出したのは、往復ハガキだった。例の、クラス会のお知らせである。

「わざわざこれ持ってくるために来たの？」

俺はかろうじて残っていたわずかな気力さえ、尻《しり》の穴から抜けていくような脱力を感じた。

「あくまでもついでよ、ついで」
俺はハガキに目を通した。
「市立浦和南高平成十年度卒業三年C組およびその周辺クラス会
日時 五月二十四日(日)午後二時〜五時
会場 南高会議室
なお、出席者の経済状態もさまざまであることが予想されるため、会費は無料とし、各自で食べ物・飲み物を持ち寄る形式とします。」
へえ、今時はこうなんだ、じゃないと集まらないかもしれないもんな、などと俺は脳内で独り言をつぶやいた。それからクラスの面々、よくつるんでいた写真部の洋次や和良、人生で初めてコクってあっけなくフラれた桃世などを思い浮かべる。十年以上たって変わっただろうか? 定職もある今なら、あいつらと会っても気後れはしないだろう。タダだし、行ってみるか。まあ、日曜は出勤だから行けるかわからないけど、無理ならネグればいいだけのこと。
そんなことを考え、俺は返信用ハガキを切り離し、「出席」を丸で囲み、自分の住所を書き、「檜山大樹」と署名した。
「ああ、行くんだ? それがいいよ。再会っていうのは新しい出会いでもあるしね」

「おふくろさ、黙っててくれる？　俺のすることいちいちチェックしないでくれる？」

俺　「おふくろって呼ばないでくれる？」

「俺に干渉し続けるんだったら、おふくろって呼ぶ」

俺　「干渉、なんて人聞きの悪い。あたしは大樹にもっと干渉してほしいよ」

俺は疲れたように首を振り、何も言い返さずに食事を終え、ジーパン、Tシャツ、ブルゾンに着替える。

「仕事行くのにそんな格好でいいの？」とおふくろが突っ込んでくる。俺は機械的に

「あっちで制服に着替えるからいいの」と答える。

出がけに俺は一応牽制《けんせい》しておく。

「俺はもう大丈夫だから、適当な時間に帰ってよ。仕事から帰ったらすぐ寝たいしさ。それから、掃除とか片付けとかされると、あとで必要なものの場所がわからなくなったりするから、放っといてよね」

おふくろは「わかった、わかった」とうるさそうに言い、「早く行ってらっしゃい」と俺を追い出した。俺は、おふくろが俺の頼みを無視するだろうなと予測した。

まったくあれだけ釘《くぎ》刺しといたのに、どうして来るかね、なんでこうも人の意思ってものに無頓着《むとんちゃく》でいられるんだ、などと俺は自転車を走らせながら一人愚痴《ぐち》り続けた。そのせいで、クラス会の返信ハガキを投函《とうかん》するのを忘れた。

そのことに気づいたのは、ロッカールームで着替えている最中だった。俺がズボンを脱いだところ、尻ポケットからハガキが滑り落ちて、やはり着替えていたヤソキチの足もとまで滑走したのだ。ハガキを拾ったヤソキチは、「おお、クラス会行くんだ？」と言って文面を読んだ。

「会費は無料とし、各自で食べ物・飲み物を持ち寄る形式とします。おまえんとこもそうか。俺も去年の暮れ、高校のクラス会あったんだけど、会費タダで食べ物持ち寄り、会場は高校の教室。しけてんなあと思ったけど、今のご時世じゃ当然なのかもな」

「俺だって、タダだから行くことにしたもん」

「やっぱ？」

ヤソキチはハガキをためつすがめつ検分して俺に返した。俺は何か心に引っかかったが、それが何であるのかはわからなかった。ヤソキチがすぐに「クラス会も今や一種の合コンじゃん。だから婚活の一環として、けっこう盛んらしいよ」と言ったので、引っかかりはどこかに紛れてしまった。

「まじ？ 俺も親からクラス会には出ろって言われたよ」

「だろ？ 今じゃ親同士が画策して、クラス会開かせたりするなんてケースもあるらしい」

「なるほどね。じゃ、これもヤラセかな」

俺は適当に話を合わせたつもりでそう言ってみたが、実際、おふくろはこのクラス会のハガキに尋常じゃない執着を示している。でもおふくろは真見子にこだわっていたはずだ。真見子とはダメになったとわかったから、クラス会に賭《か》けるようになったのか？ いずれにしても、おふくろは性懲《しょうこ》りもなく俺に結婚へのプレッシャーを強めているわけだ。

俺は朝のおふくろの様子を思い起こした。帰ったらまた顔をつきあわせるのかと思うと、気持ちがささくれ立った。俺は脱いだジーンズのポケットにハガキを突っ込むと、乱暴にネクタイを結んだ。

売り場でも調子は出なかった。こういう日に限ってやたらと客に声をかけられるのだから、始末が悪い。まったく煮え切らない、何を知りたいのか要領も得ない、そのくせぐずぐずと店員から離れない、四十ぐらいのさえないオヤジに俺は捕まった。沈黙のほうが多く、俺が切り上げようとすると「あ、あと、ＩＳＯ８００でも使えますかねえ？　やっぱ４００までですかねえ？」などと聞いてきやがる。おまえなんてどれ買ったって同じだよ、だいたいいい年して平日の昼間からデジカメ売り場をうろついてるなんて、仕事してねえのか、と俺は胸の内で毒づく。

早く離れたくて素っ気ない返事を繰り返し、案の定そのオヤジは、一番安いクラスのコンデジなのにその場で買う決断を下せず、「もう少し検討してみます」と帰りかけて、また戻ってきて、俺に「すいませんが、名刺をいただけますか」と要求した。俺は胸ポケットを探り、そういえば最後の一枚を俺に渡して切らしていることを思い出したので、「ありません」と冷たく答えた。

そこを田島に見られてしまった。その客が俺の名札を見て、檜山さんですね、檜山さん、覚えてられるかなあ、などとつぶやきながら帰るや、田島は俺のもとに猛スピードで寄ってきて、「なんだ、あの態度は」となじった。自分に非があるのはわかっていたが、田島だとつい口答えしてしまう。

「あの手の客は買わないんですよ。時間ばっかり取られてロスが大きいから、もう来ないようにあえて冷たくしたんです」

田島はゆがんだ笑みを浮かべた。

「そっくりだよ。ちょっと前のおまえそっくりの客じゃないか。いいのか、あんな態度とって。おまえだって買わないくせに親切にしてもらってただろ？」

俺の顔はかっと火照《ほて》り、目に映る光景が明滅している気がした。俺は動揺して何も考えられなかった。田島の言葉にむかっとすることはしょっちゅうだが、存在の根底を揺さぶられたのは初めてだった。

「つけあがるなよ。自分の分際を忘れて偉くなった気でいるようだけどな、たまたまなんだよ。たまたまおまえはツイてたから、ここで働いてるんだよ。あのオヤジがツイてたら、おまえが客としてあのオヤジに今みたいにあしらわれてたかもしれないんだからな。おまえが優れてるわけでもなんでもない。そこのところを履き違えるな」

田島の言葉はぶすぶすと俺の胸に刺さった。そしてそこから田島の嫌味成分が溶け出して広がり、俺の体を蝕《むしば》んでいく。俺は何かを言い返す余裕を失っていた。

「だいたい名刺切らして平気でいられるなんて、何か勘違いしてるんだよな。名刺もなかったら、おまえのことなんか誰も覚えていられないんだけどな。まともに仕事したかったら、名刺のチェックぐらいは怠らないだろう、普通は」

俺は声にならない声で、すみません、と言った。十分にショックを受けている俺の様子に満足したのか、田島は腕時計を見ると、「とにかく名刺頼んでこい。それで、ちょっと早いけど、そのまま昼飯行っていいから」と気前のいいことを言った。俺はもう一度、かすれた声で、すいません、と言い、その場を立ち去る。背後から田島がまた声をかけてくる。

「あ、それとな、四月末からしばらく木曜も出てもらうことになったから」

俺は立ち止まって振り返る。

「休みは月曜だけってことですか？」

「どうせ休み取ったってカメラ屋うろついてるだけなんだろうから、出ても変わらないだろ」

「代休もないんすか？」

「契約を五人減らすことになったんだよ。おまえも契約じゃなくてよかったな。つまり、ツイてるってことだ」そう言って田島は空気だけの声で笑った。

事務室で名刺の申請用紙に必要事項を記入していると、俺がよっぽど暗い顔をしていたのだろう、宮武さんが「また理不尽なこと言われたの？」と聞いてきた。アルバイトながら長年事務を取り仕切っている宮武さんは、メガトン日吉店の事情通であり、隠し事などできない。もう田島とのいざこざをかぎつけたのかと、内心で舌を巻く。

「いや、今日はぼくが悪いんです」

「本当？　いつもおまえが悪いおまえが悪いって言われ続けてると、いつの間にか洗脳されて、悪いのは自分だ、って思うようになるらしいけど、そういうのと違う？」

俺「そういうのもあるかもしれないですけど、名刺切らしちまったのはぼくのミスですから」

「たいていの人は名刺なんて切らしてから申請しに来るものよ。田島くんは隙《すき》を見せるのが嫌いだから、抜かりないんだろうけど」

「そういうもんですか？」

俺「そういうもんですよ」

「やっぱり洗脳されかかってたんですかね」

「檜山くんらしくないね、普段は五分五分の減らず口でやり返してるのに」

宮武さんのその言葉で、俺の意識は背中を押され、用紙の名前の欄に「檜山大樹」と書いた。話しながら、用紙の名前の欄で俺のペンはなんとなく止まっていたのだ。携帯の番号とかメアドとかならともかく、自分の名前を自動的に書けないなんて不思議だった。

「そんな言い方しないでくださいよ。俺、口先だけの人間みたいじゃないですか」

「でもそれって檜山くんの取り柄でしょ。だから一介のお客さんから売る側へと抜擢《ばってき》されたんじゃない。胸張って堂々としてなさいよ」

この人は今さっきの俺と田島のやりとりを盗み聞きしてたんじゃなかろうか、と俺は訝《いぶか》しんだ。まさか店内のあちこちに盗聴器でも仕掛けてるわけじゃあるまいな。この地獄耳で社員の一挙手一投足を把握し、インターネットを駆使してあれこれ人の噂《うわさ》を流通させては、メガトン日吉店の人間関係を仕切っているという噂だ。

危険地帯から早く脱出しようと、俺はそそくさと事務室を出た。

駅前のマックに入ろうとしたところで、ヤソキチから昼飯を一緒に食おうと電話がかかってきた。俺がマックで待っていると言うと、二人分をテイクアウトで買って駅ビル屋上の駐車場に来てくれと言う。

メガトンで働き始めたころは、休憩時間になるたびにヤソキチと屋上へたばこを吸いに行った。だが、二人とも禁煙の波にさらわれてたばこをやめると、屋上にも行かなくなった。

「何年ぶりかな、ここ来るの」

「三年ぐらい？」ヤソキチはどこか硬い表情で言った。

「俺らって意志弱いよね。まわりがみんなたばこやめたら、一緒になってやめちまったんだからな。本当に吸いたきゃ吸えばいいのにさ」

「でも肩身狭かったじゃん」ヤソキチは心ここにあらずといった体《てい》だ。

「肩身狭いって感じたのは、たばこ吸うからじゃなくて、そのために休憩取ったせいかも、って今は思うんだよなあ。たばこ吸わなかった人たちって、休まないでずっと仕事してたでしょ。休憩時間をなくすために、会社が禁煙を広めてたりして」

「そう思いたくもなるよな」ヤソキチは抑揚のない声で形だけ同調すると、少し沈黙してから、「俺、会社辞めるんだ」と言った。

「何それ？」と俺は声を張り上げた。

「さっき店長に辞表出してきた。まだ誰にも言うなよ」

俺「まじかよ」

「まじだよ。税理士の勉強始めるんだ」

俺「税理士？　何それ」

「何じゃないよ。俺、学生時代は税理士目指してガリ勉してたって言ったじゃんか」

「そうだっけ？」

「これだよ。わかってはいたけどさ、つれないよね。大樹は他人に関心薄いからな」

「全然覚えてない。ほんとに俺に言った？　ヤソキチが勘違いしてるんじゃね？」

「言ったよ。大樹が俺に親御さんの話打ち明けてくれたんで、俺は税理士断念した話、したんじゃないか。ほら、大樹が最初に、田島から客の前で怒鳴りつけられた日」

「ああ、あのときか」

確かにその日のことは覚えている。まだ契約社員になりたてのころ、俺はあまり人気のないカメラの売れ行き予測を誤って在庫を切らしてしまい、買いに来た客から苦情を言われ、田島が客の面前でいきなり俺を怒鳴りつけたのだ。そしてその晩ヤソキチから誘われてサシで飲みに行き、確かに俺は親との確執を話した。けれど、ヤソキチが何を話したかはまったく記憶がない。

「まあいいよ、覚えてなくても。大樹には重要な話じゃないもんな」

「いや、俺もあのときは激へこんでたから、ほかのこと頭に入らなかったのかも」

「かもな。それで、去年の暮れ、一緒に勉強してた仲間の一人が合格したって、連絡が来たんだよ。卒業以来の連絡でさ。就活しないで税理士の勉強続けるって仲間内で言い合ってたのに、俺だけまわりに流されてこっそり就活してここの内定もらったもんだから、疎遠《そえん》になっててね。それがお祝い会にも呼んでくれたもんだから、嬉《うれ》しくてさ、行ったんだ。実際、楽しかった。楽しすぎて、俺、虚《むな》しくなっちゃってね。みんな自分を貫いてるのに、俺はこれまで何してきたんだろって。人生、流されるにもほどがあるよ。それで、遠回りしたけど、もう一度税理士に挑戦してみようって決断したわけよ」

「だからって会社辞めなくてもいいだろ。仕事しながらでも勉強できるだろ」

「本気で、そう思う？」

まあ休日以外は無理だろうな、と思ったが、口には出さなかった。それが答えだった。

「ほらね。腹くくらないと、中途半端《はんぱ》じゃできないんだよ」

俺「でも、合格しなかったらどうするんだよ。そういう可能性もあるだろ」

「チャレンジなんだよ、これは。リスク負わなかったら、成功するわけない」

俺「なんと言うか、気を悪くしないでほしいんだけど、俺から見るとさ、ヤソキチはそういう仕事向いてないと思うんだよ。合格はするかもしれないよ、でも、仕事が合わないんじゃないかなあ」

ヤソキチは少し自嘲《じちょう》的な笑みを浮かべた。

「俺が内定もらったときに勉強会の仲間が言った言葉も、それだったな。お調子者のおまえはそういう接客業のほうが向いてるって。でも俺はこの仕事、まるで好きになれないんだよ」

「冗談」

「いやほんと。お客さんの喜ぶ顔見たり、あなたのおかげで満足いく商品が買えたって言ってもらうのが何よりの喜び、とか言うじゃん。俺はそんなのまったく感じないね。だいたい、電気製品に関心ないし。思い入れのない商品を心にもないトークで売って、充実なんて感じないよ。ただ店とメーカーが決めた商品売ってるだけじゃん。職場環境だって、とてもいいとは言えないし」

「無理してね？　ヤソキチのキャラじゃないよ。俺からしてみれば、楽天家のヤソキチは相手が喜べば一緒に喜ぶタイプだよ」

「だから、流されやすいだけだって。この会社にいるから、まわりに流されて、小売りが好きだと思い込んでただけで」

「そう、つまりそういうことだろ。今は、税理士に受かった友だちがまぶしく見えるから、やっぱり税理士だって思ってて、勉強会の仲間に流されて、そっちに行こうとしてるだけだよ。ちょっと染まりやすすぎるんだよな。そういう性格は、税理士よりこの仕事に向いてると思うけどね」

「大樹に言われたかないね」とヤソキチは少し怒りと軽蔑《けいべつ》を含んだ笑い声で言った。

「俺は流されやすくはあるけど、大樹ほど染まりやすくはないよ。大樹なんて、場に染まること以外何も考えてないといっていいぐらいじゃんか。だから人のことなんか関心ないんだよ」

俺「心外だなあ。俺が染まりやすいんだったら、今ごろ田島とうまくやってるだろうが。俺は自分を譲りたくないから、あれと衝突するんだよ」

「前に南さんも言ってたじゃん、大樹と田島、似てるって。染まってきてるんだってば。染まりきらないうちに、大樹も早く辞めたほうがいいんじゃね。近々、冷蔵庫担当に異動になるって話だしね」

俺は乱れる感情を抑え、「まあ、よかったな、ヤソキチはこの年になってやっとチャレンジすることができて」と言った。「俺はすでに一回チャレンジして失敗したからな。この仕事が俺の道だよ。ヤソキチもそうならないように祈ってるよ」

俺「大樹を反面教師にしてがんばるから」

「また学生さんに逆戻りだな。社会は厳しいもんな。やっぱり学生さんは楽しいよな。永遠に学生さんでいられるといいな」

「田島先輩、じゃねえ、大樹先輩もがんばって」

ヤソキチが捨てゼリフを残して先に屋上を降りると、俺はコーラの氷をあたりにぶちまけた。気にくわなかった。落ち続ければいい、と呪《のろ》った。あいつに「自分の道」

なんて進んでほしくなかった。そんな幻想に今さらのめり込まないでほしかった。それでは俺が浮かばれない。俺がたどり着いた場所を、虚しい場所だなんて否定されたくなかった。ヤソキチにも、俺と同様のやり甲斐《がい》を感じていてほしかった。

そこまで考えて俺は、自分ほどには仕事のできないヤソキチがいることで、どうにか心の平静を保っていたのだと悟った。実際には、ヤソキチと比較するまでもなく、俺は十分に誇れる成績を上げているのに。自分が安定するために、俺はヤソキチというつっかえ棒を必要としたのだ。他人をつっかえ棒にしてまで支える価値が、俺にあるとでも思っていたのか。

俺は夢を見ている気がした。夢の中で俺は、カメラ売りのエキスパートだった。現実には俺なんてどこにも存在していない。ヤソキチがいなければ、メガトンの店員である俺もいないのだから。

午後の俺はほとんど自動操縦だった。レジに入って釣り銭を間違えたり、クレジットカードの処理を誤って一時的に使用不能にしてしまったり、勘違いして八百円多く割り引いてしまったりと、小さなミスをいくつか犯したが、俺は無視した。夢みたいなものだと思うと、気にならなかった。ヤソキチから、後味悪いから飲み行くか、とメールが来たが、疲れていると断った。夜七時が近づいたら、近寄る客をかわして即座に退勤した。早くオフになりたかった。

だが予測どおり、家ではおふくろが夕食を作っていた。俺がドアを開けるなり、

「あ、お帰り。案外早いのね。帰る前に連絡してくれれば、間に合うようにご飯炊《た》いたのに」と言った。

「とっとと帰れって言っただろ」俺は不機嫌な低い声で言った。

「いいじゃないの、大ちゃんが病気のときぐらいは」

「俺は病気じゃねえ」

「何年も夕飯一緒に食べてないんだから、たまには文句言わないでつきあいなさいよ」

おふくろも声をとげとげしくして強く言った。俺はそれ以上やり合う気力もなく、

「わかったよ。でも先に風呂《ふろ》入るからね」とだけ言った。

ぬるま湯につかりながら、人間の体の水分は七〇%だっけかな、八〇%だっけかな、と考える。七、八割が水の風船が人間なんだから、この皮を破ったら、俺の半分以上は水に溶けちまうわけだ。

俺は自分のへそを破る光景を思い浮かべる。へそから透明な汁が風呂の中に広がり

出て、俺はゆっくりとしぼみ、しわしわになっていく。水の俺は湯に広がり、湯の温度を少しぬるくする。水に混じった俺のことを、もはや誰も俺だとは思わない。どこまでが俺でどこまでが水かなんて、誰にも区別はつかないのだ。

俺はクラゲの気分でしばらく湯船にたゆたう。少しうたた寝もしたかもしれない。

湯から上がってブリーフをつけ、寝間着代わりのスウェットを着ると、俺は再び俺としてオンになった。

「ご飯もうすぐできるってわかってるのに、だらだらして。冷めちゃったじゃないの。いつも冷えたお弁当なんか食べてるんだろうから、せっかくお母さんができたてを食べさせてあげようと思ったのに、感じ悪いよ」

「いやいや、十分アッツアツだよ、俺がいつも食べてるメシよりはさ」と俺は上機嫌を装《よそお》って言った。筑前煮《ちくぜんに》、だし巻き卵、イワシの梅じそ巻き焼き、あぶらあげとほうれん草の味噌汁《みそしる》。デザートにおはぎ。お茶も俺ではこんなにおいしく淹《い》れられない。おふくろってこんなに料理がうまかったっけと疑問に思わないでもなかったが、あまりに久しぶりゆえ、俺が忘れていただけのことか。懐《なつ》かしいというより、単純に美味《おい》しさに感動した。

食べている間、おふくろは延々と、韓流ドラマファンで作る韓国語勉強サークルの話をしていた。村木さんは発音はうまいけど、形式的なことしか言えない、言いたいことがないからね、要するに自分がないんだよね、それに対してあたしは言いたいことはあるんだけど、いかんせん、単語がなかなか覚えられなくて、それもそのはず、サークルの中で最年長だから、どうしても物覚えでは劣っちゃうんだよね云々《うんぬん》。

「あ、そうそう、お姉ちゃんが、大樹にも翔《しょう》を見てほしいって。うちに来てもらうのであたしはいいと思うんだけど、なにしろホコリとかダニとかカビとかうるさいでしょ。だから一回、行ってやってほしいんだよ」

風呂ですすいだはずの俺の気分は、再び濁ってきた。かすみのことは考えたくなかった。かすみのうちを思い出そうとしたが、記憶にない。俺はかすみ宅には行ったことがないのだ。あの旦那《だんな》の謙助という男が苦手なのだと思う。おまけに俺は、猫とか犬とかガキには興味がない。小さな生き物で癒《いや》されたりしないのだ。俺は「うーん、忙しいからなあ。来月から休み減らされちまうし」と難色を示した。

「だったら、なおさら、今月中に行っといたほうがいいでしょう」

「いや、来月に備えて休んでおきたいんだよな。四月は激務だから」

「でもあんたの甥《おい》っ子なんだし」

「だってまだ動物の子どもみたいなもんだろ。言葉しゃべるようになってからでいいんじゃない？」

「お姉ちゃんのためよ」

「ただの親ばかじゃないか」

「何、その言い方。あんたも、どこまで人の気持ちに鈍感なんだろうね。ちょっと顔出せば、かすみもあたしも喜ぶっていうのに、三十近くにもなって、それぐらいの思いやりも持てないの？　だからいつまでたっても独りでこんな陰気な暮らししてるんじゃないの。真見子ちゃんと別れたのも、そのせいでしょう。そりゃあ真見子ちゃんが正しいわ」

「関係ないだろ。てめえが孫見たいんだったら、てめえで行きゃあいいじゃねえか。姉貴に邪険にされてるからって、俺をダシに使うなよ」

「親に向かっててめえとは何よ、てめえとは」

「なんで俺は疲れきって帰ってきて、さらに疲れなきゃいけないんだよ。これ以上、人にサービスする余力なんか残ってねえんだよ。だから朝、仕事終わったらさっさと寝たいから帰ってくれって言ったろ。なのに無視しやがって、人の気持ちわからないのはそっちじゃねえか」

「何がサービスよ。親相手にどーして疲れるの。おかしいんじゃない？」

「わからないのかよ。じゃあ俺がどうしてうちを出たかも、いまだにわからないんだ？　姉貴に面倒がられてる理由も、わかりっこないわけだ」

「冗談じゃありませんよ。あたしはあんたたちに迷惑掛けないよう気を遣って、こっちからは連絡しないで、あんたたちから連絡が来るのを待ってるんだ。それをいいことに、ちっとも連絡よこさないで、気にも掛けないで平然としてるのはあんたたちじゃないよ。親にだって我慢の限界ってものがあります」

俺「だから昨日行ったじゃないか」

「仕事が入ったって言って、すぐ帰っちゃったじゃない」

俺うあああ、と俺は大声を上げた。そして「頼むからほっといてくれよ。寝かせてくれよ」と怒鳴った。おふくろは虚《うつ》ろな目で黙って俺を見つめると、「わかりました。帰ります」と言った。

「今日は遅いから、明日でいいから、とにかくもう寝ようよ」

俺「うちを捨てた息子なんか、かまったりするんじゃなかった。仕方ない、自分の責任だ。あたしの育て方が悪かったからこうなったんだ。自業自得《じごうじとく》。文句は言いません」

「何、かたくなになってんだよ。俺も言い過ぎたけど、いちいち気にすんなよ」

おふくろはあっという間に出て行った。追うべきだと俺の理性は命じていたが、何もかもどうでもいいという投げやりな気分のほうが勝《まさ》っていた。

目覚めてみると一人だった。それが俺の日常のはずなのに、俺はいわく言いがたい違和感を覚えてしまった。なんだか、昨晩もおふくろは泊まっていったような気がしたのだ。あるいは、俺はおふくろの家を訪ねて、泊まったようにも思えた。毎日は連続していなくて行き当たりばったり、籤《くじ》のようにランダムに押し寄せてくるのだ。明日の次に昨日が来て、その次に二年前が来て、さらに続くのは五年後の世界だったりする。自分がいつに生きているのかは明けてみなければわからない。そんな錯覚に陥っていた。

自分がどこにいるのか惑っている感覚から抜けきれないまま、俺は出勤した。その日一日、会う人ごとにヤソキチの辞職の話を振られた。皆、ヤソキチが有給休暇の消化でもう出社してこないのをいいことに、わがままだの根性がないだの甘えてるだの、ぼろくそに言う。ヤソキチは人畜無害な明るいお調子者ということで、日吉店内では好かれているほうだったのに、あまりのあからさまな評価の反転ぶりに俺は唖然《あぜん》とした。

退勤するときにたまたま南さんと重なったので、俺たちはマックに寄った。

俺は爽健美茶《そうけんびちゃ》をすすりながら、「ヤソキチ、評判悪いすね。みんなボロカスなんですけど」と言った。

南さんはやや冷たい横目で俺を見ると、「口火切ったの、檜山じゃない」と言った。

「え、俺ですか？」俺は半ば驚き、半ば慌《あわ》てた。

「ヤソキチが辞めるって告白したら、社会人なりそこないは会社から去れ、みたいなこと言ったんでしょ？」

俺「言ってないですよ。誰がそんなこと言ったんですか？」

「昨日の仕事の後、ヤソキチと飲みに行ったのよ。相談したいことがあるって言うからさ。そうしたら、辞表出したことをまず檜山に話したら、冷淡に突き放されて傷ついたって」

俺「南さんにそんなこと言ったんですか」俺は、ヤソキチがあの場での出来事を第三者に話したことに、裏切られた気がした。

「でもほんとなんでしょ、言ったこと」

「いやあ、なんつうか、ちょっとニュアンスが違うような」

「違ってないと思うよ。私もヤソキチに同じようなこと言ったし」

「まじですか？」

「仕事ができない自分を直視できないなら、辞めるのは当然だって」

「うわ、厳し。ヤソキチ、仕事できないってほどじゃなかったような」

「できなかったよ。仕事ができるやつっていうのは、檜山みたいなのを指すの。檜山は一人でがんがん決めてくでしょ」

「ああ、まあ、一応は」いきなり高く評価されて、俺の頭は混乱した。

「客対応も、いちいち先輩や上司に聞いたりはしないでしょ。新人じゃないんだから」

「そうすね」

「ヤソキチはそのへんのところ、けっこうまわりにフォローしてもらってたのよ。その自覚が全然ないことが問題。檜山だってそう思うでしょ？」

俺はヤソキチがことさらまわりの手を煩《わずら》わせていたとは思えなかったが、南さんに反論したら、できないやつの肩を持つのはそいつも物事がわからない人間だからだと思われる気がし、高評価が取り消されかねないと感じ、「まあ、そうっすね」と答えてしまった。

「ね。要するにどこか幼稚だったんだよね。それを克服できないで、逃げちゃった。まわりはみんな、克服できるよう力を貸してあげたのに、無駄に終わってがっかりしたんで、悪く言いたくもなるというわけ」

「それじゃあヤソキチも大人になれないですよね」

「なれない。なるチャンスを失った。だから、税理士とかかっこいいこと言ってるけど、全然無理だと私も思う。檜山、ヤソキチは税理士向いてないって言ったんだって？」

俺「言いました。はっきり言ってやりました」

「せっかく、ありのままの現実を指摘してもらったのに、逆ギレしちゃうなんて、もったいないなあ。一人前の社会人になれなかったやつに、自力で切り開いていかなきゃならない仕事ができるかっていうの」

俺「ほんと、俺はヤソキチに現状を乗り越えたうえで、税理士挑戦へとステップアップしてほしかったんですよ。それだったら、まだ可能性もあったと思うんですよ」

「税理士だとか会計士だとか弁護士だとか、会社を辞めてから試験勉強始める人って、たいていが逃避なのよね、私の経験からすると。本当に受かる人って、仕事と勉強両立させてでも受かるもんよ」

「俺もそう言ったんですよ」

「言うね、檜山」

「そりゃあ友だちですから。友だちが言わなかったら、誰が言うんですか」

「だよね」

「なのに聞く耳持たなかったのは、完全に気持ち、後ろ向きに入っちゃってるんですよねえ。俺はそれが悔しいんですよ」

「まあ仕方ない。自分で自分をだめにしていくのも、自業自得。私は最初から期待してなかったけどね」

「そうでしたっけ？」と思わず俺は疑念を差し挟んでしまった。南さんはヤソキチが売り場に配属されたときから、なかなかしぶといやつと言ってかわいがってきたのだ。

「期待も信用もしてなかった。入ってきたときから、芯《しん》のない子だったからね。いつまでもつかなあと思ってた」

「やっぱりわかるもんなんだ？」と、それでも俺は調子を合わせていた。

「わかるわかる。もちろん、誰だって伸びる可能性はあるんだよ。でもヤソキチはやわだから、その可能性を生かせるタイプじゃないって思ってた」

「そういうのは生き方の問題ですね」

「そういうこと。ヤソキチには悪いけど、ブレーキがいなくなったおかげでエアコンフロアも効率アップしてくでしょう」

「そうっすね」と俺はまた相づちを打ってしまった。俺は冷蔵庫に異動になるんですかね、と聞きたかったが、南さんに聞くのは怖かった。

南さんが帰った後、俺は残って夕飯もマックで済ませた。マックは一日一回のみと決めていたが、この日は禁断の昼夜マックだった。さすがに食傷した。俺は今の会話を振り返らないために、ｆｏｖｅｏｎセンサーを使ったフルサイズのデジイチがまもなくＣＯＮＴＡＸから発表されるという内部情報のことを考えようとしたが、うまくいかなかった。俺はもうヤソキチと会うことはないのかな、と思った。もういないやつをがんがん批判しても、社内いじめとは言えない、と思った。居づらくなったわけでもないのに辞めるのは、やっぱり当人に問題があるせいだ、と思った。自分に問題があることを直視できないやつが、逃げるのだ。辞めるべくして辞めるのだ。ヤソキチは今ごろ、解放感に浸っていることだろう。せいぜい今を楽しむがいい。その解放感が閉塞感《へいそくかん》に変わるのは、時間の問題だから。

「学生来たる。事情は話した。三者面談予定。明日かあさって。大樹の都合は？」

均からのメールを俺が見たのは、土曜の朝だった。木曜日が俺の定休であることを知っているヤソキチから飲みに誘われるかもしれないと思い、水曜日の夜にマックで携帯の電源を切って以来、俺はしばらく携帯を放置していた。おふくろから連絡が来るのもうざったかった。それで土曜日の朝にチェックのために電源を入れたら、おふくろやヤソキチからの着信はなかったが、均からのメールが届いていたわけだ。

送信の日付は、金曜の夜になっていた。俺は「日曜の夜遅めなら参加可能。月曜休みなので、深夜可」と打ち返した。だがすぐには返事がなく、「ちょっと遠くて申し訳ないが、仕事が終わり次第、大久保駅まで来てくれないか」と言ってきたのは、日曜の昼だった。閉店後になるから九時過ぎに店を出ることになるがそれでもいいかと問うと、「何時でもかまわない。事情があって学生の下宿で集まることにした。そっちを出るときに連絡をくれ。ちなみに携帯変えた。新しい番号は……」と答えがあった。

何があっても定時に上がるつもりでいたのだが、最後の客に粘られた。買い物のコツを心得た客で、日曜日の閉店時間ギリギリまで引っ張ればさらなる割引を引き出せるとわかって、値段の高いフルサイズデジイチの新製品を狙《ねら》ってきたのだ。俺の裁量でできる最大限の譲歩をしたのに、客はウンと言わず、あと三パーセントのポイント還元ないしは四ギガのCFカードを主張するので、俺はやむなく田島を探した。だが見あたらず、店長が目に入ったので、俺は店長に相談した。

「なんだ、檜山までヤソるのか」と店長はまず言った。俺は意味がわからず、「何ですか？」と尋ねた。

「ヤソるのか、って言ったんだよ。自分で解決しないで人に助けを求めるなってことよ」

「いや、でも、これ以上の値引きは、ぼくでは決められないんで」

「決められないものは決めるな」

俺「え、それって、つまり、これ以上は一円たりとも割り引くなってことですか？」

「だからヤソるんじゃないよ」

俺「わかりました」

俺は内心、恐慌《きょうこう》を来《きた》していたが、自分に「ヤソってはいかん、ヤソっては」と繰り返し言い聞かせて己を律し、機械的に客の元に戻り、これ以上は無理だと機械的に告げた。その客は腹を立てて帰ってしまった。俺は田島を探すんだったと後悔した。田島だったら値引きに応じたかもしれないと思うのだ。田島はねじくれてはいても、仕事の損得勘定は間違わない。むしろそれが損なわれることを忌《い》み嫌う。つまり仕事はできるのだ。俺の感じとしては、せめてあと二パーセントの還元でも応じていれば、客は買っただろう。あの手のヲタをお得意さんにしておくと、確実に利益になる。田島もそう判断したはずだった。そうすれば「ヤソるのか？」なんて言葉を耳にすることもなかった。俺は二度とヤソってはいけないのだ。さもないと南さんとかからも「檜山もヤソるんだ？」と言われたりしてしまうかもしれない。ヤソったりしないことを示すためには、言われる前に俺のほうから言ってやらないといけない。休み明けの火曜日には、誰にでもいい、開口一番、「ヤソるのか？」をかましてやらねば。そんなことをうわごとのように考え続けながら、俺は大久保に向かった。

到着したときは十時を過ぎていた。均たちは北口改札の前にいた。均の横にいるそいつを一目見るなり、俺の背筋はぞくっとした。まごうかたなく、**俺**だった。均よりもずっと俺に似ている。ただ、若い。腰でズボンをはいている。茶髪で顎鬚《あごひげ》も残している。

「これが学生くん。こっちは大樹。檜山大樹」と均は俺たちを引き合わせた。学生は「その紹介の仕方はないっしょ。ちゃんと名前で頼みますよ」と均をなじった。俺の脇腹《わきばら》から背中にかけてがこそばゆくなる、俺とそっくりの声。

「でも俺はおまえの名前知らないからな」

「だーかーらー、永野均だって」

俺は胸の中に手を突っ込まれて揺さぶられたような、激しい胸騒ぎを覚えた。俺はその原因を見たくなかった。

「まあそれならそれでもいいよ。学生くんが均ね。じゃあ、俺はどうすればいい？何ていう名前なんだ？」

「知らないっすよ。社会人さんでいいんじゃないですか。それとも役人さん？」

「まあここは年功序列だな。俺が均、おまえは学生」

「でも今は俺が家主だからね。大家さん、はどう？」

「ああそれは感謝してるから。ま、名前のことは後にして。大樹はメシ食った？」均はあからさまに家主の話題をネグって、あくまでも自分のペースで仕切ろうとする。

「いや、まだ」

「じゃあコンビニ寄ってこう」

「どこの学生さん？」と俺が尋ねると、均はすかさず「こいつ、俺の後輩なんだよ」と感情のこもった声で言った。

「法政です」

「おお。市ヶ谷？」

「そうっす」

「俺のいたときから激変したよなあ。超近代的なビルばっかりで、もう全然別のキャンパスだよ」

感慨深げに言う均から俺は離れて、聞かないようにした。大学の話は聞きたくなかった。

駅の脇のファミマで食料とアルコールを買い込むと、学生のアパートに向かう。三人で話している場面を他人に見られるのがいやだったのだろう、俺たちは押し黙って歩いた。俺はきょう一日、全身がかじかんだようだったのが、二人と並んで歩きながら血が通《かよ》っていくのがわかった。俺は自分の体温を感じ、生き返った気分だった。

駅からは十分ぐらいだろうか。アパートはちゃちな造りの古い二階建てで、学生の部屋は一階だった。ドアを開けたとたん、何十年も染《し》みついた黴《かび》と汗とたばこのにおいが鼻を刺激する。俺はくしゃみを連発した。

「大樹さんはこの人とどうやって知り合ったんですか？」

部屋に入るなり、学生は聞いてきた。答えようとして俺は言葉につまった。「あなたは自分のお母さんとどうやって知り合ったのですか？」と聞かれたような気分だった。均とは、**俺**なのだ。あまりに当然すぎて、説明などできない。にもかかわらず、均とは最近知り合ったばかりなのだから、何らかの経緯はあるわけで、学生の質問はもっともなのであった。

俺は今日行《おこな》ったすべての呼吸を思い出すかのような苦しい努力をして、均との出会いの記憶をたどる。そしてやっとの思いで次のような説明をした。

「二、三週間前だと思ってたけど、じつは一週間しかたってなかったんだな。こないだの月曜日、俺は仕事が休みだったから、鳩《はと》ヶ谷《がや》の実家に帰ったんだよ。で、実家からまた戻る途中で俺、歩いて蕨駅に出てね。近くのマックに寄ったら、置き忘れた携帯を拾ったんだよ。それがこいつのだったんだけど。で、いたずら電話かけてやろうと思って、アドレス帳の『母携帯』の番号に、息子のふりして電話したんだ。すっかり俺のこと息子だって信じてさ、調子に乗ってオレオレ詐欺《さぎ》の真似事《まねごと》してみたんだ。車で事故ったとか言って。完璧騙《かんぺきだま》されてよ。そっちに友だちがカネを受け取りに行くって言っても疑わないわけ。それで俺、行ってみたんだけど、騙されてたのはじつは俺でね。わざと引っかかったふりしてたんだろうね。だよね？」と俺は均に同意を求め、均の返事も待たずに続ける。「で、こいつがいきなし現れてさ。息止まりそうになったよ。だって、俺なんだからね。それで警察に知らせるだとかなんとか言われて俺もパニクったけど、名刺置いてったら許してやるっていうから渡したら、すぐに電話かかってきて、北浦和のマックで落ち合って話したんだよな。な？」

腕組みをしてじっと目を閉じ聞いていた均は、しばらく間を持たせてからおもむろに目を開き、「ま、大樹が言うんだから、そのとおりなんだよ」と学生に言った。学生は魂を抜かれたように惚《ほう》けた表情で、「はあ」と言った。

　均は勝ち誇ったように続ける。

「わかっただろ？　昨日、俺が言ったとおりになったろ？　これが現実なんだよ。記憶なんてあっけないもので、勝手に作り変わっちまう。だからおまえも、俺のうちにこだわったところで無意味だってわけだ。おまえもそのうち今の大樹みたいに、あそこが実家だとか自分の家族だとかってことは忘れて、別の現実を生きることになるよ。本人は気づかないままね。たぶん、俺もいろんなこと忘れてきたんだ。ただ、今の俺の記憶は、俺にとって今の事実ではある。大樹にとって、今の話が事実であるようにさ」

「よくわかったっす。均さんが言ってたこと、全部信じます」

「俺もこうして家出したんだし、もうあの家のことは俺らには重要じゃないんだ。そのうち俺ら三人とも、あの家のことなんか記憶から消えちまうよ」

「何、均、家出したの？」と俺はすっとんきょうな声を上げた。

「うん。それでとりあえずここに厄介になってる」

「事情ってのはそういうことか」

「そう」

「まずはとりあえず乾杯しやしょう。均さんの独立と、俺ら三人の顔合わせを祝して」

「乾杯!」

俺らはいっせいに「金麦」の口をプシュッと開け、ぐびぐびとあおった。うまかった。今まで飲んだどんな高級ビールよりもうまかった。「いやあ、んめえ」と三人でハモった。似ている声がひとつに重なって、多重録音みたいに響く。俺らは顔を見合わせた。爆笑しそうだった。楽しくてたまらない。こんな珍妙な光景、他にあるか?俺密度がこんなに高いのだ。普段は存在感の薄い地味な俺が、今はすごく濃いのだ。

「いやー、俺の純度、高いっすね」と学生が言った。

「俺も同じこと考えてた。なんか、酸素ルームにいるみたいだよね」と俺も同調する。

「俺もさ、人といてこんな気楽な気分、初めてだよ」と均は言ってビールをあおる。

「他人じゃないですからね。なにしろ、自分なんだから」

そうか、と俺は合点がいく。俺は人といるのに、オフなのだ。俺にならないでいていいのだ。

「ほんと。これに比べりゃあ、家族なんて、全然、他人だよな」俺は止めどもなくハイになっていく。

「比べなくても他人なんだって。家族は他人の始まり。それ以上でも以下でもない」

「いやあ、均さん、リキ入ってる」

「断ち切ったばかりだからね。やっと開き直れたんだ」

「親から離れたいのに何でいまだに同居してるのかわからない、って言ってたもんな。腹くくったわけだ」

「覚えてたの？」

「あたりまえだよ。一週間前に聞いたばっかじゃないか。やっぱり俺とか学生とかに会ったのが効いてる？」

均は「そりゃあもう」とうなずいた。

「こないだも言ったけど、俺の親なんて、俺のこと、ろくに知っちゃいないんだよ。なぜかって言うと、生まれてこの方、自分たちの見たいようにしか子どもを見てこなかったからね。自分たちの知りたくない面は知らないまま済ませてきたんだ。それはずっとわかってたことで、俺ももう仕方がないんだって諦《あきら》めてたけれど、おまえらがうちに来たことでごまかしようがなくなった。例えば、これ」

均が差し出したのは、二枚の写真だった。一枚は俺がフラッシュを浴びて目をむいている写真。一週間前、均の家に行ったさいに均の母親に撮られたものだ。もう一枚もほぼ同様で、学生がフラッシュを浴びている。

「おととい、三回めにこいつがうちに現れたあと、俺はおふくろにこれを見せて、妙だと思わないかって何度も聞いたんだよ。俺に似すぎてないかって。だけどおふくろは、自分の息子を間違えるわけないでしょ、あんただって間違えられたら困るでしょう、と取り合わない。でも、この二枚の写真に写ってる人同士は間違いなく同一人物だって言い張るから、この二人が同一人物なら俺も同一人物かもしれないよ、とまで言ってみたけれど、鼻で笑われた。そこに親父《おやじ》が帰ってきたんで、写真見せて説明したら、俺は聞いてなかったぞ、何で今になるまで相談しなかった、ってまったくどうでもいいキレ方してね。似てることさえわからない始末だ。あげくに、大《ひろし》の家出のときも俺は蚊帳《かや》の外だった、そんなに俺が信用できないか、ええ信用できないわよ、いっつもおまえに任せるおまえに任せるって言って、私が失敗するとすぐ責任はおまえにある、みたいな言い方するでしょ、だからあなたには何も言いたくないのよ、そうやって家族の信頼築く努力しないから大も出て行ったんだ、また私のせいか、ってな具合に醜い夫婦げんか始めちゃってさ」

「でもまあ、おふくろさんも俺らと冷静にじっくり話したわけじゃないし、変質者か犯罪者って思い込んでたんだろうから、息子と同じ人間だなんて思いもしなくても、無理はないだろう」と、俺はにわかに虚無感を募らせる均をなだめた。

「前科があるんだよ。一度だけ、兄貴がこっそり戻ってきたことがあったんだ。失踪《しっそう》してから二年ぐらいたってたかな。ずっと野宿してたせいで、俺でもぎょっとする身なりでね。でも俺は、見た瞬間に兄貴だとわかった。そういうもんだろ？　それで家に上げて、まずあり合わせのメシ食わせたんだよ。そこにおふくろが買い物から帰ってきた。俺はある種感動の場面が見られるとわくわくしてたのに、おふくろはこの人は大じゃないと言って叩《たた》き出したんだ。俺は体張って止めようとしたけど、本当に一一〇番しやがった。それで仕方なく逃がしたんだ。おふくろはわかってて追い出したんじゃなくて、本当に兄貴じゃないと思い込んで撃退したつもりでいたんだよ。まじで驚いたね。おふくろの目にかかっちゃ、現実のほうがおふくろの望むように変えられるんだ、って」

俺の体はこわばっていた。どういうわけだか、聞くのが耐えられなかった。耳を塞《ふさ》ぎたかった。けれど、俺は背けずに聞く努力をした。なぜなら、**俺**の声が話していることだからだ。

「そもそも俺はね、親から無理難題を押しつけられては期待を外して邪険にされる兄貴を見て、子ども時代を生き延びてきたんだ。兄貴はわけもわからず個性的であることを求められてきたからね、俺は没個性的であろうと思った。平凡で堅実で、兄貴に隠れるようにして目立たず。そのうえで俺の能力を示すんだよ。俺は兄貴よりはずっと勉強ができたから、平凡そうなのにいい成績を取ると親は褒めてくれるわけだ。ひとつのピークは、俺が法政に合格したときだね。あの親の学力からしたら、息子が法政に受かるなんて、すごい躍進なんだよ。実際、俺もあのときはプライドがはち切れそうになったけどね」

俺は、今だってそうじゃねえかと、かすかな敵意とともに思ったが、すぐに自分の狭量《きょうりょう》を諫《いさ》めた。

「それでおふくろも親父も、法政行った息子ってことで、兄貴の前でわざと他人に自慢しまくるんだよ。俺はもっと無名の大学に行くんだったって本気で後悔したね」

「それ、俺とまったく同じです。俺もあの親ばかがいやで、うち出たようなもんです。毎年の入学式はもちろん、六大学野球とかラグビーとか体育祭とか誰々の講演会とか父母会とか定期試験の日とか、何でも来るんですよ。まるで自分らが通ってるみたいに。菓子折提げて担任に挨拶《あいさつ》まで行ったんですからね。それで法政グッズ買って、親《しん》戚《せき》や近所に配るんですよ」

「おまえの親って、均の親じゃねえの？」俺は狭量はいかんと思いながら、嫌味を抑えられなかった。

「あ、そうか」

「そのことはもう重要じゃないって言っただろ。俺たちには、親よりも俺たち同士が大切なんだ」

俺もうなずいた。まったくそのとおりなのだ。だから俺は目を背けたくないのだ。

「兄貴は個性的であろうとして、大学進学しないで美容師の専門学校行っただろ。親父とおふくろの反対押し切って。好きな道を極めろって言ったのはお父さんとマサエさんじゃないか、俺は流されたくないから、何となく大学に行くのはいやなんだよ。兄貴はそう言い張った。あのころの俺は、何て馬鹿《ばか》な兄貴なんだって思ったね。大学さえ目指せば、親父もおふくろも兄貴を個性的だって認めてくれるのにさ」

苦々しげに顔をゆがめて、均は言葉を切った。内心で自分をなじっているのだろう。

「俺は逆でしたよ。何となく法政志望して受かって喜んでたら、春香に馬鹿じゃないのって言われたんです。あ、春香って、一個下の妹なんですけど。親は俺のこと洗脳してたって言うんですよ。中学のころから夕飯のときとか、野球やらなんやら、法政の話題が出ることが多かったって。お兄ちゃんは自分で選んでるつもりだろうけど、親に選ばされてるんだ、情けないのはそのことに気づいてないことだ、って。うちの親、春香のことはどっか怖がってるんです。それに対して、俺のことはナメてるんです。あいつらにとって法政大生の俺は、ヴィトンのバッグとかみたいなもんなんです」学生は堅い顔でそう言い、乾いた唇をなめた。

「きょうだいの下はね、上っていう前例を見てるから小利口になるんだ。俺には兄貴という反面教師がいた。でも、兄貴には誰もいなかった。個性的個性的と要求する親は、人の真似して人がどう見るかだけを気にして生きてる、平凡な俗物にすぎなかった。俗物なんてどこにでもいてありふれてるから、自分たちの怪物性にまったく気づいてない。平凡な人間てのが一番の怪物なんだよ。そんな人間に囲まれて、兄貴はどうやって個性的な生き方をすればいいんだ？　個性的に生きるっていうのがどういうことか、どうやって学べばいいんだ？」

　均の声はかすかに震えていた。何かに耐えてしゃべっていた。俺も耐えていた。大の話を聞くことは、俺のたどった失敗の道をもう一度たどり直すことにほかならなかった。その生々しさは凶器となって、俺の古傷を何度でもえぐる。

「兄貴は苦しい状況の中、兄貴なりに必死の努力をしてた。あれこれ習い事させられたり、七か国語の教室に入れられたり。親の顔色見ながら、自分の好きなことを決めようと懸命だったよ。親に受け入れてほしくてほしくてたまらなかっただろうからね。でもあの連中は、自分の見たいようにしか見ない。その見たいイメージっていうのは、まわりの成功者が体現している生活のイメージだ。親父やおふくろにとって、個性的とは成功っていう意味でしかなかった。兄貴はただ単に成功を義務づけられていたんだ」

「どうして美容師の道を選んだんだ？」俺の声は、長いこと使われなかった蛇口のように、かすれた音を立てた。

「笑うなよ。美容師のドキュメンタリー番組をテレビで見て憧《あこが》れちまったんだよ。時代はカリスマ美容師ブーム前夜だったからね。およそ兄貴らしくもない世界なのに。でも、切り絵が得意だったから、鋏《はさみ》使いには自信があったんだ」

学生は目をぬぐった。俺の胸も張り裂けそうだった。俺も均も学生も、悔しい気持ちでいっぱいだった。これは均の兄貴だけの話じゃない。俺ら自身の話なのだ。

「中学ぐらいまでは、兄貴はかなり甘やかされていた。兄貴ができないのは環境のせいだと、だから環境が変わり兄貴も成長すれば、やがて真価を発揮するだろうと、親たちは思い込もうとしてたから。それが高校受験で失敗してから一変した。美容師なんかに入れ込んで期待に応《こた》えられそうにないことがはっきりしてくると、邪険にし始めた。そして、今度は俺が一身に期待を集めるようになった。俺は、親が俺なんか見ちゃいなくて、凡庸な成功のイメージのほうを向いてるって感づいてたから、そのイメージに合うよう努めた。その中で、俺の満足を求めていこうとした。その結果が、法政進学、そしてさいたま市役所就職ってわけだ」

俺の頭の中では、田島の言葉がぐるぐる回っていた。「たまたまなんだよ。たまたまおまえはツイてたから、ここで働いてるんだよ」。俺は大であってもおかしくなかった。でも俺は大ではなかった。均も大ではなかった。学生も大ではなかった。どうして大ではなかったのかと言えば、「ツイてたから」。でも本当に俺らはツイてるのか？

均は俺を見てうなずいた。俺の頭の中の問いを引き取るかのような仕草だった。

「そう、俺は運よくさいたま市役所に採用された。今の今まで、俺らしい生き方だと自負していた。高望みでもなく、諦めて売り渡したような人生でもなく、地味だけど胸を張れる仕事。そう思ってきた。だけどね、全然違ったんだ。それを俺はほんの三日前に思い知らされたんだよ」

均の顔がまた硬くこわばった。血の気を失い、寒さで口が回らないときのように、口をぱくぱくさせては息を飲み、「俺俺俺」と吃《ども》った。俺は「のどごし〈生〉」を開けて、手渡した。均はそれを一口飲むと、サンキューと言って大きくため息をついた。

「俺は今、ケースワーカーとして生活保護の申請を受ける係をしてるんだ。よくある話だけど、いわゆる水際《みずぎわ》作戦ってやつが俺のとこでも暗黙のうちに行われてて、俺はできるだけ申請をはねてきた。俺は課内の空気を読んで、ひと月でだいたい何件までならオーケーっていう基準も作った。それで、損な役回りのきつい仕事なのになかなかできるやつっていう評価をもらってたんだよ。それですっかりその気で、そのときも申請をはねるつもりで臨んだ。わざと待たせて緊張させたあげく、書類も見ない顔も見ない話も聞かないで、こっちから一方的に威嚇《いかく》的なでかい声でしゃべって、申請出させない方向に持ってくんだよ。それで俺は途中まで一言もその申請に来た男にしゃべらせなかったんだけど、急にそいつが変な音立てたんで、ぎょっとして初めて目をやったんだ。そいつは俺を見て笑いながら、泣いていた。俺はその場でただちに死にたくなった。そいつはね、**俺**だったんだよ」

俺には均がそのフレーズを言う前に、何が起こったのかわかった。学生も同じだったろう。俺たちの目には、その男が見えていた。男は、目の前に自分を発見して、安《あん》堵《ど》しただろう。救われた気持ちになっただろう。同時に、その自分の醜さをまともに目にして、自分を殺したくもなっただろう。奪われていたさまざまな感情が矛盾もものともせず一気に噴き出し、尽きかけていた魂をまた揺さぶっただろう。

「俺は申請書を受理した。以後、俺はすべての申請書を受理している。それでわかったんだ。俺は何で市役所職員をしているのか。何で、水際作戦なんかに積極的になれたのか。兄貴のようになりたくなかったからだ。自分のためじゃない。親に受け入れてもらって、兄貴のように脱落しないためだ。俺はその事実をずっと見ないようにして生きてきた」

均は視線を遠くにやった。俺も学生も、何も言わない。ただつばを飲み込む音が、三人ののどから漏れる。三人ともあぐらをかいて足首を手でつかみ、上体を貧乏揺すりさせている。どうやら、感情を抑えたいときの俺たちの癖のようだ。靴下をそれぞれかかとの半分まで下げているのも、同じだった。

「兄貴だけじゃない、俺も人生を奪われたんだ。兄貴のようになるまいと努力して、うまく自分の人生作ったつもりだったのに、実際にはただ親を満足させるためだけに奉仕してきたようなもんだった。兄貴が失敗した生き方を、俺が代わりに実現してやっただけのことだ。

そう考えたら、兄貴のほうが脱落することで自分の道を歩いているんじゃないかって気がしてきてね。だとしたら、本当の犠牲者は俺だ。いやでいやでたまらないのに俺がいまだに実家で暮らしているのは、兄貴がいなくなった分、俺が親をケアしなくちゃならないからだ。俺がいなくなったらこの一家はバラバラになるから、外れることは許されない。要するに兄貴は一抜けしやがったんだ。俺は兄貴の自由と引き替えに、この家に継子《ままこ》として売られたようなもの。いい思いをしてるのは兄貴で、悲惨なのは俺のほうじゃないか。

憎悪《ぞうお》はあっという間に膨れあがって、殺意に変わった。このままここにいたら、俺は一家を惨殺《ざんさつ》すると確信した。自分が親を殺す場面を、ものすごくリアルに想像できた。そんな俺は自ら死ぬしかないのか、と思った。そして、そうか、兄貴は自分が惨劇を起こさないために自分から消えたんだ、って思い至った。脱落して自分の人生を歩くとかそういうことじゃない。死ぬのは自分か親か、そういう二者択一の瀬戸際に立たされて、その選択肢自体を放棄したんだ。心の中では、自分も親も殺したようなものかもしれない。兄貴は自由になんかなっちゃいない。そう理解できた。そうとわかれば、俺も消えればいいだけのこと。それでここにいるっていうわけだ」

俺たち三人はいっせいに、深くため息をついた。そして缶を手にして三口飲み、同じタイミングで床に置いた。あまりの見事なそろい方に、軽く顔を見合わせ苦笑した。

しばらく沈黙が支配する。

俺は均が今抱いている細かな感情のひだをなぞった。それは俺の胸の内にあった。同時に、ここにはいない大の感情の輪郭でもあった。どれも同じだった。均の気持ちも、俺の気持ちも、大の気持ちも、区別はつかない。

俺は自分を呪縛《じゅばく》していたものの正体を、初めて知った。俺は呪縛されていることすら気づかないまま逃れようとして、忘れることを繰り返した。その都度、過去を切り離しては、現在へ飛び移ってきた。だから俺には現在しかない。それが俺の苦しみだった。そして均の苦しみでもあった。

ようやく俺が沈黙を破る。

「均の兄貴さ、やっぱり、**俺**だと思うんだよね。俺が均の兄貴っていうんじゃなくて、兄貴も**俺**の一人ってことだけど」

言ってから、蛇足だったと理解した。均も学生も笑っている。

「俺も、起こったことはまるで違うけど、まったく俺自身の人生突きつけられてるみたいで、平静じゃいられなかったですよ」

「大樹なんか、ほとんどそのまま自分の生い立ちみたいなもんだもんな」

「正直、俺がおまえの兄貴そのものなんじゃないかって、本当は自問自答したよ」

「まあ、そのことは……」

「重要じゃない、今の俺らには」

「そうそう。言わなくてもわかってるのに、つい言っちまうな」

「相手が自分だと、本当に言わなくてもわかるもんなんだなあ。以心伝心よりすごいんだからね」

「言葉もいらないほどわかり合えるとかってときどき言うけど、本当にそんなことあるなんて思ってなかったよ。すごくいいよね」

「相手が自分かもしれないなんて誰も思ってないから、わかり合ってみようともしなくて、それでわかり合えないだけかもしれない」

「それってつまり、俺らのほかにも……」

「そう。俺に大樹におまえ、兄貴に生活保護申請来た人。他にももっともっと無数にいると思うんだよ、**俺ら**って」

「均さん、だから言うまでもないんだって」

「あ、そうだな」

俺の頭にも、何人かの顔が浮かぶ。そんな無数にいる**俺ら**と、俺はこれから次々と出会うだろう。それはみんな**俺**なのだから、**俺ら**は一〇〇パーセントわかり合える。信用していいのだ。スイッチをオンにする必要なんかない。

「明日から世界が変わるね」

「あともう三分二十八秒だ」

「じゃあ改めて乾杯だな」

「他の**俺ら**でも、今ごろこうして乾杯している連中がいるかもしれない」

「すでに昨日、乾杯を終えたやつもいるかも」

「三分は長いから、先に飲むよ」

「俺も」

「じゃあ三分のうちに飲み終わろう。それを乾杯としよう」

　俺たちは皆同じように眉間《みけん》に皺《しわ》を寄せ、目を閉じ、妙に大きな音でのどを鳴らしながら、ぐびぐびとあおった。もはや味自体は美味《おい》しくない。それでも構わない。ちょうど息が続かなくなったところで、俺はいったん缶を置いた。均と学生も同じタイミングでそうした。三人ともいっせいにげっぷをした。

「新しい世界をどう生き延びるか、もう言うまでもないよね？」と学生が確認する。

　俺と均はうなずく。俺は携帯の時計を見て、「あ、明日だ」と言った。俺たちは飲みかけの缶を差し出し、「乾杯」とぶつけ合った。俺には自分が誰だか、明快にわかっていた。**俺**なのだ。

第三章　増殖

　五月最初の土曜日、俺らは高尾山に遊びに行くことにした。俺ら三人での、初めての遠出だった。それまでは、俺と均の休日がすれ違っているため、三人で顔を合わせるのはいつも夜、大久保の学生の下宿でだった。俺は普段は日吉にいて、休日前と休日の夜は、学生の下宿に「帰省」する。外へ飲みに行きたい気持ちは強かったが、**俺**である三人が顔を寄せて、**俺ら**じゃない連中のことを容赦なく糾弾する姿を、ちまたに晒《さら》したくはなかった。

　といっても、実際に話していることといえば、身近な人間関係に対する愚痴だった。俺は田島のことをぶちまけた。毎日毎日、田島とどんなやりとりをしてどんなにムカついたか、逐一報告した。それは、南さんやヤソキチに愚痴るのとは、根本的に違っていた。会社の同僚とは田島個人への悪口で盛り上がるだけだが、均や学生とは、会社という組織にいること自体が俺らには合わないのだと確認し合う。だから、田島の話をしているのに、いつの間にか会社の人間全体を批判しているのだった。そうやって話せば話すほど、自分でも気づかないままいかに会社に合わせてきたかを思い知らされた。

それは均も学生も同じだった。均は口を極めて市役所員を罵《ののし》った。役人の意識をこき下ろした。それは自分を支えてきたプライドを壊す行為だった。だから、罵倒《ばとう》した後は、その暴言が自分に跳ね返って、苦しんだ。

学生もありとあらゆる学生を馬鹿《ばか》呼ばわりした。そしてその典型が自分であることを最後には認め、救いを求めた。むろん、誰も救いなんか与えられやしない。

そんな苦行の糾弾にもかかわらず、俺らは解放を感じるのだった。感情を爆発させ、落ち込んだ後は、とても穏やかな境地が訪れる。三人でいることの、静かな喜びに浸る。そこまで至ると、もはや口に出さなくても、互いの考えや感情が、自分の心として理解できた。日を重ねるうちに、顔を合わせたとたん、「また田島？」なんて相手から言ってくれたりするようになっていった。

ところが、二週間ぐらいしたあたりから、均の口が重くなった。俺や学生の話は聞くのだが、自分の話をしないのだ。特に、職場の話はかたくなに避けたがる。俺らが聞き出そうとしても、強引に話題を変えてしまう。

俺も学生も、均の胸の内が読めないことに焦《あせ》った。同じ自分なのに、均の心が伝わってこないことが不安だった。それじゃあ**俺ら**の意味がなくなるじゃないか。

「引き籠《こ》もりすぎなんじゃね、俺ら」と学生は言った。

「じゃあ、公園にでも行って、夜空の下でコップ酒飲むか？」と均が言う。

「もっとぱあっとやりましょうよ、ぱあっと。何か、陰気なんだよなあ。まるで、おっぴらに世間様に顔向けちゃいけないみたいじゃん」

「そうそう、恥じるこたあないんだよ。**俺ら**は**俺ら**で堂々としていいんだよな」俺も同意する。

「恥じちゃいないだろ。たんに、気にくわないやつらの顔見たくないから、ここで飲んでるんだろ」

「それが陰気なんですよ。俺らのほうが出ていって、他の連中が恥じて引っ込む、みたいなこと目指すほうが、健全なんじゃないすか？　どっか、ぱーんと行きましょうよ」

「いいね、若いっていいね」と俺ははしゃぐ。

「現実問題として、俺か大樹のどっちかが休暇を取らないと無理だな」

「確かに」と俺はトーンダウンする。

「そりゃ大樹さんでしょ。平日に出かけたって、爺婆《じじばば》ばっかじゃん。世間の休日に、**俺ら**の姿を見せつけてやるんです」

　そんなわけで、俺は人生で初めて有給休暇を申請することになった。だが、家電量販店としては稼ぎ時の、五連休の初日に年休を取ろうというのだから、大顰蹙《ひんしゅく》は必至だ。しかも、ほんの数日前である。駄目でもずる休みしようと腹を決め、まるで辞表を出すかのような覚悟で俺は出勤した。

　遅番のため、昼前にロッカールームで着替えをしていると、背後から肩を叩《たた》かれた。俺が振り向くやいなや、「よ、ヤソリの檜山ちゃん」との声が耳を襲う。俺の頭は白熱して反応できない。目の前に立ってにやけているのは、かつて吉野家のアルバイトだった俺をスカウトしてくれた中村さんである。中村さんはその後、俺が正社員になる前に渋谷店に異動になっていた。だから中村さんの口から「ヤソリ」なる日吉店独自の陰語が飛び出してくるのはおかしい。

「中村さん！　久しぶりじゃないすか」俺はやっと声を絞り出した。

「相変わらず？」

「はい。打ち合わせですか？」

「そ、店長にね」

考えるより先に、俺の口は動いていた。「俺、ゴールデンウィーク中に有休取ろうと思うんですけど、そんな時期に取るのって気まずいすかね？」

「おいおい、いきなり俺、ヤソられちゃったよ。さすがヤソリの檜山ちゃん。そういうことっていうのはさ、自分で決めることなんじゃない？」

俺の心臓はのど元までせり出して鼓動していた。息が頻繁になって、自分の顔が蒼《そう》白《はく》になっていくさまが、自分で見える気がする。

「有休取るの初めてだから、普通ここは取らないよな、みたいな暗黙のルールがあるなら知っといたほうがいいかと思って」

「申請して駄目なら却下される。そのとき、何でだろうって考えればいいことじゃない？ そうやって何でもマニュアルで教わろうとすると、一人前になれないんだよなあ」

俺は深呼吸をし、一息に尋ねた。

「そもそも何で中村さんがヤソるなんて言葉使うんですか？ ヤソキチが入社したとき、中村さんもう渋谷店移ってたじゃないすか。誰から聞いたんですか？」

「ま、ま、そう熱くならない。ヤソキチって人は知らないけど、今は若手社員のヤソリが全店舗的に問題になってるね。各店とも、ヤソリ禁止を打ち出してるところなんだよ。おたくの店長も、先週の月曜日の朝礼で、檜山ちゃんのこと引き合いに出して言ったらしいじゃない、はっきり名指ししたわけじゃないけど。値下げ交渉のたびに自分に相談してくる若手がいて、ちょっとその他人《ひと》任せぶりに不安を覚えたって」

俺は他人事のように聞いた。確かにそれは俺のことだろうが、あのときは俺に権限がなかったんだから、上司に相談するのは当然の対応じゃないか。仮に俺が勝手に決めていたら、あとで越権だとして大目玉を食らっただろう。実際、二年前に田島が、録画機売り場の責任者がいなかったため大胆なポイントサービスをして、えらい騒ぎになったことがあった。じつは、ポイントサービスと引き替えに、抱き合わせで買わせた細々とした品のほうがずっと高額になり、要するに店には利益をもたらしていたのだが、縄張りを侵犯された録画機担当は面白くなく、店長はおろか本店人事部にまで情報を上げたのだ。それで、田島は査定でマイナスをつけられた。あんなことがあったから、俺だって店のルールを守ったまでのこと。

理不尽な思いに発火しそうになったが抑えて、俺は「何で中村さんがそんなこと知ってるんですか？」と言った。

「まあ、情報網があるんだよ」

俺は事務の宮武さんを思い浮かべる。が、確証はない。

「その情報網では、俺はヤソリの檜山で通ってるんですか？」

「情報知ってるのはごくごく一部だからさ。全社的に檜山ちゃんがそういう目で見られてるわけじゃないから、心配するほどのこたあないって」

そう言われて俺は、自分が間違いなく標的にされているという確信を抱いた。身が落下していくような恐怖に襲われる。どこか僻地《へきち》の小さい店舗に飛ばされるかもしれない。それでも定職があるだけましだと思わないといけないのだろう。俺の人生を再び崩壊させる地響きが聞こえてくる。

「ストレスだろ？　あいつの下にいて限界なんだろ？」

固まって生気を失いつつある俺をなだめるように、中村さんは声を潜めて田島を非難した。同情する目つきだった。

「ここだけの話、檜山ちゃんももうすぐ異動だから、ようやくあいつの下から離れられるって。とにかく、有休は取っときな。休み減らされるしな。店長にも俺からそれとなく吹き込んどくから」

今度は完全に内緒話で、俺に耳打ちした。俺は差し障《さわ》りないよう、できるだけ安堵《あんど》した表情を作って、「ありがとうございます」と言った。どうせ中村さんは、「檜山が有休取っていいかとヤソってきたので、俺は忠告したのに、本当に取りやがった」などと触《ふ》れ回るのだろうな、と俺は沈鬱《ちんうつ》な気分になった。

均と学生とは高尾山口駅で午前十時に待ち合わせた。天候に恵まれたゴールデンウィークの土曜日であるため、若者や家族連れでにぎわっていて、俺は原宿にでも来た気がした。特に、均の真っ赤な革のリュックは、およそ山には場違いだった。

「キャラじゃねえよ」と俺は笑った。

「ほら、大樹はウケただろ？」と、均はしてやったりといった得意げな顔で学生に言う。

「俺なら似合うけど、均さんは浮いてるって、一応、言っといたんですけどね」学生が困惑気味に説明する。

「いいんだ。こんな人混みだから、俺が目印になるんだ。おまえらが迷子にならないための計算だよ」

俺は、絶対、均はこの赤を背負った自分が格好いいと思って買ったんだ、と確信した。

俺らは山登り気分を楽しみたかったので、いかにも山道な稲荷山《いなりやま》コースを歩いた。

芽吹いた葉が広がりきって、山全体が鮮やかな若緑に光っている。俺は、お茶漬けの中を浮遊する具のような気分になった。

ぞろぞろと登る登山客を見渡しながら、「これだけいたら**俺**とも出くわすかもな」と俺は言った。すると学生は「俺ね、ついに出くわしたんですよ、**俺**と。大学で」と、声を弾ませながら言った。

「まじ？」

「まじっすよ。なんと、同じ授業にいたんですよ。いやあ、溝ノ口ってやつがいることとは漠然と認識はしてたんですけどね。その他大勢みたいなやつなんで、まったくノーマーク。まさかまさかですよ」

「どうやってわかったの？」

「教室入ったとたん、何か感じたんですよ。視線なのかな。左の脇腹《わきばら》のあたりにくすぐったい感じがあって、振り向いたら、**俺**と目が合ったんです。俺はびびったんだけど、溝ノ口はまったく動じないでじっと見てんですよ。それで授業のあと近寄って、ようって言ったら、冷たい目して、今ごろ気づいたのか、ですよ。ズキーンと来ましたね」

「おまえと似てる？」

「うーん、俺ら三人と比べると、ずっと地味ですね。でも間違いなく俺です。それで飲み行ったら、意気投合なんてもんじゃないですよ。一晩でお互いのこと、洗いざらいぶちまけ合ってね。俺、途中から自分かやつか、どっちが溝ノ口かわからなくなりましたもん」

「まあ、どっちも自分だからな。俺らのことも話したの？」

「もちろんですよ。会いたがってましたよ。今度、連れてきますんで」

俺

「いいねえ」

「もう、毎日、学校いる間はずっとつるんでますよ。なんか、すごく楽なんですよね。腹減るのも一緒、食いたい物も、気持ちのとおりに言えばだいたい重なるし、話すのが面倒になってきたら黙ってれば、やつも黙っていたかったりするんですよね。クラスのやつや先生の評価もほとんど一致するし、要するに、話、合わせる必要ないんですよ」

俺

「今のこんな感じと一緒？」

「そういうこってす。もうサークルとか他の友だちとかとつきあうのが面倒になっちまってね」

「いいなあ。俺も職場にそういうやつがいたら、もう少し気が楽になるのになあ」

俺もそんな出会いがないかと、メガトンのフロアで客をいちいちチェックしているのだが、今のところまだ**俺**とは出会えていない。

「均は誰か新しい**俺**とは会った？」

会話に加わらず先頭に立って黙々と歩いていく均に、俺は聞いた。

「これ、大樹の役割」

均はあからさまに俺の質問を無視し、何だか黒い小さなケースを差し出した。カメラだった。それも、リコーの高級コンパクトデジカメ、ＧＲデジタル。

「均、こんないいカメラ、今まで隠してたのかよ」

「大樹はセミプロなんだから、今日はカメラマンしてくれよ」

俺はたちまちそのカメラの虜《とりこ》になった。まるで長年連れ添ったカメラであるかのように、自然に手が動いて、露出やホワイトバランスを調整する。売り場で惚《ほ》れ込んで、連日のようにいじり倒した成果だった。

均の前で寝転び、露出を大きくオーバーにし、逆光の均を仰いでシャッターを押す。たまらない、この感覚。写真学校を卒業して以来、八年ぶりの感覚。体内で歓喜が弾《はじ》け、それまで俺を抑えていた殻を砕く。モニターに写し出された画像では、若葉を透かした柔らかい光が、薄く緑がかった均の輪郭をきらめかせている。空は光が飽和して白く抜けている。

「すっげえじゃないですか！」学生が驚嘆して叫ぶ。どれどれと言ってのぞき込んだ均も、「ほっほう」と感嘆し、「俺じゃないみたい」とまんざらでない顔でつぶやく。

「俺も撮ってくださいよ」

均と同じ構図で、もう少しアップにして学生を撮る。俺はもう止まらない。続けざまに、二人を、木々を、空を、空気を撮りまくる。踊るみたいに跳んで跳ねて寝転がってまた跳んで、撮りまくる。カメラは楽器だった。シャッターの音でリズムを刻む楽器だった。

俺は体の隅々まで血が駆けめぐるのを感じた。自分の毛細血管をすべて感じた。俺の体がそこにあることを実感した。大きく息を吸って、また大きく吐く。

「ほんとこの写真、俺じゃないみてえ。まじかっちょいいんですけど」

「やっぱり大樹、カメラ売り場でくすぶってる場合じゃないよ」

「ほんと、人生間違ってますよ」

「いいんだよ、これで。写真で食う必要はないんだから。こうやって、素直に写真撮れるようになったことが俺には重要なんだ」

「まあそうなんだろうけど、でももったいないなあ」

充実していた。自分に褒められて、初めて俺は自信というのがどういう感触なのか知った。葬《ほうむ》り去ったはずの、写真を撮っていた過去の自分がよみがえる。そして、空白だった俺の肉の隙間《すきま》を、ゆっくりと埋めていく。カメラを好きなだけだと思っていたのは、言い訳だった。俺はやっぱり写真を撮ること自体が好きだったのだ。もう流されたりはしない。

それからは写真を撮りながら、のんびりと登っていった。次々と親子連れや中高年のグループに抜かれていく。

そうやって俺らを追い抜いていった、俺らと同い年ぐらいの女四人組を、俺はなんとなく気になって目で追った。俺だけではなかったらしく、均も学生も、抜いていったそのグループに離されない程度に足が速くなっていた。俺がそのことに気づいたとき、均もそれを悟ったのだろう、「ハイヒールだよ？　何考えてるんだ」と言い訳をするようにつぶやいた。そう言われて注視すると、三人はスニーカーなのに、一人はやや細めのヒールのショートブーツだった。俺らはそのヒールから目が離せなくなった。

そして案の定、むき出しの木の根をそのショートブーツが踏んだ瞬間、ブーツは滑り、ヒールは根と根の間に挟まり、足首が不自然な形にぐにゃりと曲がり、大声とともに体は倒れた。

俺らは一瞬、立ち尽くした。心は、すぐに助け起こそうと動き出す。だが、体は固まって、心をさえぎっている。その間に仲間の女たちが駆け寄る。俺らは動かない。「大丈夫？」「どのぐらい痛い？」などといたわる声をかけながら、慎重にブーツを脱がせている。三人のうち二人がちらりと俺らを見た。倒れた女のジーンズには泥がべったりとこすりついている。

表情をこわばらせた学生が、うつむき加減で自分の足もとに視線を固定したまま、歩き出した。俺と均もそれに続いた。足の様子を確かめながら、助けを求めたくてときおりあたりに視線をやるその女四人組を置き去りにして、俺らは歩いていく。背後から、「すいませーん、どなたか、肩貸してくれませんかあ」と呼ぶ声が聞こえる。

俺らの歩みは少しずつ速まっていく。

何十分、無言で歩いただろうか。沈黙を破ったのは均だった。

「のど渇かないか？」

とたんに、学生の顔からこわばりが取れる。「そうだ、俺、ミルクティー作ってきたんだった」

「気がきくじゃん」

学生はリュックから水筒を取り出しカップに注ぐと、近くのベンチに腰をおろした均に渡した。二口飲んで、均が俺に回す。俺も一口飲む。ほんのりとした甘みが、疲れた体を癒《いや》す。

「朝これ飲むと、俺、リセットされるんだよね」

「コーヒーじゃ駄目ですね」

「そうそう。コーヒーは後味が悪くてね。口が臭くなるじゃん。飲むと汚れる気がするんだよね」

「その点、お茶系は汚れを洗い流してくれる」

「そうそう。自分がリセットされて、ニュートラルになれる」

「自分が白紙になって、仕事用の自分に塗り替えられる」

俺らはうなずき合った。俺らは今まさに、リセットされてニュートラルになる必要があったのだ。

「ハイヒールはないだろ」と均がつぶやいた。

「高尾だからって、甘く見たんでしょうね」

「ミシュランの三つ星でブームになってから、街なかに出かける感覚で登る人が増えて、事故も増えてるらしい」均が言う。

「自業自得《じごうじとく》だよ。自分のことなんだから、自分できちんとしてほしいよね」俺も言う。

「まったくですよ。防げる怪我《けが》は自分で防がないと。自分がいい加減なせいで人に迷惑かけるのは、どうなんですかね」

「山には山の掟《おきて》があるんだからな。その掟を知る努力ぐらいしないとな」

「山に来る資格ないすね」

「なんか女って、そういうとこ、わかってないんだよなあ」

「まあでも、軽傷っぽかったから、よかったんじゃない？」

俺「俺もそう思ったんですよ。だから、いたずらに首突っ込まないほうがいいかなって」

俺「余計な親切はかえって迷惑になるってこともあるしな」

俺らはさんざんうなずき合って満足すると、何事もなかったように再び歩き始めた。

頂上に着いたのはちょうど正午だった。すでにゴザを広げて昼食に興じるグループでぎっしりで、俺らは場所を探すのに手間取った。

少し奥まった外れのトイレ付近しか、空いていなかった。食料調達担当だった俺が、昨日、仕事の帰りに日吉東急で買っておいた「まい泉」のヒレかつサンドと「崎陽軒」のシウマイを広げると、学生は「大樹さん、手抜きじゃないすか？　俺なんか、まじ重かったのに」と批判して、でかいリュックの底からクーラーボックスを出す。中には保冷剤に守られてキンキンに冷えた「シルクヱビス」が六本。

「白ヱビじゃん！」

乾杯をすると、俺らは例によってのどを鳴らして三口ほどを一気に飲み、同じタイミングで缶を離して「んめぇ！」とハモる。三人でいて何が幸福かって、このシンクロナイズド・ビールの瞬間だ。俺らが百人いたとしても、ばっちりそろうだろう。

「こんなのも用意してますが」と学生が花札を見せたので、俺らは夕飯を賭《か》けてしばらく勝負をした。盛り上がったのは、お互いの傾向を見て、自分の癖を知ったことだ。赤短より青短が好きだとか、猪鹿蝶《いのしかちょう》をすぐ狙《ねら》いたがるとか、雨が嫌いだとか、萩《はぎ》と藤《ふじ》の区別がつかないだとか、「坊主《ぼうず》に月」の赤い空を見ると胸騒ぎを覚えるだとか、気づかないうちに同じ反応をしていて、俺らは大笑いしまくった。

そのハイテンションが呼んでしまったのだろうか。「さっきの方たちですよね？」と背後から声がした。女の声だった。俺たちは瞬間的に凍りつき、ぎこちなくそちらへ体をねじる。先ほど足を怪我したブーツ女らの四人組だった。

「やっぱりそうだ。今ようやく着いたんですよ。あれのおかげで」と女は言い、二人に支えられた怪我のブーツ女を示す。ブーツ女は両手に持った登山用ステッキ二本を掲げ、「ほんと、ありがとうございました。おかげさまで諦《あきら》めないで、登りきることができました」と軽く頭を下げる。俺らは啞然《あぜん》として二の句が継げない。

「それで、さっきも言ってくださったけど、下りるときもお借りしていいんですよね？　後日お返しするってことで」

俺

答えようがなかった。人違いじゃないですか、と言いたかったが、言えない。しかし沈黙しているわけにもいかず、やむなく均が、「もちろんです。じゃないと下りられないでしょう」と答えた。

「ほんと、ありがとうございます。お昼、もう済んだんですか？　もしご迷惑じゃなかったら、ここ、ご一緒してもいいですか？」

俺

どう反応してよいかまったくわからなかった俺は、間髪を入れずに学生が「どうぞ、どうぞ。大勢のほうが楽しいもんね。残念ながらシルクヱビスはもうないけど」と、立ち上がって招き入れる仕草をしたのには度肝を抜かれた。だが、その学生の対応を、均が威圧的な大声で、「すみません、ぼくらちょっと、内々で話があるもんですから」と覆《くつがえ》したのには、さらに仰天した。

女は困惑しきって三人を振り返った。何か小声で言い交わすと、向き直り、「すいません、ご無理言って。また今度、これお返しするときにでも、ぜひお礼させてください」と言って今一度頭を下げ、去っていった。

四人の姿と声が知覚の圏外に消えると、学生が「何すか、今のは！」と均に突っかかった。

「おまえこそ何考えてんだよ」

「均さんは楽しくやりたくないんですか？」

「おまえ、おかしいと思わないのか？　俺らがステッキ貸したってどういうことだ？」

「そうだよ、気味悪いよ。俺らが見て見ぬふりしたんで、何か仕返し企《たくら》んでるのかもしれないだろ」俺はずっと気になっていたことを口にした。

「だからこそ、誘ったんじゃないですか。話してみないとどういうことかわからないでしょ。それに、俺にはそんな裏があるようには思えなかったですよ」

「じゃあステッキの件はどういうことだって思うんだよ」と俺はこだわる。

「俺らにそっくりの**俺ら**三人組が今、高尾山にいて、そいつらがステッキを貸したってことだろうな」学生ではなく均が答えた。

「そんなことあるかよ」そんな三人組がいたら、俺らは否定されたことになるわけで、俺は受け入れがたく感じた。

「あるだろ。ありうるだろ。わかってるくせに」

均にそう言われると、俺もうなずくほかなかった。

「おまえだってわかってるくせに、何で他の**俺ら**になりすますような卑屈な真似《まね》するんだ？」均は学生を厳しく追及する。

「そりゃあ、若人たるもの、女の子から誘われたら応じるのは普通でしょ。俺は均さんみたいにカノジョいませんからね」

「あんな、俺らと他の三人組との区別もつかない女どもでいいのか？　しかも俺ら三人が同じ**俺**だってこともわからないような女なんだぞ。それでもいいのか？」

「均、カノジョいるのかよ！」

俺は均のセリフに覆《おお》いかぶさるようにして叫んだ。均は恋人持ちだろうと想像はしていたが、実際に知るとやはりショックだった。彼女のいる**俺**が存在することが衝撃だった。

均は険しい顔のままうなずき、「でも、近々、別れる」と言った。

「うまくいってない？」

「いや、そういうわけでもないけど……」と尻切《しりき》れで言うと、均は口をつぐんで遠くを見る。

「捨てられそうなんですか？」

「いやいや」

「他の女に気が移ったんだ？」

「違げえよ。わかれよ、おまえら**俺**なんだったら。彼女は**俺**じゃないんだよ。しょせん他人なんだよ。だから俺の気持ち、本当にはわからないし、俺も彼女の気分や考えは表面的にしか理解できないんだよ。おまえらといたら、彼女とつきあってるのが面倒になっちまったんだよ」

「なるほど。それなら俺もわかる」と学生はうちのめされたように言ったが、すぐにまた声を大きくして問う。

「でもですよ、だったら**俺**な女と出会わない限り、俺らは一生彼女できないってことじゃないですか。けど、**俺**な彼女なんて、いっこないっしょ？」

均は学生を冷笑した。その冷たい笑顔に俺は覚えがあって、寒気がした。

「まあ、そういうことだ。**俺**である女なんて、存在しない。だから**俺ら**には永遠に彼女はできない。そもそも、**俺ら**に彼女なんて必要ない」

「冗談じゃないっすよ！　俺は彼女、欲しいですよ。一生、彼女持ったこともないまま死ぬのは嫌ですよ。今の子たちだって、結構性格よさそうだったじゃないですか」

「だから言ってるだろ、俺らが**俺ら**であることもわからないような薄のろだぞ。そんなの、**俺ら**の敵じゃないか」

「敵！　すげえフレンドリーっぽかったじゃないですか！　俺は仲よくなれたと思いますよ。彼女じゃなくたっていいんです。俺ら三人で友だち広げてくってのを、俺はしたいんです。もう今までみたいな、全体の雰囲気に混じって仲間にしてもらうみたいなのは、ゴメンなんですよ。俺らが自分たちで仲間を増やしていきたいんです」

「何とまあ、お気楽なことを」と均は本気でため息をついた。「**俺ら**じゃないやつとなんか、仲よくできるわけないだろ。だから今までできつかったんじゃないのか。**俺ら**は**俺ら**だけで十分なんだよ。そうじゃないやつは敵なんだよ。おまえはまだ人生経験浅いから、わからないかもしれないけどな」

「俺はわかってますよ。均さんなんかよりずっとわかってますよ。俺はね、敵にされたことがあるんだからね」

「そうなの？　初耳」と俺が割って入った。

「思い出したくないから、言わなかったんです。実際、忘れかけてたし。でももう思い出しちまったから、話しますよ。俺らには絶対聞いてほしいですし」

「聞くよ」と俺は言った。

「中学時代の話です。中二のとき裏サイトとかでいじめがすごかったんで、中三になったとき、いじめをなくす具体策についてクラスで話し合わされたんですよ。誰もがそんなの無理だって内心、思ってたんだけど、一人、すげえ変なアイデアを出したやつがいたんです。クラスの名簿順にいじめられる担当を決めて、毎週、代わっていけばいいっていう。そうすれば全員が均等にいじめられることになるし、いじめられる期間は五日間って決まってるから何とか我慢できるだろうし、誰もがいじめを体験するんでいじめられる側の気持ちもわかって、これからの人生に役に立つんじゃないか、と」

「なんかかやばくね？」

「そう、かなりやばかったんですよ。でもそのときはみんな、説得されちまったんです。っていうのも、提案したのが、クラスきっての天然野郎だったんです。出席番号三番、一色一也《いっしきかずや》。空気読めないけど天然だから受け入れられてて、イケてるやつともキモいやつとも平気でつきあうし、なにげに人望あったんですね。それでみんな、なるほどなあって雰囲気になって、けっこう頭の固い担任まで、それは現実を見据えたいいアイデアかもしれませんね、なんて賛成したんですよ。俺も苗字《みょうじ》『本山』じゃないですか、だから出席番号がわりと終わりのほうだったんで、うまくすれば順番回ってこないかもなんて期待もあって、賛成しましたよ。で、次の週から、出席番号一番の相沢真那がいじめられることに決まったんです」

「ちょっと待った。おまえ、本山じゃなくて、永野均だろ？」俺は間違いを指摘した。遠近感の狂っているような気分だった。

俺

「あれ、ほんとだ！　どうしたんだろう？」

「下の名前は何て言うんだ？」

「直久。本山直久。何だ？　どこからそんな名前、出てきたんだ？」

俺

「それがおまえの名前なんだよ。永野均が俺である以上」均が冷静に言う。

「いや、俺、そんなはずないんだけどな」

「いいんだよ、何だって。何であれ、『学生』よりはましだろ、名前があったほうが。おまえが永野均だって主張する限り、おまえは名前のない学生でい続けなくちゃならないんだから」

「なんか、あんまりじゃないですか」

「これで落着だろう。今からおまえは……何だっけ？」

「本山直久」

「なんか地味で覚えにくいなあ。まあともかく、その本山直弘ってことでいいじゃないの」

「本山直久だってば」

「めんどくせえな。ナオってことでよくない？」俺が提案する。均も「ああ、それなら簡単だ」と同意する。

「えー、どうなんだかなあ。どうなんだろうなあ。そうだ、学生証」

そう言ってナオは学生証を取り出し、「ほらあ、俺は永野均ですよ」と誇らしげに示した。

「そんなものは当てにならない。おまえはナオなんだよ。もうナオになったんだよ。それとも学生って呼ばれ続けたいか？」

均はまったく動じずに言った。ナオは憮然《ぶぜん》とした表情で首を振り、均は「じゃあもう後戻りはなしってことで」と宣言した。ナオはなお釈然としない様子で、「何でだろう、俺、昔、本山直久だったのかな」などとつぶやく。

「それでいじめの話はどうなったの？」均が促す。

「最初は戸惑いもあったし、合意のうえのいじめだから、単にふざけ合っているようなものだったんですよ。いじめられるほうも楽しんでたりして。でも一色は絶対、計算してたと思うんですよね。あいつの番が終わってゴールデンウィーク明けたころから、急に手口が陰湿になってった。どんなにひどいいじめ方しても、だっていじめていいって決まってんだからっていうことで、手出しができないわけです。それで、ひどいいじめに晒《さら》されたやつは、自分の番が終わると、その憂《う》さを晴らすために次の人を猛然といじめる。冬になって俺の番が来たときには、たまったもんじゃないですよ。もうクラスじゅうと言ってもいいぐらいほとんど全員に、全身全霊で悪意浴びせられましたからね」

「どんなことされた?」均が聞く。俺は均のその容赦のない感じにちょっと驚いた。

俺「いやあ、それがよく覚えてないんですよ。何だったかなあ、つば吐かれたりとかかなあ」

「その程度?」

俺「ほんと覚えてないんです。ただすさまじかったことは確かなんです。たった五日間なのに、三日目の夜には俺、本気で死のうと思いましたもん。最終日の金曜日が終わったら、もう号泣ですよ、夕めしも食わないで。やっぱトラウマだな、これ。あんときの気分思い出したら死にたくなってきた。何であんな目に遭わなきゃいけなかったんですかね。冗談じゃねえよ。これ、じつは話すのも初めてですよ。大したことなかったって思い込んで、ほとんど忘れてましたしね」

ナオが口をつぐむと、三人とも沈黙した。俺は迷っていたが、思い切って口を開いた。これは**俺**であるナオのためなのだ。

「それも確かにあるだろうけど、一番の問題はそこじゃないんじゃない？　その後なんじゃないの？」

俺の言葉に、ナオはぽかんとした表情を浮かべている。

「そうそう。はっきり言やあ、次の週、次の番のやつに、ナオは自分で覚えてないぐらいひどいいじめをしたんだろ？」均がもろに言う。

ナオは言葉の通じない人のような顔をしていた。それから花が萎《しお》れるかのように顔から表情と生気をなくし、皺《しわ》がたくさん寄り、目を閉じ、「勘弁してくださいよ」とかすれ声でつぶやいた。

「いや、それを告白しろってんじゃないんだよ。俺らも聞きたいわけじゃないんだ」追い詰められたナオの様子に、俺は慌《あわ》ててフォローを入れた。だが均は厳しかった。

「ただ、そこに肝心な問題があったということだけは思い出しといたほうがいい。ナオ、逃げるな。目を背けるな」

ナオのつむった目から、涙が垂れた。鼻からも洟水《はなみず》がすうーと落ちた。唇のはしがゆがむのを抑え、のどが鳴った。

「だから俺、一生彼女は、持てないん、です」嗚咽《おえつ》の合間にナオはそう言った。

「もういいから。そこまでにしとこう」俺は逃げ腰だった。だが今度はナオが許さなかった。

「大樹さん、こんな醜い自分の姿、見たくないんでしょ？　だから聞くの嫌なんでしょ？　わかりますよ。俺自身がそうだったんだから。でも聞きたがらないなんて、やっぱり冷たいじゃないすか。**俺ら**のことなんだから。**俺ら**の真実なんだから。大樹さんだって、だから彼女いないんじゃないですか？」

最後の言葉にグサッと来て、俺が絶句していると、「俺は聞くよ。言えよ」と均は依然として冷徹に促した。

俺はカチンと来た。「言わなくていい」とナオを制すると、「ひでえんじゃねえの？　自分のことなんだからだいたい想像ついてるのに、言わせるのかよ」と均をなじった。

「大樹さんも想像ついてるの？」

俺はうなずいた。振り払っても消えない映像とも言葉ともつかないものが、ぼんやりとした場面を俺の頭の中で再現している。それは相手の女子の身体《からだ》を傷つけるほどではないが、心には一生の深傷《ふかで》を負わせる、およそ中学生が手を染めるような類《たぐい》ではない、破廉恥《はれんち》きわまりない行いらしかった。それが忘れかけていた俺の記憶なのかナオの記憶なのか、俺には判別がつかない。俺はそこから意識を逸《そ》らすようにしたけれど、それでも猛烈な悲しみが襲ってくる。

「ナオ、それはおまえの意思だったんじゃない。怒り狂ってるナオがそういう行為に及ぶように、他の連中が仕組んでおいただけだ。汚いのはその連中だ。ナオの中にその意思があったわけじゃない。ナオはあの時点でもまだいじめに遭ってたんだ」均が宗教家みたいな口調で説教した。

「そんなこと言ったって、やったのは俺なんだよ。行為は消えないし、本当に何も俺の中になかったら、あんなことにはならなかった」

ナオは泣きわめくような調子で言った。

「それはきっと俺ら三人ともがやったことなんだよ。ナオだけじゃない、俺ら三人ともの中にあることなんだ。だから俺らみんなで乗り越えるしかない。一人じゃ無理でも、自分三人なら乗り越えられるだろ？」

俺の言葉にナオは決壊し、大声を上げて泣いた。

行楽客たちが、眉《まゆ》をひそめて俺らを見ている。さっきまで爆笑していたかと思うと、今度は号泣している。昼間からこんなところで泥酔《でいすい》して迷惑な、と思われているかもしれない。だが、俺らが三人の同じ**俺**であることには気づいていないだろう。俺らが同じであることもわからないし、では俺ら三人をそれぞれ区別できるかというと、おそらく区別つかないだろう。

俺は苦しかった。これも自分の一面なのだと思うと、確かに目を背けたくもあった。惨《みじ》めだった。けれども、とてつもないカタルシスを味わっていたことも事実だ。なにしろ俺は今、人の役に立っているのだ。俺は熱烈に必要とされているのだ。替えはきかず、ほかならぬこの俺こそが必要とされているのだ。ここまで完璧《かんぺき》に人を理解し、求められている力を過不足なく与えられるなんて、初めての経験だった。この瞬間、俺と均は有意義な存在だった。生きている意味があった。たとえその相手が自分にすぎず、はたからは自己完結と映ろうとも、俺らにはかけがえのない瞬間だった。

午後は時間をかけてメインの表参道コースを下った。途中、天狗《てんぐ》のいる寺をぶらぶらしたり、「さる園・野草園」で猿の生態を一時間にわたってひたすら眺め続けたりした。

「例の**俺ら**三人組、会わないもんですねえ。じつは避けられてたりして」

俺らはずっとそれを気にしており、人混みではきょろきょろと落ち着かなかった。

「本当はそんな三人組いないんじゃないの？」俺はまだ懐疑的だ。あの女たちは含むところがあって俺らを追っていたのだ、という疑念が消えない。

「会うときが来たら嫌でも会うだろ。そのころはまわりじゅう**俺ら**だらけだよ。高尾山登っても**俺**ばっかり、みたいな」互いの毛づくろいに余念のない猿らを観察しながら、なぜか投げやりなトーンで均が言う。

「**俺山**ですか！」

「**俺山**かあ。それ、いいかも。俺らは、**俺ら**じゃない一般人とは別々に暮らしたほうが平和かも」

「ですね。溝ノ口とつるんでても、均さんや大樹さんとこうやって遊んでても、俺、すっげえ気分いいですもん。俺、三人のためなら何でもするって気になりますもん。そういう**俺ら**だけで暮らしたら、めちゃめちゃ前向きな人生になりそうじゃないですか」

「じゃあ、作るか？　**俺山**」

「いっちまいましょう！　最初は**俺**をスカウトすることからですかね？　新宿とかで**俺**見つけたら、ちょっといいですか、って声かけて」

「それでここに連れてくるの？　ちょっと不便じゃね？」

「うちでいいじゃないすか、俺の下宿で。山じゃないけど、**俺山**の原点ってことで」

俺とナオがたわいもなく盛り上がっていると、均が「そのときは俺は外しといてくれよ」と水を差してきた。

「何で？　均は**俺山**の**ボス俺**だよ？」

「**俺ら**なんてどれも同じなんだから、ボスもヒラもありゃしねえよ。何百人集まったって、**俺**は同じなんだから、一人の**俺**がいるのと変わんないんだよ」

「まあ何でもいいけどさ、均だって、**俺**の人脈広げといたほうが安心できると思わねえ？」

「将来は**俺族**だけ集まって独立でもするってか？」

「じゃあおまえはどうしたいんだよ？」俺はムカッと来て不機嫌に言った。

「いいじゃないの、俺ら三人の現状で」

そう言われてしまうと、俺にもナオにも異論はない。

「まあそうですけど」

「俺はこれでもう十分満足だよ。これ以上望むことなんかないよ」

「そりゃ俺だって」

「だったら余計な人間なんて混ぜないで、俺らでつるんでればいいじゃないか。他の**俺ら**は他の**俺ら**でつるんでるだろ、ステッキの三人組みたいに」

「でも、道理のわかった**俺ら**が増えれば、俺らはもっと楽になれますよ。気使ったり合わせたりしなくていいんだから、楽しいっすよ」

「そうだよ。さっき想像したんだけどさ、**俺ら**が百人でいっせいにビール飲んだら、めちゃくちゃ盛り上がると思わない？　それは**俺ら**同士じゃなきゃ絶対味わえないよ」

「それはあくまでも祭りってことだろ？　非日常だろ？　日常的に百人の**俺**で生活してたら、それはどうなんだろうな」

「毎日が祭り！」

ナオの言葉に俺は笑ったが、均は苦々しい顔をしてそっぽを向く。目の前の猿山では、一番小さいちび猿が、成長途上の悪童猿に手ひどくいたぶられ、ぴりりぴりりと泣いて母猿を呼び、駆けつけた母猿の胸にしがみつくと、きーきーと号泣する。

均は何か俺らに隠している。そのせいで、俺やナオは均の憂鬱《ゆううつ》を共有できないでいる。それが許せなかった。なぜ同じ**俺ら**なのに均の気分が伝わってこないのか？　もはや俺は、たまに感情や欲求が一致するぐらいでは物足りない。**俺ら**同士、二十四時間完璧にシンクロしていたいのだ。均が望むなら三人だけでもいいから、いつでも喜怒哀楽を一致させ、考えることも同じで、まるで自分は一人の大きな自分の一部であるかのような感覚に浸っていたかった。そうである限り、**俺ら**は常に互いのために存在していることになるからだ。

しかし、俺は均を追及したりしなかった。いずれにしても**俺**なのだ、均に起こったことは俺にも起こる。そういう確信があった。

結局、俺らそっくりの**俺ら**三人組はおろか、一人の**俺**とも出会うことなく、俺らは下山した。

「まあやっぱり、三人で**俺山**作るのが現実的かな」と俺らはうなずきあった。

「つまり今の俺のアパートってことですよね？　せめて溝ノ口ぐらいは仲間に入れてもいいでしょ？」とナオは主張した。俺は構わないと思ったし、均も「次の休みにでも連れてこいよ」と上機嫌に言った。

俺らは新大久保に出て、焼き肉を食べた。花札の賭《かけ》は途中でうやむやになったため、割り勘だった。俺は日吉に帰るつもりだったが、離れがたい気持ちが強く、大久保の**俺山**に一緒に戻った。

翌日曜日、**俺山**で目覚めた俺は、出社拒否症になっていた。疲れてまだ寝ていたいと思うことはよくあるが、仕事自体を億劫《おっくう》に感じるのは初めてだった。おまけに均とナオは世間どおりの連休中だから、まだ眠っている。よっぽど風邪だと偽って休もうかと思ったが、今の俺は職場で微妙な立場にいるのだと思うと、そんな自殺行為に踏み切る勇気はない。

慣れない電車での出勤、それもがらがらにすいているゴールデンウィーク早朝の車内に違和感を覚えながら、俺はもう引き返せない、と思う。これまで俺にとって大切な居場所だったメガトンが、どういうわけか俺にも理解できないままに、よそよそしい場所となっている。そして、メガトンとは比較にならないぐらい居心地のよい居場所、**俺山**を得て、そこに引き籠《こ》もりたい欲望を強めている。

だらしのない姿勢で座席を大きく占領し、眠たい頭で俺は夢想する。**俺**だけが何千何万と暮らす**俺山**があって、そこの「メガトン俺山店」に俺は勤めている。従業員もみんな**俺**、客もすべて**俺**。俺は完璧にわかり合えている同僚と、美しいハーモニーを奏《かな》でるようなチームワークで売り場を作り、訪れた客の希望を完璧に理解し、客にとって完全なカメラを非の打ち所のない価格で売る。客も店員もみんなハッピー。

そんなささやかなユートピア的イメージで自分を鼓舞しつつ俺は着替え、業務ノートをチェックして昨日の数値などを確認すると、カメラ売り場に出て展示を見て回った。ほどなく朝礼が始まる。俺は副店長の話をうわのそらで聞き、標語や挨拶《あいさつ》の斉唱も自動的にこなした。俺は性懲《しょうこ》りもなく、フロアに散らばっている客が**俺**だらけの**俺山**を幻視していたからだ。

それから各売り場ごとに分かれてミーティングを行う。時計カメラ売り場の四人が集まる。まだ幻視を続けてよそ見をしていた俺が、集まりに目を戻す。強い視線と目が合う。

俺だった。そしてそれは田島だった。

俺の胸を黒くて冷たい液体がじんわりと侵していく。俺は視線を逸らしたいのに逸らせず、もがく。田島の容貌《ようぼう》は変わっていない。短髪を横に流し、浅黒く精悍《せいかん》な顔、目つきは鋭いが無表情、背が高くてこれ見よがしのスポーツマンタイプだ。誰がどう見たって、姿形も雰囲気も俺とは似ても似つかないのに、俺には、俺自身が下手な変装をして田島に化けているようにしか見えない。おそらく、均やナオが見ても、同じ感想を持つだろう。

理不尽だった。なぜ、よりによって田島なのだ。こんなやつが自分であることに、俺が耐えられるとでも思ってるのか？　俺は絶対に認めない！　そう叫びたかった。

売り場主任の田島は、いつもと変わらぬポーカーフェイスでミーティングを仕切る。何も気づいていないのだろうか。

「昨日と同じで、引き続き、リコー機に力を入れていきます。すでにブームをつかんでますから、この連休中がヤマ場です。機種を定めてないお客さん、画質を少しでも気にしているお客さんには、特にプッシュしてください。もちろん、パナやキヤノンもガンガン行ってもらってかまいません。行楽前に駆け込みで来るお客さんも多いので、速やかに応対すること。えーと、それとご承知のようにヤソ禁の徹底が指示されているけど、どうしても独力で解決できないことは一人で抱え込まないで相談するように。抱え込むと業務が滞って、あとあと売り場全体が困ります。他には何かありますか？」

その声は本質的に俺の声と同じだった。だが、俺の声よりもう少し脂《あぶら》っぽく、ためらいがなく、はっきり響くので、あまり似ている印象はない。俺は耳をふさぎたいけれどふさげず、目を背けたいけれど背けられず、田島を見続けていた。

「檜山、何か言いたそうだな」

突然振られて俺は泡を食った。

「え、いや、あの、CX1ブレイクしかけてるから、在庫は多いほうがいいかと」

「その話をしてたんだ。有休明けでボケてるのか？　他には？　なければ開店準備始めてください」

散りぎわ、田島は冷たい目で俺に一瞥《いちべつ》をくれた。田島のまなざしは圧倒的で、密度が濃かった。俺の中身は尻《しり》の穴から漏れて、田島に吸い取られていくかのようだった。俺は抜け殻だった。田島こそが本体の俺で、俺はその反射にすぎない。そんな認識が俺を呪縛《じゅばく》し、俺はすっかり萎縮《いしゅく》してしまった。

普段だったらそのまま無気力に売り場に立ち、失敗を犯して田島にいたぶられるのがオチだが、俺は午前中のうちに立ち直った。何であんな嫌なやつが**俺**なんだ、**俺ら**の中にも嫌なやつがいるってことか、などと考えていたら、昨日、均が大勢の**俺山**に乗り気でなかった理由がわかった気がしたのだ。均はすでに、たちの悪い**俺**と何人も出会っていて、不愉快な思いをしているのかもしれない。そういうことなら、田島をもっとよく観察してやろうじゃないか。これが現実なら、俺も覚悟を決めてやろうじゃないか。そもそも、田島が**俺**であることは、南さんの言葉などからある程度予想できていた。田島が**俺**なら、俺の知らない田島の姿もあるということかもしれない。

すっかり腹を決めた俺はなんと、「主任、昼飯、一緒に食べませんか」と田島を誘っていた。田島はゆがんだ笑みを浮かべて、「何だ、マックか？」と答えた。

田島に席を確保してくれるよう頼み、俺が購買の列に並んだ。田島の注文は、ビッグマックにサイドサラダに爽健美茶《そうけんびちゃ》のセットだった。俺は意地でも違うメニューにしたくて、普段は滅多に頼まないフィレオフィッシュにポテトにコーヒーのセットにした。田島は、カウンター席に置いた俺のトレーを見るなり、「無理してないか」と機先を制してきた。俺は聞こえなかったふりをした。そして、自分が惑わないために、余計な雑談は挟まず単刀直入に言った。

「俺と主任て、同じ**俺**です」

「だからどうしたと言うんだ？」田島も間髪を入れずに返してきた。

「え、じゃあ主任も気づいてたんですか？」

「おまえはすっかり浮かれてるようだけどな、まったくろくでもない。そんなことは気づかなくていいんだ」

「でも俺、自分が田島主任と同じだってわかってよかったたですよ。率直に言いますけど、俺、自分が主任を理解できないで拒んでたけど、自分が田島主任なんだったら、それはもう受け入れるってことじゃないですか」

「おまえは無知なんだよ。おまえは受け入れたつもりでいるかもしれないが、実際には受け入れてなんかいやしない。そのうちわかる。俺に対する根本的な拒絶となって現れてくる。そういうものなんだよ。自分だからといって安心していられるなんて、おめでたい話だ」

「それは主任の性格の問題じゃないんですか。俺は現に、他の**俺ら**を受け入れてるんです。親友とか家族とかそんなレベルじゃない。根本的にです。主任は斜に構えてそういう体験に踏み出さないから、いつまでもネガティブなんじゃないですか」

田島は見る間に平らげたビッグマックの最後の一口を親指で押し込み、爽健美茶で流し込むと、舌なめずりをして口のまわりをぬぐった。食事というより、シュレッダーに紙を呑《の》み込ませているみたいで、その食べ方に俺は嫌《けん》悪《お》感《かん》を抱いた。

「おまえが信じる信じないはどうでもいいが、俺はとっくにその手の体験をした。おまえがまだ吉野家のバイトだったころだ。吉野家で見て、すぐに俺は気づいたよ。だからおまえに構ったんだ。だがそのあと、俺は自分たちと険悪になって地獄を見た。幸い、すぐに離れたから最悪の体験を知らずにすんだが、俺は悟ったね。自分だからといって信用なんかしちゃいけないと」

「それで俺に厳しいんですか」

「そういうわけじゃない。たんにおまえがつけあがらないように、上司としてコントロールしてるだけだ。俺はもう自分なんかどうでもいい。悪いことは言わない、おま

え も引き返せるうちに忘れたほうがいい。おまえならできる。忘れるのは得意技だからな。やっぱり無理してるんじゃないか」

田島はしきりに舌なめずりを繰り返しながらそう言って、俺のトレーを示した。俺はポテトを数本つまんだだけで、フィレオフィッシュもコーヒーも手をつけていなかった。食べたくなかった。俺は食物シュレッダーとは違う。

「俺は田島さんなんだから、わかりますよ。自分なんかどうでもいいって思いながら、自己愛の固まりじゃないですか。傷ついたプライドを後生大事に抱えて、人のそばに寄ろうともしないじゃないですか。本気で受け入れたことなんかないくせに、何言ってんですか」

「幼稚なんだよ。自分しか受け入れられない自分どもが寄り集まって、傷なめ合って、世間とは違うとか言ってるんだろ。どこに、おまえの言う本気があるんだよ。烏合《うごう》の衆《しゅう》じゃないか。烏合の衆がどんなに醜いか、俺はすでに見てきたんだ。俺はおまえよりずっと遠くまで行ってるんだよ。そんな幼稚な結束なんか捨てちまいな。そんな程度の低い喜びに浸ってると、あとで破滅が来たときにひとたまりもないぞ。俺は一回しか忠告しない。この話も二度としない」

「わかりましたよ。忠告に従って、少なくとも田島主任っていう自分だけは信用しないようにしますよ。時間取らせて悪かったですね」

あとは聞く耳持たず、俺はトレーを持って立ち上がり、駆けるようにマックを去った。

以来、俺の前には、開き直ったかのように**俺**が次々と姿を現した。それから八日の間に、俺は十四人ほど、**俺**とおぼしき客を見かけた。あんなに待ち望んでいた**俺**が現れたのに、俺は寄っていって声をかけるどころか、トイレへと逃げ込んだ。田島ショックのせいで、たちの悪い**俺**に出会ってしまうのではないかと、過敏になっていたのだ。そんな俺の姿を、田島は勝ち誇ったように眺めていたことだろう。トイレから戻ったとき、田島がこれ見よがしに平然と**俺**である客の相手をし、一方の客は自分である店員に相手をされて動揺しているなんてこともあった。それで俺は、店で**俺**と知り合うことは諦《あきら》めた。

十五日も連続で働く羽目に陥ったのは、ゴールデンウィーク中は全員出番だったことに加え、連休初めの土曜日に有休を取った代償として、次の俺の定休である月曜も出勤を命じられたためだった。それでは有給休暇にならない、と俺は誰かに訴えたかったが、相談すれば即「檜山得意のヤソリ」ととられるだけだろうから、泣き寝入りするしかなかった。実際、南さんなんかも妙によそよそしく、俺が話しかけると、言葉少なの相づちで会話を終わらせようとする。「ヤソ禁」破りに荷担したと思われるのを、恐れているのだろうか？

仕事への意欲を急速に失っていった俺は、また強引に有休を取った。今度は五月第四週の日曜日だった。その場のノリで何となく出席の返事を出したますっかり忘れていたのだが、例の高校のクラス会があるのだ。

クラス会のことを思い出したとき、そこで何人かの**俺**に出くわすことになるだろうという予感が、すでに俺にはあった。職場での出会いを断念した以上、この機会を逃すわけにはいかない。予想は裏切られなかったどころか、何と十三人の出席者のうち、八人の男全員が**俺**だった。ただし、顔を合わせたとたん、お互いに**俺**だと了解してすぐに同じ気持ちになれたのは、俺を含めて三人だけだった。

目が合った瞬間にそれはわかる。俺ら三人は自然に近づき、まずはにやにやと笑い合った。

「こんなとこにもいるとはなあ」

「またまた。わかってたくせに。期待してたくせに」

「でも、まさか迫田と大樹だとはねえ」

「洋次も人のこと言えないだろ」

「何人目？」

「俺はまだ五人目」

「俺はもう数えてないよ。数え切れないよ」

「でもこれ、面白いよね。同窓会なんかで十年ぶりとかに会うと、腹出たり髪薄くなってたりしてオヤジ化してるやつはけっこういたりするだろ。でも、自分化してるやつと会うのは珍しいよね」俺

「珍しいって、過半数が自分化してるんですけど」

「確かに」

「でもクラス会って、いまや合コン化してるんだって？」と俺。

「見合いね、集団見合い」迫田がうなずく。

「けど、知ってる者同士でしょ。うまくいくのかね？」洋次が小馬鹿《こばか》にした口調で言う。

「いくみたいだよ。去年のクラス会でも二組、結婚したもん」迫田が答える。

「うそ？　誰？」俺は焦《あせ》りを覚える。

「五朗と新見でしょ。それに、柳川と牧野」

「へえ。そんなものか」

俺らは少し沈黙する。俺はぼんやりと顔を思い出したけれど、なんだかとても地味でださい連中だったということしか記憶がない。在学中にしゃべったこともないだろう。洋次も同様で、かろうじて迫田だけが五朗と少しつきあいがあった。

「五朗に聞いたらね、コツは最初から見合いのつもりで臨むことで、どうしてもこれだけは飲めないっていうマイナスの条件だけリストアップしておくんだって。それで、同じく見合いのつもりで臨んできた女たちを片っぱしからチェックして、条件をつきあわせて、問題が一番なさそうなのとつきあうんだって」

「そんなんでいいんだ？」と洋次が言う。

「あいつら、地味なようでいて、じつはそうとう変人ね。俺らと全然、別人種。何てったって、自分化してないんだから。五朗に言わせると、色恋なんて一生しなくていいんだって。たんに時期が来たから、家族作ろうと思ったんだって」

「味気ねえなあ」と洋次が言う。

「なんか暗いよね」と俺も相づちを打つ。

「それで事務的に子作りかよ」

俺と洋次は嘲笑《ちょうしょう》したが、迫田は「でも彼女っていうか相手がいるだけ、俺らよりましじゃね？」と言った。それで俺らはまた黙り込んでしまう。

俺らには**俺ら**がいるからいいんだよ、連れ添う相手なんて必要ないんだよ、恋人とか妻とかなんかより、**俺ら**同士のほうがよっぽどわかり合ってるんだからさ。**俺**である彼女でもできない限り、俺らは結婚とか無意味でしょ――。

　俺はそのように言いたかったが、それを言ったらおしまいのような気がして、黙っていた。迫田と洋次も同じことを考えていたかもしれない。

「それで大樹は写真、まだやってる？」と、同じ写真部だった洋次が話題を変える。

俺

「もうやめた」とだけ俺は言った。写真部時代から冴《さ》えない作品しか撮れなかった洋次に聞くだけ無意味だと思ったが、思いやりとして、「洋次は？」と尋ね返してやった。

俺

「やってますよー、仕事の一部として」

「ほんと？　やるじゃん」と俺はかろうじて言った。心が折れそうだった。

「つっても、本職はツアコン。ツアー客の写真もプロ並みに撮ってあげられるツアコン、っていうのが俺のウリでね」

「どこの旅行代理店？」と迫田が聞く。とたんに洋次の表情は萎《しお》れ、「いや、まあ、フリーなんだけどね」と声も弱くなる。

「フリーのツアコンって、労働条件ひどいんでしょ？　食ってけるの？」

「だから俺はカメラマンもできるツアコンってことで、何とか仕事とってるんじゃないか」

洋次は色をなして反論する。俺と迫田は言葉を返せず、洋次も自分の大人げなさを恥じた様子で、「で、二人は仕事は？」と明るく問い返した。

「俺は一応、メガトンに就職してる」と俺は後ろめたさとかすかな優越を感じながら答える。

「俺は今は、ムサシヤ東浦和店の副店長」迫田の声からは、隠そうとするのに虚栄心がにじみ出ている。

「ムサシヤって、あのスーパーの？　さっき、A組だった近藤がそこでバイトしてるって聞いたけど」

「ああ、俺が面接したよ」

「近藤って誰？」と俺は聞いた。

「サッカー部の部長やってたやつ。知らない？　うちのクラスの三原とつきあってた」

「ああ」と俺は言ったが、サッカー部の部長も三原すらも思い浮かばない。「三原はいいよね」「去年の暮れかな、俺、三原、見かけたよ。コンビニで」「まだ変わってない？」「大人っぽくなってた」「声かけりゃよかったじゃん」「いやあ、だってねえ」などと話している迫田と洋次から、俺は脱落した。二人にはこの十年が存在せず、いまだに高校生であるかのようだった。俺はこんな亡霊みたいなやつらに取り憑《つ》かれたくない、と思った。

「じゃあ、近藤、ほんとにフリーターなのかあ。いかにも人の上に立ちますって感じだったのに」

俺　「洋次だってフリーターみたいなもんじゃないか」と俺は口走っていた。

洋次は絶句して俺を凝視した。俺も睨《にら》み返す。洋次の瞳《ひとみ》には俺が映っている。けれど、瞳の奥はがらんどうの洞窟《どうくつ》のようだった。そこからひどく冷たい冷気が漏れ出ている。俺はぶるっと震えて、目を逸《そ》らした。

俺　「俺らの代なんて、就職してないやつ、いくらでもいるじゃんか。そんなの普通だろ。小西とかだって、大学時代からずっと税理士の勉強してるって、さっき言ってたし」

迫田が必死で取りなす。

「そうなの？　俺、ちょっと話してくるわ」と俺はその言葉にすがって、二人から離れた。

小西八十吉を見つけた瞬間、俺は泣きたいような激情に襲われて、自分でも動揺した。八十吉も**俺**だったのか、と思うと、俺はなぜか救われた気がした。それはきっと、あんなに仲がよかったのに卒業以来連絡を絶っていて、ようやく会うことができたせいだろうと、俺は考えた。

俺の視線に気づいてこちらを見た八十吉も、顔を輝かせた。けれども、そのまなざしに共犯めいた色はなく、八十吉は**俺**であることに目覚めていないんだと、俺は少し落胆した。目覚めたうえで再会できたならもっと気持ちが解放されたのに、と俺は残念だった。

「どうよ、最近？」と八十吉は夏休み明けの高校生みたいな挨拶《あいさつ》を口にして、手のひらを立てた。俺はその手のひらに自分の手のひらを打ちつけ、「ぼちぼちでんな」と答えた。そして、「どうよ、税理士のほう？」と率直に問うた。

「おお。また始めたんだよ」

「また、って？」

「俺、いったん就職してたから」

「そうだったんだ？」

「そうそう。勉強会の仲間に抜け駆けして就職したんで、やましかったからみんなには言ってなかったんだけどね」

「そっか。どこ？」

「電器のムラタ」

「げ、うちのライバルじゃん」ニアミスしかねなかったのだと、俺はドキリとした。

「え、大樹も就職？」

俺「うん。メガトン」

「写真やめたんだ？」

「いろいろあってね」

「まあ人生まだどうなるかわからないけどな。俺もついこないだ、会社辞めたし」

「えー、そうなの？」俺は驚いたが、同時に、誰かからこの話をすでに聞いたような気もしている。

「それで税理士の勉強、また始めたってわけよ」

俺「やっぱ未練があった？」

「勉強会の連中と久しぶりに会ってね、俺も流されてちゃいけないなって目が覚めてさ」

「だからっていきなり会社辞めなくても、勉強はできるだろ？　俺らもう三十だよ」

言いながら俺は、これはデジャヴだと感じている。

「そんな中途半端《はんぱ》な態度じゃ受からないんだよ。俺としても、背水の陣敷きたいし」

八十吉はそこで言葉を切って目を伏せた。八十吉らしくない暗い表情がじんわりと浮かび上がってくる。

「それに、職場環境がよくなくてね。俺としては人並みに仕事してたと思うんだけど、未熟だ、自立できてないって、ことあるごとにどやしつけられてさ。ひでえんだよ、自分で決めるべきことを人に相談することを、『小西る』なんて言うんだよ。でも俺は、そんなことをした覚えはないんだよ。しかも、俺にはその言葉は使わないで、俺のいるところで他の社員について、『鈴木はまた小西ってたからな』とかって言うわけ。このままじゃ俺、頭おかしくなると思って、とりあえず辞めたんだよね」

俺は乗り物酔いしたみたいに気分が悪くなった。八十吉は**俺**なんだから、俺と重なるのは当然じゃないか、と自分に言い聞かせた。むしろ俺らは同じ境遇にあるんだ、だから八十吉の気持ちが俺にはよくわかるはずだ、前向きに受け止めようよ。胸の内で自分をそう説得したが、一方で俺は自分をごまかそうとしていることをわかってもいた。だから俺は罰を受けているのだ、と思った。そう、それは罰に違いなかった。

罰だとわかっているだけで十分だった。何について罰せられているのかは考えたくなかった。そして俺は、**俺**である八十吉から離れたい、**俺**から顔を背けたい、もう見たくない、と激しく欲した。だから、気分の悪さを利用して、八十吉が真摯《しんし》に心配してくれるのを振り切って、早々にクラス会から逃げ帰ったのだった。

だが、拷問《ごうもん》はそれだけでは終わらなかった。

クラス会は北戸田駅にある地元の高校が会場だったから、夕方に終わったら、大宮に住む姉一家を訪ねることになっていた。甥《おい》の翔と一度対面しろとおふくろがうるさく電話をかけ続けてくるので、俺もクラス会ついでならと、しぶしぶ応じたのだ。気の進まない訪問のはずだったが、今の俺には生き地獄のようなクラス会から脱《ぬ》けられた安堵《あんど》のほうが大きく、姉貴やおふくろにもサービスしようという気にさえなっていた。それで柄《がら》にもなく、駅ビル内の「蜂《はち》の家」でまゆ最中なんかを買っていったりした。

タクシーで姉貴宅まで乗りつけ、すっかりうちとけた気分で、「ａｇｅｈａ」とローマ字だけの表札のかかった、小じゃれた一軒家の呼び鈴を押す。ドアを開けたのは予想に反して、姉貴でも先に訪ねていたおふくろでもなく、夫の謙助だった。「いらっしゃい」とまず声がして、ドアが開き、謙助が笑顔を見せる。その笑顔がたちまち硬くこわばる。俺もそっくりのこわばった顔をしていただろう。謙助も**俺**だった。謙助はいったん玄関の外に出て、ドアを閉めた。俺たちはドアの外側で対峙《たいじ》した。

二人がため息をついたのは同時だった。

「何人目ですか？」と俺は聞いた。

「もうわからない」と謙助は虚《うつ》ろな目で空を見て答えた。

「ともかく」と謙助は気を取り直すようにカラ元気を出して言った。「かすみもお義《か》母《あ》さんも気づきっこないから、何事もない調子でやっていこう」

異論はなかった。俺らは家の中に入った。

謙助の後についてリビングに行くと、キッチンカウンターでおふくろが皿を洗っているのが見えた。ひと月半ぶりに見るおふくろの顔が、俺には微妙に見慣れないものに感じた。確かにおふくろなのに、どこか違和感がある。

「どうだった、クラス会は？」

「参ったよ。人間、三十にもなると、もう守り入って駄目だね。なんか話、嚙《か》み合わなくてさ、早々に引き上げてきた」

「三十なんてまだ全然若いじゃないよ。そんな言い方されたら、私なんかもう老婆《ろうば》みたいで、嫌だよ」

「いや、そういうことじゃなくて」

おふくろが俺を通り越して、俺の背後にひときわ大きな声を飛ばした。

「寝たかい？」

「うん、寝た寝た。これで二時間ぐらいは起きないと思う」

奥の部屋から現れた姉貴はそう答えると、振り返った俺に視線を向けて、「タイミング悪くてごめんね。翔、ちょうど今寝ちゃったのよ」と言った。

俺は子どもをかわいがるのは苦手なのでほっとし、「全然ＯＫ」と言ってまゆ最中を差し出した。おふくろが緑茶を淹《い》れ、ティータイムが始まる。

「姉貴、一日じゅううちにいて飽きないの？」

「うちになんかいないよ。毎日大変なんだから」

「そりゃ子どもは待ってくれないからねえ」とおふくろ。

「それもあるけど、情操教育ってゼロ歳からが大切だから、けっこう忙しいんだよ」

「音楽でも聴かせてるの？」

「それもある。ピアノとバイオリン弾けるママ友がいるんだけど、その人たちが月二回ぐらい、ミニコンサート開いてくれるんだよね。あと、やっぱり三歳までに異文化に触れておくと、感性がオープンになるんだって。それで、謙坊のつてでドイツ人のご夫婦紹介してもらって、そこの子どもを囲む会をやっぱり月イチから月二で開いてるでしょ。けっこう集まるんだよ。それに週イチでプールね。肌に抵抗力が備わって風邪引きにくくなるし、アレルギーにも強くなるんだって。あとは週一、二回、産院で知り合ったママの集まりがあるから、これは行くでしょ。今のうちからの情報収集が大事なんだよ、保育園に籍を確保するためにも。何だかんだ言って、同期のママたちとはやっぱり話が合って盛り上がるしね」

「同期？」

「うん。同じ時期に子ども産んだママたち。つまり同じ学年の子どもたちのお母さんってことになるでしょ。成長する様子も同じぐらいだし、子どもたちは幼なじみってことになるし。公園とかよりも、もっと仲いいんだよね。こないだはみんなでディズニーランドにも行ったよ。楽しかったあ」

「そういうときは親に子どもを預けていけばいいのに」おふくろは不満を露《あら》わにする。

「何言ってんの、子どものために行くんだから」

「ゼロ歳でディズニーランド、楽しいのかな」

「そりゃあ幼児みたいにははしゃいだりしないけど、赤ちゃんなりに楽しんでて、その経験は子どもの感情形成にすごく大きな影響与えるんだって」

　俺は何だか自分に都合のいいことばかり言ってるなと思ったが、子育てのことは何ひとつわからないのだから、異論を差しはさむのはおこがましかった。ただ、徐々に苛々《いらいら》してきた。これ以上、こんな話を聞かされていると、頭がおかしくなりそうだと思った。それで隙《すき》をうかがい、「それにしてもゴージャスな屋敷だなあ」と感心してリビングを見渡した。実際、映画かドラマのセットのようなインテリアが並んでいる。俺と謙助の座っているのは、とても柔らかく肌触りのよいコバルトブルーの革のソファ。部屋は南と東の二面がガラス張りで、日当たりがよく明るい。東面のガラスからは、隣に張り出したやはりガラスの大きく張ってある書斎らしき部屋が見える。

「謙坊の仕事場でもあるからね」とかすみがそちらを見ながら言うと、謙助は神経質そうに眉根《まゆね》を震わせた。

「会計士って、もっとオフィス街に事務所持つんじゃないんですか？」と俺は素朴に尋ねた。

「会計士じゃない、税理士」とかすみが謙助の顔色をうかがうように訂正する。俺も、謙助のプライドを傷つけたなと内心で青ざめる。だが謙助は、特に気分を害した様子も見せず答えた。

「共同の事務所も駅の近くにあるけどね。大樹くんもわかると思うけど、ぼくはできれば一人で仕事していたいタイプなんで、普段はうちでやってるわけ。それで事務所にもすぐ顔出せるここに家建てたんだよ」

「すごいですよね、その世界でもう独立してやってけるなんて」

「私もさ、結婚した当初は、こんな若いうちから謙坊が稼げるようになるとは思わなかった。もっとトロいやつだと思ってたし」

「よく言われたよね、それ。まあでも事実でしょう。言うの、かすみだけじゃなかったから」謙助の声色にはかすかに見下すような調子があるのを、俺は感じた。

「おかげで謙坊もうちにいることが多いし、子育ても一緒にできるから、私としてはありがたい」

「二人で子育てできるなら、それが一番」おふくろは自分が知らず知らずのうちに嫌味を言っていることに気づかずに言う。

「でもさ、面倒なこともあるわけ。たまにだけど、うちにお客さんが来ることもあるんだよね。そうすると、何だか秘書みたいなことしなくちゃならないでしょ。あれ、どうにかしてほしいな」

「かすみもそのぐらいのお手伝いならいいじゃない」

「いいんだよ、基本的には。ちょっとお茶出したり、わざわざお茶菓子買っておいたりすることぐらいはさ。でも、横柄《おうへい》で感じ悪い人もいるじゃない。奥さん、シングルモルトは置いてないの、とか、パソコンでいついつの大阪行き新幹線、調べてくれない、とか、平気で言ってくる人」

俺「ああ、野口さんね。家内を仕事には巻き込まないようにしてるんですって言ってるんだけど、旧《ふる》い人だからわからないんだな。誰のうち行ってもああらしいんだ。かすみには申し訳ないとは思ってるけど、いろいろなお客さんがいるから」

「嫌な客だって客のうち、ってことはわかるよ。そうじゃなきゃ、若いうちから仕事取るなんて大変だもんね。でも、せっかく事務所があるんだから、お客さんはあっちで呼んでほしいわけ」

俺「いや、そう言ってるんだけどね。先にここを知ったもんだから、こっちにぼくがいると、たまに来ちまうことがあるんだよ。細かいこと気にしない人だからなあ」

「謙坊がもっと強く言ってくれりゃ済むことじゃない。事務所で応対しますので、自宅はご遠慮願います、って」

「せっかちなんだよ。こっちが、すぐ事務所に向かいますって言っても来ちまうんだから、どうしようもない」

「謙坊、わざと話ずらしてる。問題は野口さんだけじゃないってことなんだけど。他にも何人かいるじゃない、うちに来る人。いっつもおんなじ顔ぶれ。確かに、ごくたまにではあるけど」

俺はひやひやしながら、やりとりを聞いていた。姉貴は明らかに、謙助の客を怪しんでいる。いつも謙助に言ってもはぐらかされるから、おふくろと俺のそろっている今、あえて話題にしているということなのだろうか。

「あんまり謙助さんのお仕事に口出しするもんじゃないよ」おふくろがたしなめる。

「あ、お義母さん、加勢してくれて嬉《うれ》しい。でも、かすみが言ってるのは、あんまり変な人まで客にするなってことなんですよ」

「そういうこと」

「野口さんていうのはそういう手の人なんですか?」おふくろが愚鈍な感じで尋ねる。

「そういう手の人って、おふくろもすごい言い方するなあ。その筋の人、みたいな」

頰に小指で傷痕《きずあと》を引く真似《まね》をして俺が混ぜ返すと、おふくろは「おふくろって言わない」と俺を睨《にら》んだ。謙助は苦笑した。

「確かに、危ない筋の依頼も多いですけどね、この仕事は」

「脱税の指南だとか、やばいお金の隠蔽《いんぺい》だとか、洗浄だとか、そういうのってお金になるんでしょ？」

「ちょっと翔の寝顔見てこようかな」と俺は言った。耳をふさぎたかった。姉貴にこれ以上、謙助の恥部を暴《あば》いてほしくなかった。何しろ謙助は**俺**なのだ。謙助の卑劣さは、俺の卑劣さなのだ。

「ああいうのは麻薬みたいなものでね。よもや自分がそんなものに手を出すはずもないしつもりもないって、誰もが思ってるんだけど、何かのはずみに一回引き受けちまうと、もうやめられなくなるんだよね。ぼくも、そうやって自分の首を絞めてしまった先輩を何人か知ってますよ。残念だけど、まあ反面教師です」

謙助は途中からおふくろのほうを向いて説明していた。おふくろは安心した顔でうなずいている。

だが、俺の胸中は荒れていた。俺は、謙助が自分の話をしているのだと感じていた。経済方面にはうといし証明もできないが、俺にはわかった。俺は自分が謙助の立場で、姉貴の言うようにトロい税理士で、独立したのに仕事がなく、うだつの上がらなさを家族に恥じているときに、魔の囁《ささや》きを耳にしてしまったら、と想像する。さもなきゃ、およそやり手とはいえない小心者が、齢《よわい》三十六にしてこんな豪邸を建てられるほど急に金回りがよくなろうはずがないじゃないか。

「大樹なんて、場に染まること以外何も考えてないといっていいぐらいじゃんか」という誰かの言葉がよみがえる。いつ、誰の言葉だったか。そのとおり。俺は何も選択したことなんかないのだ。常に、あたりの色に染まるだけ。脱税指南だって、俺がそうしたくてしたわけでもないし、やむを得ず苦渋の決断の末に引き受けたわけでもない。目の前に現れた時点で、俺はただ従うだけなのだ。だから俺なんていないも同然なのだ。

俺の頭に、鰯《いわし》のイメージが浮かんでくる。自在に海を泳いでいるようでいて、じつは俺はまわりの鰯に合わせて体を動かしているだけなのだ。誰かリーダーの鰯が動きを決めているわけではない。すべての鰯がまわりに倣《なら》うだけで、全体としては雲のように膨らんだり縮んだり横へ流れたりひたすら遠くへ泳いでいったりする。そこには意思はない。外れたら食われる。だから俺は周囲の鰯に遅れないよう、きびきびと動く。前後左右上下、どこを見ても同じ鰯鰯鰯。そのうち、どの鰯が自分かわからなくなる。自分がそこにいるのかどうかも、わからなくなる。

俺は疲れを感じた。ものすごく消耗していた。徒労感にさいなまれて、何をする気も起きない。

姉貴が「こっちだよ」と俺を促している。どうやら会話は一段落して、翔の寝顔を見に行くらしい。俺は立ち上がって姉貴とおふくろについて行った。謙助はいない。二人は顔を寄せ合うようにして、小声で何かを話している。謙助のことだろう。俺はめまいを感じた。姉貴もおふくろも、俺の目の前でゆっくりと俺に変容していくではないか。わかっていたことだ、と俺は自分に言い聞かせた。そしてそれ以上考えないようにした。

奥の夫婦の寝室に、小さなベビーベッドがあった。そこに赤ん坊は転がっていた。姉貴が静かに音を立てないように、のぞき込む。俺を見てうなずく。俺もベビーベッドをのぞき込む。翔は仰向《あおむ》けで心持ち顔を横に向けて、よく眠っていた。産毛《うぶげ》が少し濃くなったような柔らかな髪の毛、ぷっくりと膨れてみずみずしい頰、そのたわわな頰に両側から押されて小さく開《あ》いている小さな唇。そんな乳児の顔であっても、俺にはそれが俺であることが見て取れた。俺はもはや驚かなかった。この両親のもとで俺であることを運命づけられている翔を、俺は愛《いと》おしく思った。

夕食をごちそうになった後、姉貴の家を辞した俺は、日吉には帰らず、大久保の俺山へ向かった。ただ均とナオと一緒にいたかっただけだったのだが、顔を見たとたん、今日の出来事を語らずにはいられなくなった。話し出したら止まらず、今まで打ち明ける気にはなれなかった、田島が**俺**である件も、勢いに乗ってぶちまける。

「何で俺ばっかり、こんなろくでもない**俺**と出会わなくちゃいけないんだよ。俺だって、溝ノ口みたいな、つるんでて楽しいやつと出会いたいよ」

「本当に自分だけ不運だと思ってるのか？　いいよな、大樹は自分だけ特別だと思えて」

均は小馬鹿《こばか》にしたように言った。このところの均はすっかり快活さを失って、冷笑的な態度ばかりが目立つようになっていた。ひと言でいえば、すさんでいた。

「何だ、その言い方。田島そっくりだ」

「当然だろ、田島も俺も、**俺**なんだから。ついでに言えば、大樹もな」

「何か俺に文句あるのかよ」

「俺が言いたいのは、大樹も**俺**なんだから、大樹に起こってることは俺らみんなに起こってるってことだ」

「そんなこと、わかってる」

「わかってないね。大樹はいまだに俺ら自身のことから目を背けてる」

「どういう意味だよ？」

「大樹は俺らについて知らないまま済ませていることがたくさんあるってこと。例えば、俺がどんな目に遭ってるか、知らないだろ？」

「均が話そうとしないんじゃないか」

「お互い俺なんだから、話さなくてもわかるんじゃないの？」均は嘲《あざけ》るように言った。

「それなのにわからないのは、俺が目を背けてるせいだって言いたいのか？」

「そこまでは言わない」

俺
「俺だって、均がたちの悪い俺にわんさか出くわして、それで俺にうんざりしてるのかなって思ったりしたよ」

俺
均はまじめな顔に戻ってうなずいた。

「前に、生活保護申請に来た人が俺だったこと、話したろ。あのときはショックでもあったけど、自分の本当の姿を知ってほっと救われるような気持ちもあった。そして、そんなどん底の自分にわずかでも手を貸すことができて、自分の存在意義を感じたりもした。でも、その後も次から次へ途切れることなく俺が申請に現れてみろよ。耐えがたいなんてもんじゃない。今じゃ、申請に来る人の九十九パーセントが、俺」均は吐き出すように言った。

「でも、もう追い返したりしないで受理してんだろ？　それだけたくさんの俺を助けてるんだろ？　だったら、めげる必要ないじゃないか」

「大樹だってわかるだろ？　他人を手助けしてるわけじゃないんだよ、全部、**俺**なんだよ。面談してるうちに、相手と重なっちまうんだ。生活保護申請してるのが俺自身になってくるんだ。毎日二回三回と生活保護申請だけして過ごしてみろ。永遠に生活保護申請だけして生きてる気になってくる」

俺を鰯の感覚がめまいのように襲う。

「それだけじゃない。申請に来る**俺**の中には、ムカムカするほど性格のねじくれたやつもいる。でもその醜悪な人格は俺自身にも備わっているんだってことを、いちいち実感させられるんだよ。俺は修行僧でも何でもないんだ、こんな苦行は耐えられない。何度もそんな輩《やから》が目の前に現れると、極端な話、そいつらを殺して自分も死のうとか思うこともある」

均の妄想はたちまち俺に伝播《でんぱ》する。このまま田島と毎日顔をつき合わせていたら、俺も相討ち幻想に取り憑《つ》かれるだろう。

「しかも、職場でも俺は浮きまくってるしね。俺だけ突出して、全部の申請受理だろ。完全に白い目で見られてる。啞然《あぜん》とするけどね、あからさまに誰も口きいてくれないんだから。反抗期のガキじゃあるまいに。まあ、こんな拷問《ごうもん》みたいな毎日を送るんだったら、さっさと閑職に異動にしてもらったほうが何百倍もましだけどな」

俺らは黙り込んだ。つけっぱなしになっているテレビの音声だけが響く。俺は漫然とテレビの画面を眺めた。一週間のニュースをまとめて解説する番組が流れている。映像の中、例えば季節はずれの猛暑日を報じるニュースで、汗をふくサラリーマンたちの中に幾人もの**俺**がいるのが見て取れる。

次のトピックは、痴漢の裁判だった。公立中学の校長が常習の痴漢で通勤中に捕まったところ、じつは他の中学校の女子生徒を買春していたことも発覚し、裁判の結果、懲役四年の実刑判決が下ったという、きわめてありふれた事件だった。ただ、画面に映っている被告の校長、裁判長、ニュースを報じている若い記者が、みんな**俺**だった。

「おとといは表参道で通り魔して四人を殺した**俺**の裁判やってたよ」と均が言った。「被告も裁判官も弁護人も全部、**俺**。わけのわからない卑劣な犯罪犯すのも全部、**俺**。悪いのは全部、**俺**。きっと**俺**を一掃したら、この世はきれいになるかもね。まあでもその前に、世界には**俺ら**しかいなくなるだろうがね。そうしたら**俺ら**の天下だね」

「俺が最初に出会った**俺**が、均とナオでよかったよ。俺ら、かなりツイてたよ」

俺は殺伐としたこの場を和らげたくて、つぶやいた。実際、しみじみとそう思ったのだ。だが意に反して、反応はない。俺の体が冷えてくる。均もナオも、固まって動かない。

馬鹿にしたような笑い声とともに均が何か言いかけた瞬間、それまでずっと肩をすぼめて沈黙していたナオが、「それはどうなんですかね」とさえぎるように強く言って均を睨んだ。

「何だ？　言いたいこと言えよ。俺は邪魔しないよ」均も挑発的に言う。

「ツイてたかどうか、今となっては俺は疑問ですよ。俺らだけ善良な**俺**なんてこと、ありえませんもん」

俺は聞きたいような聞きたくないような背反した気持ちに支配され、黙ってナオを見た。

「俺、ちょっと前に溝ノ口から、居候《いそうろう》させてくれって頼まれたんですよ。金欠で緊急事態で、電気もガスも水道も止められて、ついに下宿も追い出されたって言うんですよ。それでそのへんに寝る羽目になってるって。あいつ、俺以外の友だちいないですからね。もちろん俺はＯＫして連れてきたんですけど、こいつがね」とナオは均を顎《あご》で示した。「絶対駄目だって言い張って、玄関にも上げさせねえんだよ。わけわかんねえよ。それで仕方ねえから、サウナかネットカフェ泊まれって言って少し金渡して、そのときは帰ってもらったんです。大樹さん、俺の気持ちわかります？　自分に邪魔されて、ピンチの自分を助けてやれなかったんですよ」

「何で追い返したんだよ？」俺も唖然として均に尋ねる。

「前にも言ったろ。俺はおまえら二人で十分なんだよ。もうこれ以上他の**俺**なんか、見たくも知りたくもないんだよ。もううんざりなんだよ」

「こんな言い方されて納得できると思います？　溝ノ口は**他の俺**なんかじゃねえんだ。それで俺が、ここは俺のアパートなんだから明日は溝ノ口を泊めるからって言うと、じゃあ俺は出てく、って言うんですよ。俺はよっぽど、ああ出てけよって言いたかったですよ。でも出てかれたらやっぱりつらいじゃないですか。大樹さんだって、ここ来てこいつがいなかったらショックでしょ？　それで引き替えに、当面の溝ノ口のネカフェ代をこいつが出すってことで折り合ったんです」

「均、**俺ら**の生活保護申請受理してるんだったら、溝ノ口泊めるぐらい、何ともないだろ」

「ああ、何ともないよ。だから俺は出て行くので全然構わなかったよ。でもナオが承知しないからさ」

「汚えんだよ、俺にどっち取るかみたいな、究極の選択迫りやがってよ。決められるわけねえっての」

「わかるよ、俺だって決められないよ」と俺はナオに同情した。

「溝ノ口は大学来なくなっちまって、俺はもう不安で不安でいたたまれなかったんで
すよ。そうしたら、おととい、ひょっこり新宿で出くわしてね。なんと彼女連れてる
じゃないですか。金もないのによく彼女できたじゃんてからかったら、溝ノ口、にや
にやして、よく見てくれよ、って言うんですよ。よく見ましたよ。したら、**俺**なんで
すよ、その彼女！　女なのに**俺**なんですよ！」

「ありえねえ！」俺も叫んだ。

「ありえないのに、彼女、**俺**なんですよ！　その女もにやにやして俺のこと見やがっ
て、この人かあ、なんて指さしやがって。『まあ、そういうわけで、俺、もうおまえ
のこと必要ないんだわ』って溝ノ口、確かにそう言ったんです。俺は何も言えなくて、
木偶《でく》の坊みたいに突っ立ってるだけですよ。『ナオ、聞こえてる？　俺の彼女、**俺**だ
からね、完璧《かんぺき》にわかり合えてるから、俺のこと助けてくれたわけ。だからナオは必要
ないの』って、そんなこと言って、彼女といちゃつきやがった。俺の目の前で」

そこで口を閉じてつばを呑《の》み込んで、ナオは怒りの発作を抑える。

「全部、こいつのせいなんだよ」と憎悪《ぞうお》に変色した眼《まなこ》でナオは均を見た。「俺はほん
の少しでも自分を認めてやりたかったから、**俺**であるこいつも溝ノ口も大事にした。
こいつや溝ノ口や大樹さんを信用できるってことは、俺が俺自身を信用してるってこ

とだと思ってた。事実、俺は人生で初めて自信ってものを持ったよ。それはここにいる**俺ら**を大事に思う気持ちとセットだったよ。でもこいつはそうじゃなかった。俺にも溝ノ口にも冷たくできるのは、こいつが自分自身を信用してないからだ。自分を大事にできないからだ」

「そこまでわかるようになったら、ナオも一人前だな。もう独立できるな」均がまた茶化す。

「今すぐ出てけよ。今、この瞬間、この場で。さあ。早く」ナオがつぶやくように宣告する。

俺はこれが均とナオだとは信じられなくて、絶叫したい衝動に駆られる。これが**俺**であり自分であるとは絶対に思いたくなくて、この場を破壊したくなる。

「おお、頼もしい頼もしい。ナオの自立のためなら俺は喜んで退場するよ、**俺山**からでも人生からでも何でもさ」

その嫌味に爆発しかけたナオが罵《ののし》り返そうとするのを、さらに大きな声で「ただね」と制して、均は続ける。

「俺もうキレそうなんだよ。限界超えてるんだよ。許容なんてできねえよ。何でこの俺が、虫みたいな**俺**の大群のためにこんなに追い詰められなきゃならねえんだよ。

冗談じゃねえよ。わらわらとしつこく湧《わ》いて来やがって。俺のふりしやがって。俺の真似《まね》しやがって。人の真似ばっかりでろくに独り立ちもできねえハンパもんのくせしやがって。俺はてめえらとは違うっつうの。こんなんじゃねえよ。こんな二束三文の、大量生産の出来損ないとは違げえよ。てめえらみたいな規格落ちが無数に出てくるから、俺の価値まで落ちるんだ。一緒にされるのはもうゴメンだ。もう我慢しない。もう許さねえ。全部壊してやる。全部つぶしてやる」

俺らを交互に見ながら、そう呪文《じゅもん》のように唱えると、急に「おまえ！　ナオ！」と俺を指さし、「ガキんちょはママのところ帰って寝てろ！　おまえみたいな素馬鹿はいつまで待ったって成長しっこねえんだよ」と叫んだ。次にナオのほうを向いて「大樹！」と指さすと、「馬鹿はカメラマンにはなれねえってまだわからねえのか。てめえのクソ写真はどこまでも頭悪りいんだよ」と怒鳴った。そして呆然《ぼうぜん》とたたずむ俺とナオを残して、出て行った。

俺らはへなへなと座り込んだきり魂を抜かれて、口をきけなかった。ナオは声も立てず表情も変えず、ただだらだらと涙を流していた。その悲しみが俺の胸にも伝わってくる。その悲しみは、均の胸からナオの胸を経て俺に達したものだった。ナオが泣くのは、均の憎悪がわかるからだ。ほどなく自分もその憎しみに囚《とら》われるだろうと理解しているからだ。

それは俺も同じだった。その憎悪の念のことを考えたくはなかった。均がたった今、俺らに振り向けたその憎しみは、果てもなく底もなかった。俺らを呑み込んでどこまでも広がっていた。そんな手に負えないものを、俺は知りたくなかった。

「わざとじゃなかったですね」とナオが弱々しく言った。均がナオと俺を取り違えたことを言っているのだ。俺もうなずき、「わざとじゃなかった」とつぶやくように復唱した。

ナオにも俺にも、取り違えがどういうことかわかっていた。それも憎悪のなせる業だった。**俺**全体を憎むあまり、均は自分とその他大勢の**俺**とを切り分けたのだ。その他大勢はその他大勢でしかなく、個々がどれほど自己主張してもはたからは見分けがつかない。俺とナオがその他大勢の**俺**の側に入れられたとたん、均には区別がつかなくなったのだ。そうすることで、かろうじて自分だけを**俺**の大群の中から救い出したかったのだろう。

これは序の口だ、と俺は直感した。改めてその底知れなさに身震いする。見たくない知りたくないと思う。

「また戻ってくると思う？」と俺は聞いた。ナオは「思う」と答えた。

「戻ってきたときは危ないかもよ」

「わかってます」

「どうする？　ナオはここにいる？」

「大樹さんは？」

「俺は日吉帰る。終電、まだ間に合うから。ナオも来るか？」

ナオは首を振った。

「今夜はうちいますよ。今夜じゅうに均さんが戻ってきたら、そんときはそんときです。戻ってこなかったら、明日、授業終わってから考えます。それで大樹さんに電話します」

「大丈夫か？」

「俺も**俺**ですから。均さんのこと、わかりますから」

「いいほうに考えようとするなよ。現実を見るようにな」

「わかってますって」

俺はもう余計なことを言うのをやめた。俺らは自分で思っている以上に、**俺ら**同士、互いの内面を熟知しているのだ。ただ、これまでは楽天的に信じたい気持ちが強すぎるあまり、自分たちの悪意から目を背けてきたのだ。だから、理解できないかのように思ったりもしたのだ。それは、たんに理解しようとしなかっただけにすぎない。俺らは本当は、わかっていたのだ。

黙っていても、横にいるナオの気分が俺には通じる。ナオも同様だろう。俺は立ち上がり、「じゃあ、連絡待ってるから」とだけ言って、**俺山**を後にした。

休日とはいえ、終電はそれなりに混んでいた。俺はウォークマンに聴き入って目を閉じ、じっと耐えた。車内には多数の**俺**の視線が飛び交っていた。シャットアウトしていても、俺には感じられる。

ふと、この視線のどれかが均のものかもしれないと考えて、落ち着かなくなった。均は飛び出していった後、俺が出てくるのを待ち伏せ、後をつけてきているんじゃないか？　俺は、あくびをしたり疲れた首を回したりするふりをして、電車内を見回した。**俺**だらけの車内に均がいるのかどうか、見分けはつかなかった。

ひょっとすると先回りしているなんてこともありうるだろう。俺だったらそう考えてもおかしくない。ってことは、均だってそうするかもしれない。不安は妄想を太らせる。間違いなく均は俺の近辺にいるという気がしてくる。

はやる気持ちを抑えて、俺はアパートに近づく。

心臓が止まりそうになったのは、鍵《かぎ》を開けているときだった。部屋の中に物音を聞いたような気がした。ドアノブにかけた手が震えている。開けるべきか否《いな》か？ 均がつきまとっているなら、いずれは出くわす運命だ。ええい、ままよ。

俺はノブを引いた。

部屋の闇《やみ》は静かだった。誰の気配もない。俺は明かりをつけて、「均？」と声をかけてみたが、反応はない。上がってくまなく調べても、誰もいないし侵入した気配なんかもない。

俺はようやくほっとした。そして無事に着いた旨《むね》を、ナオの携帯にメールした。そしてシャワーを浴びる。

寝支度を整えても、ナオからメールへの返信は来ない。俺はナオに電話をかけてみた。留守電にもなっておらず、ただ呼びだし音が鳴り続けた。心臓が破裂しそうだった。だが、どうにもできないこともわかっている。

俺は寝床に潜った。そしていつもどおり、たちどころに睡魔に取り憑《つ》かれた。

第四章　崩壊

翌朝、俺が出勤前に朝飯を食べているとき、玄関の呼び鈴が鳴った。こんな朝早くに宅配便が来るはずもなく、俺は激しく警戒してドアスコープをのぞき、「どちらさんですか？」と大声で尋ねた。

ドアスコープに映っているのは、熟年のおばさんである俺だった。そのおばさん俺は「あたし。鍵《かぎ》忘れちまって」と言った。

俺はもう一度、「どちらさんですか？」と、今度は警戒色をはっきりとにじませて言った。

「だから、あたし。お母さんよ。寝ぼけてんの？　もう仕事行く時間でしょ」

「すみませんが、人違いだと思いますけど」

おばさんはあたりを見回し、「人違いのわけないじゃないよ！　自分のうちを間違えるほどボケちゃいないよ。早く開けてちょうだい」と少し声のトーンを高めて言った。

「うちは俺の一人暮らしですから、あんた間違ってますよ」

俺の言い方もぞんざいになってくる。内心は、開けたとたんに均が飛び込んでくるんじゃないかという妄想で怯《おび》えている。

おばさんはドアを叩《たた》き始めた。「いい加減、開けなさい。こっちだって夜勤明けでくたびれてるんだ、ふざけてないで開けてちょうだい」と命令する。

「だから人違いだって言ってるだろ。俺の親は埼玉に住んでるんだよ」

「何言ってんのよ！　誰なの、あんた？　マックンじゃないの？　マコトじゃないの？　人のうちに勝手に入り込んで乗っ取って！　警察呼ぶわよ！」

「呼んでいいんだ？　捕まるのはあんただよ」

「働いて疲れてる親を放り出す気か！　いい加減にしなさい！」

「あんた携帯持ってないの？　自分ちに電話して迎えに来てもらいな」

「あたしんちはここだよ！　誰なの、あんた？　顔見せなさいよ」

それはいい考えだと思い、俺はチェーンをかけたまま鍵を開け、ドアを開いた。本当にドアが開いてびびったおばさんが、少し引くのが見える。俺はドアの隙間《すきま》から顔をのぞかせ、「これが俺ですけど」と言った。興奮で赤らんでいたはずのおばさんの顔から、血の気が引いていく。あまりに灰色になるので、貧血で倒れるかと俺は心配した。

「不法侵入で警察に通報します」

おばさんは恐怖で震える声で告げると、一刻も早くこの場から離れたい気持ちを丸出しに、腰の引けた姿勢でよちよちと後ずさっていく。

俺はドアを閉めて、わざと大きく鍵を掛ける音をさせた。おばさんが走り出すのが、ドアスコープから見える。俺は部屋に戻ってバルコニーの窓から、その後ろ姿を見送った。だが、おばさんはすぐに立ち止まり、こちらのアパートのほうへ向き直った。顔からは表情が落ちている。しばらく、おばさんはその姿勢でたたずんでいた。何度も小首をかしげている。少しこちらへ戻りかけたりもしたが、すぐに立ち止まる。やがて、またアパートに背を向け、とぼとぼと歩き始めた。

あまりに寂しいその背中に、俺はちょっと胸を衝《つ》かれた。その気持ちが痛いほどわかる、と思った。他人事《ひとごと》じゃなかった。俺にも同じような経験があるような気がした。本当はあのおばさんが俺のおふくろなのかもしれなかった。おふくろは一人で働き続けて、俺と姉貴を育ててくれた。経営していた工場が立ちゆかなくなって親父《おやじ》が首を吊《つ》ってからも、知り合いの工場でパートをしながら、写真専門学校に入るための入学金を作ってくれた。自分はもう諦《あきら》めた、その分、あんたが写真の道を極めなさいとハッパを掛けてくれた。でもカメラマンとしての就活に失敗してフリーターを始めたら、あんたは自分の夢どころか人の夢まで壊したと罵《のの》しられた。何のために、あれだけ無理して働いてきたんだ、息子をフリーターにするためなんかじゃない、だったらお姉ちゃんみたいに地道に大学目指せばよかったんだ、まったく情けない、恥だ、と言われ続け、俺はいたたまれなくなって家を出た……。

いや、そうじゃない。現実は違っていたはずだ。俺は独善的な親父からしつこくうるさく就職しろと言われてキレて、家を飛び出たような気もする。カメラで食ってけるような甘い考えをいつまでもしてるのなら、地道な会社に就職して現実を知れ、みたいなことを言われたような覚えもある。自分の好きな道を極めろと背中を押されてカメラで生きようと決めたとたん、俺みたいな凡人の子どもなんだからそんなこと無理に決まってるだろ、と否定された記憶もある。おふくろはおろおろするばかりで取りなしてもくれず、姉貴はせせら笑った。いや、俺に姉貴はいなかった。でも昨日、俺は姉貴のうちに行った。あれは誰だ？　言うまでもないだろ、**俺**だ。おふくろもいた、ガキもいた、みんな**俺**だった……。

ああ、もうどうでもいい。どうでも同じだ。どっちにしても変わらないのは、俺は人生に失敗してカメラマンになれなかったという事実。そしてそんなヤワな人間であることを、親から軽蔑《けいべつ》されたのだ。少なくとも俺は自分を、親からも軽蔑されるジャンクだと見なしてきたのだ。仕方がない、事実だから。

でも、親も同じなのかもしれない。自分の子どもが、親を邪険にするような失敗作に育ってしまって、自分を責めているのかもしれない。そしてその後悔は、誰にも理解も共有もされないのだ。自分の責任だと、一人で抱え込んでいるのだ。そんな後ろ姿だった。何で自分はここにいるんだろう、と問いたげな表情だった。居場所のない自分をどうしよう、と思案する顔つきだった。どこにいても無意味な自分を、もてあましていた。息子のいることなら、自分は必要とされると思ったのに。自分の存在意義を感じられるはずだったのに。それは幻だった。失敗したなら、最初からいなかったも同然。いてもいなくても、同じ。

俺は目を背けて、身支度に戻った。あの惨《みじ》めさは、俺の惨めさだった。**俺**同士なのだから当然だ。

嫌な予感は、日吉駅へと急ぐ通行人の流れに飛び込んだときから俺を襲っていた。

俺はうつむきがちに歩いたが、それでも視界に入るスーツ姿の男女に、大量の**俺**を認めた。

案の定、職場の同僚上司先輩は**俺**だらけだった。朝礼に集まった面々を一瞥《いちべつ》しただけで、およそ半数は**俺**のようだった。その**俺ら**が、ちらちらと俺を見たり、俺の噂《うわさ》を交換して笑ったりしているように感じるので、俺はうつむき続けた。

俺は有休を取ったはずなのに、なぜか定休である今日、出番を強いられているのだ。

昨晩メールで届いたその命令に、逆らえるはずがなかった。

売り場ごとのミーティングに分かれたとき、田島がいないことにようやく気づいた。エアコン売り場主任の江尻さんが、臨時にカメラ時計売り場の主任を兼任すると告げた。言うまでもなく、江尻さんも**俺**である。南さんの一つ先輩の女性ということで、南さんが入ってきたときはとてもよく助けてくれたそうだが、有能な南さんが頭角を現してくると、南さんの同期や後輩の、南さんよりできないが上の男たちには受けのいい男の社員を引き立てたりし、すっかり険悪になったのだと、南さんからよく聞かされた。「自立できない社員を手助けして一人前にするのが私の役目」と言われ、南さんは「だったらご自身を手助けしたらどうですか」と言ってしまったのだそうだ。

ミーティングの後、俺はどうせまた「ヤソリ」と言われるだろうと陰鬱《いんうつ》な気分で覚悟しながら、江尻さんに「どうしてこんな急に田島さん、異動になったんですかね？」と尋ねた。

「あんまり晴れ晴れした顔してないね。天敵がいなくなって、ヤソリンの天下でしょう？」

何だヤソリンだと？　俺は自分の首がぽろりと地面に落ちるのではないかと思うほど動揺したが、動揺を悟られてはいけないと瞬時に判断し、江尻さんの**俺**顔をしっかり見つめて素早く答えた。

「そんなこと思ってないですよ。何だかあんまり急な人事されると、そっちのほうが怖いです」

「へえ、いてほしかったの？　仲がいいから喧嘩《けんか》してたのか」

「違いますって。どこに異動になったんですか？」

「子会社の、本社ビル管理会社」

俺は絶句した。何で仕事のできる社員をそんなところに？　と胸の内で問う。

「あそこはあれでずっと赤字だからね、切れ者の田島に立て直してもらおうってことじゃないの？」

俺は自分がそのビル管理会社に出向させられたかのように、気力をなくした。何をしたところで、ビル管理会社の業績なんてさして変わらないだろう。田島は辞めるかもしれない。あんな傍若無人な人間なら、まだまだ道を切り開けるはずだ。いやいや、どうでもいいことだ。田島なんかの心配するぐらいなら、てめえの心配しろ。おまえにもいつどんな理不尽な辞令が下りるかわからないのだから。

午前中にどんな接客をしたのかあまり記憶がなく、気がついたら昼休みに入っていた。俺は一人になりたくて、俺のマックへ行った。

ビッグマックとサイドサラダと爽健美茶《そうけんびちゃ》という定番のセットを載せたトレーを持ち、二階の禁煙席に上がると、うちの店のオレンジベストを着けた一団が目に飛び込んできた。南さんを含む女二人、男三人が、激しく盛り上がっている。比較的若手の五人とも、**俺**だった。

俺は引き返したかったが、立ち止まっちまった姿は連中に見られたはずで、仕方なく手近で空いている席に座った。あいつらが**俺**なんかになるから、俺だけの聖域だったマックにまで侵入してきやがるんだ、と腹を立てた。

俺の席にも余裕で届く声を聞いていると、五人は最近、店内で結成したソフトボールサークルのメンバーらしかった。

「ヤスヨ、イチロー打ちやってたでしょう？」

「うん、じつは」

「えー、あれ、イチローのつもりだったの？」

「そう言うナベちゃんも長嶋投げやってたくせに」

「ばれた？」

「せめて南さんの上野ぐらいにはやってほしいよね」

「南さんの上野は超すごいハマってるじゃん」

俺「俺、四タコ食らったし」

「もっと肩幅つけたいんだけどね。それで今、慶應《けいおう》のジムでベンチプレスしてるんだよね」

俺「バッティングマシンとかもあります？　あったら俺も会員になろっかな」

「あるわけないじゃん」

「それで、新人歓迎大会は人数決まった？」

「たぶん全員参加でいけそう。派遣とかバイトも含めて」

「いいねえ」

「だいたい、ひとチーム女三、男六って感じかな」

春のワールド・ベースボール・クラシック（WBC）を日本が連覇した効果で、最近は草野球がブームになっているというのは聞いていたけれど、うちの社内でもこんな活動が行われているとは知らなかった。野球じゃなくてソフトボールなのは、言い出しっぺがおそらく南さんだったせいだろう。WBC決勝の日、南さんと俺ともう一人、今はもう辞めちまった社員とで日吉のバーで中継を見たのだが、南さんはしきりにソフトボールの話を引き合いに出していた。いわく、北京オリンピック決勝のアメリカ対ナギナタ・ジャパンのほうが、ずっと神懸かった試合だった。イチローが決勝打を打つかどうかのときも、これで打てるようならナギナタ・ジャパンに入れてやる、あのつわものたちと同じだけの気概があると認めてやる、などと評していた。

ほんの二か月ぐらい前の出来事なのに、何と遠い過去に感じることだろう。遠すぎてぼんやりして、本当にあったことには思えない。記憶もあやふやになっていて、どこのバーだったのか、いつもつるんでいた、辞めたあいつは何というやつだったのか、よく思い出せない。確かあのバーでは、何年か前、サッカーのワールドカップのときも三人で深夜に決勝を見たはずだった。昔からジダンのファンだった俺は、相手選手を頭突きしての退場という事態に泣いてしまい、二人に慰められたものだった。

あんなに楽しかった記憶を封じ込めてまで、俺は今の厳しい状況をやり過ごそうとしているってことか。今が普通で、これ以上よかった時代なんかないかのようにふるまっているわけか。

俺は自分のけなげさに涙が出た。普通に仕事して、普通に同僚とも仲良くやってきたはずなのに、どうしてこうなったのか。いくら考えてもわからない。俺は悪くない。ちっとも悪くない。悪くないんだから、堂々としていていいのだ。堂々と、あのときみたいに生きよう。あの充実を取り戻そう。何と言っても同じ**俺**同士じゃないか。俺の心など自分のこととして理解できる同類なんだから、卑屈にならずに堂々と切り出せば、受け入れてもらえるはずだ。最初は敵視し合っていた均やナオとだって、親密になれたように。

やけに前向きな気分が高まってそんな決意を固めると、五人組が食事を終えて出て行くのに合わせ、俺も立ち上がった。後についてマックを出たところで南さんに歩み寄り、思いきって頼んでみる。

「南さん、俺もそのソフトボールのサークル、入れませんかね。大会、参加させてもらえませんかね」

南さんは表情の消えた顔で俺を見た。まわりの四人は南さんと俺を見比べている。

南さんは口を開いた。

「にわかはお断り。サッカーファンのくせに」

言い放つと、すぐに俺に背を向け、ぞろぞろと駅前のロータリーを渡っていく。「本物のヤソリ、初めて見たなあ」「実物はやっぱすごい迫力すね」などと大声で言うのが、聞こえてくる。**俺**が俺のことを、そう言っているのだ。**俺**だから言っているのだ。そういうことを言う奴《やつ》らが、つまり**俺**なのだ。だから、俺も**俺**なのだ。俺はあの連中そのものなのだ。あのくだらなくて無意味で存在していても役に立たない有象無《うぞうむ》象《ぞう》の一員なのだ。

俺は初めて、あの連中に殺意を抱いた。

俺は南さんたちにあんな未練がましい態度を取った自分を許せなかった。**俺山**《いや》があっけなく崩れ去ったからといって、かつての居場所へ戻ろうとするなんて、卑しい見苦しい。そう腹を立てたところですぐに、その卑しさこそが**俺**だという証明じゃないか、と小さな嘲《あざけ》りが返ってくる。

俺は、残る唯一《ゆいいつ》の希望、ナオにメールを打った。やはり返事はない。休憩時間に電話もかけてみたが、反応はない。仕事が終わってもついに連絡はなく、いよいよ確実に最後の希望は潰《つい》えたのだと観念し、日高屋で腹ごしらえすると、新大久保へと向かった。

ちょうど帰宅ラッシュの時間帯だった。渋谷までの上り電車はすいていたものの、山手線はぎっしりだった。うっかり吊り広告を見上げたとたん、弛緩《しかん》した**俺**の顔がどっと視界になだれ込んでくる。まわりじゅう、**俺**だらけだった。俺と尻《しり》同士を密着させているメタボオヤジの**俺**が、ニンニクのにおいのたっぷり籠《こ》もった恐ろしく臭いおならをひりやがった。俺の前では、俺と同い年ぐらいの**俺**が、この混んでいるのに四角いリュックを背負っていて、携帯を操作するごとに腕でリュックを俺に押しつけてきやがる。右にいる細身で背の高い若禿《は》げの**俺**は、吊革につかまって新聞を読むふりをしながら、自分の前に横向きに立っている三十代半ばぐらいの女の**俺**の、大きく開いた胸元をちらちらのぞき込んでいる。そして口臭のひどい息を、俺の頭上から振りかけてくる。若禿げ**俺**にのぞかれている女の**俺**は、歌詞の聞き取れるほどでかい音量で音楽を聴いている。それは尾崎豊で、俺は我慢がならなかった。俺の左の小柄なおばさん**俺**は、電車が揺れて俺が接触するたび、こちらを睨《にら》む。

昼時にマックを出たときの気分が甦《よみがえ》る。爆薬でも毒薬でもいいから、いっぺんにこの**俺ども**を殲滅《せんめつ》させてやったら、どんなにクリアになるだろう。こいつらがのさばっているから、俺も巻き込まれるんだ。俺と**俺ども**がごっちゃになるんだ。それで俺の居場所がなくなるんだ。

苛立《いらだ》ちで俺自身が発火しそうになり、気を紛らわすため、若禿げ**俺**の新聞を盗み読む。

「日々新聞」朝刊の、地方面だった。左ページの「東京二十三区版」というロゴの下に、**「24日の死亡者」**という統計欄があり、細かな文字で**「交通事故17 自死28 他死53」**と並んでいる。

何だ、自死、他死って？ 自殺や殺人のことか？ だとすると、昨日一日、東京二十三区内だけで二十八人が自殺して、五十三人が殺されたというのか？ そんなに大量に殺人があったら、話題になるはずじゃないか。俺は知らないぞ。

視線を右ページに移す。「ミニニュース簿」というカットのもと、数行だけのいわゆるベタ記事がびっしりと羅列してある。てっきり交通事故の記事だと思って読み始めた俺は、度肝を抜かれた。交通事故や自殺の記事と入り交じって、殺人事件がそっけなく報じられているではないか。

24日午前4時半ごろ、世田谷区三宿に住む会社員、木村隆さん（56）が、押し入ってきた何ものかに首を絞められ死亡。

24日午前5時40分ごろ、板橋区赤塚のコンビニエンスストア駐車場で、無職、吉河栄さん（18）、専門学校生、金夏男さん（20）、大学生、清原虹見さん（19）が、車から降りてきた男にバットで殴られ死亡。男は車で逃走。高島平署によると、身長175センチぐらい、中肉、黒っぽいジャンパーとズボン、サングラスにマスクをつけていた。

俺

24日午前6時15分ごろ、大田区西六郷の多摩川河川敷で、会社員、田島鉄則さん（36）が、ジョギング中に何ものかに刃物で首を切られ死亡。

俺

24日午前7時5分ごろ、ＪＲ西荻窪《にしおぎくぼ》駅構内で、中央線の線路に男性（44）が飛び込み、下り列車にはねられ死亡。

24日午前7時半ごろ、足立区千住の交差点で、無職、森知絵さん（68）が、アルバイト、木戸義則容疑者（33）の車にはねられ、頭を強く打って死亡。

24日午前7時40分ごろ、渋谷区道玄坂の文化村通りで、会社員、赤阪佳枝さん

（27）が、会社員、迫田徹容疑者（29）とすれ違いざま、コンクリート塊で顔と頭を殴られ死亡。

俺はそこまで読んで紙面より目を背け、うつむいた。ひどく気分が悪かった。吐き気がする。迫田ってあの迫田か？　田島って、あの田島か？

何も気づきたくなかった。何も知らないでやり過ごすのだ。何も考えるな。今日にした文字は、すべて忘れる。それで何の問題もない。今までだって俺は何も知らなかったのだ。毎日、こんな数の人が殺され、自殺し、交通事故で死んでいるなんてことも知らなかったし、それがこんなやり方で報道されていることも知らなかった。それでも俺の人生には何の影響もなかった。だからこれからも知らなくていいのだ。知らなくていい。そうだ、そうだ。

俺は腹で深呼吸をして、何とか気分を落ち着けた。

この調子で、紙面には五十三人分の殺人が記録されているのだろうか。とてもすべては書ききれまい。そもそも、いつから殺人事件はこんな形の記事になったのか。長いこと新聞を読んでいない俺にはわからない。ネットでニュースを読むかぎりでは、犠牲者が多かったり猟奇的だったり有名人がからんでいたりする派手な殺人事件は、でかく報じられている。それではとても扱いきれないほど、事件は多いということか。事件が増えれば増えるほど、地味な事件は小さな扱いになっていくのだろう。

俺がこれから確かめに行くのも、そんなもののひとつだ、と俺は思った。たちまち感情が乱されそうになって、俺はまたゆっくりと腹で呼吸をする。


電車が新大久保駅に到着した。いつどこで均と鉢合わせしないともかぎらず、俺は肌をピリピリさせ人を避けるようにして、大久保通りを大久保駅方面に歩いた。そのくせ気になって、すれ違う人間たちをときおり盗み見るが、外国人以外はほとんどが**俺**だった。明らかに**俺**の増えるスピードは増している。それとも俺の目が慣れてきて、微妙な**俺**もキャッチできるようになったのか？　いったん**俺**を見分けられるようになると、視力がよくなると謳《うた》われて一時期流行《はや》った3Dマジック・アイの絵本みたいに、それまで見えなかった別の立体的な光景がわかるようになるということなのか？

途中で携帯が震えて俺はびびった。表示を見るとナオからだった。少しためらってから通話ボタンを押すと、電話は切れた。俺は立ち止まって周囲を見回した。すぐにまた歩き始める。こちらからかけ直す勇気はなかった。

アパートに着いて呼び鈴を押したが、誰も出ない。ドアノブを回すと、鍵《かぎ》がかかっている。合い鍵で解錠する。

真っ暗だった。汲《く》み取り便所のようなにおいが鼻を刺激する。俺の体から力が液体となってこぼれ落ちていく。

明かりをつける。スイッチを入れる手が震えている。

俺が倒れていた。仰向《あおむ》けで目を剝《む》き、少し開いた口から舌を出して固まっていた。蠟燭《ろうそく》のような色をして、首のまわりが黒ずみ、失禁している。

それはナオなんかじゃなかった。ただ単に俺だった。つまり、俺という物体だった。生きているとき俺とナオとの間にあった細かな違いは消え、もう俺そのものだった。死体の俺を見ている俺は、まるで幽体離脱しているかのよう。自分が生きている気がしない。生きた心地がしない、のではなく、自分はそこに死んでいる死体の、消えそこなった残り物、みたいに感じられるのだ。倒れている俺こそが、真のあるべき俺の姿だと感じられるのだ。俺の中のあらゆる**俺**の部分がオフとなり、何者でもない、ただそこにあるだけの俺。誰にも左右されず、頑として揺るがない俺。

どれくらいの時間、俺は見続けていただろうか。自分が本当に空気に溶けて肉体に戻れなくなるような気がして、俺は視線を外した。誰かに見られている気がした。死体の俺が、俺を見ているのかもしれない。ナオのまぶたを閉じたかったが、とても触れることなんてできない。

俺はナオに背を向けた。それまで気づかなかったが、つけっぱなしになっているナオのノートパソコンが目に入った。俺にはよくわからないソフトがいろいろと開いてある。ナオか均から俺宛《あて》にメッセージが残されていないかと探るが、見あたらない。ナオのメールをチェックしてみても、昨日の昼間以降は送受信がない。

俺はネットでニュースを見てみる。あたりまえだが、ナオの死亡記事はない。念のため、「本山直久」でも検索をかけてみるが、出てこない。

俺はふと思いついて、「今日」「死亡」「数」などでググる。各地の警察発表の統計が出てくる。それらを探っていくうち、殺人の統計は二年ほど前から発表されるようになったことを知った。報道が扱いきれない量の殺傷事件が日常となり、だがまったく報道しないわけにはいかず、とりあえず数値として記述するということになったらしい。そして、その際、「自殺」や「殺人」という言葉がどぎついので、印象を和らげるために「自死」「他死」という用語が使われるようになったという。そして、それでもまだ生々しいというので、今では「削除」という言い方が広まろうとしているのだそうだ。

呆然《ぼうぜん》としつつ今日の統計の詳細をクリックしたところで、俺は衝動的にパソコンの電源を切った。検索画面から次々と具体的な人物の名前が飛び出してきたのだ。それは先ほど、日々新聞を盗み読んださいもちらりと目にした、見覚えのある名前どもだった。体の中心に震えが来た。これ以上知りたくないと思った。

早く立ち去ろうとしたとき、視界に赤い革のリュックが映った。俺の胸がずきんと疼《うず》き、心の中に強い酸を振りまかれたような痛みを覚える。例の、高尾山に三人で行ったとき、均が新調してきたリュックだった。俺は引き寄せられ、中を物色し、GRデジタルを見つけた。

床に座り込んで、撮り貯《た》めた写真を見る。淡い緑に煙り始めた木々をバックに、あまりに無邪気にふざける逆光の均やナオ。俺が高尾で撮った写真群だ。写真からにじみ出る五月初めの柔らかい光と影が、今のこの俺の心にじかに触れてくる。あのときの歓喜が、泉のようにあふれ出る。これを均とナオは褒めてくれたのだ。その言葉で、俺は写真を撮る歓喜を取り戻したのだ。あの瞬間、俺は自分が誰だかわかっていた。俺は俺でいいのだと思えた。

動画もあった。山頂でビールを飲みながら録画したものだ。

「ここに宣言します。俺らは今から隠居します！」

赤ら顔の均が右手を真《ま》っ直《す》ぐに挙げて言う。横からナオが割り込んできて、「ヱビスの神さんに誓いまーす」とシルクヱビス缶を突き出す。

「ヱビスってのもご隠居さんでしょ？　七福神って隠居老人でしょ？」と俺の声。

「たぶんそう。何もしないで遊び暮らしてる感じだもんね」とナオがうなずく。

「じゃ俺ら三福人も、隠居若人《わこうど》ってことで」均がヱビス缶を突き出す。

「いいっすねえ。明日から毎日こんな感じ？」

「おう。浮き世の流れにはもう乗らないんだ」

俺　「ビールの沼に沈む！」俺の声。

「お、酔狂でんがな」均がぱしっと膝《ひざ》を打つ。

「三人ででっかいことやりましょうよ！」ナオが叫ぶ。

俺　「ばか、隠居なんだから、何事も成し遂げないんだよ。人の役に立つことなんか何もしないんだ。何の生産性もない付録として、世の中の片隅を占めてやるんだよ」

「なんか難しいっすね」

「難しくねえよ。均は、何もしないって言ってんの。まわりが何かしろって雰囲気になっても、何もしないの」

「何すか、目的とか持たないってことですか？」

「ないない、そんなものないの。無目的なのに、やたらと浮かれてるんだよ」

「役立たずなのにハッピー？　いいっすね！　**俺山**、いいっすね！」

ナオは立ち上がり、身をくねらせる。カメラもナオを仰ぐ。ナオの頭を捉《とら》え、そのままさらに仰いでいって、淡いパステルブルーの空だけが映る。ナオの声が遠くなり、ガサガサと鳴る風の音が大きくなり、動画は停止する。俺は乾いた目で、静止したパステルブルーの空を見続ける。

俺は一人だった。**俺山**で繁栄を築いたはずの三人は、あっという間に一人になっていた。自分たち同士という、それ以上深い絆《きずな》はありえないような結びつきを手にしていながら、**俺ら**は自らそれを断ち切った。誰のせいでもなく、**俺ら**自身で勝手に自滅した。

俺は小刻みに震えていた。悲しかった。悔しかった。何の益もないどころか、ただただ深く傷つくだけなのに、どうしてお互いを貶《おとし》め、排除するような馬鹿《ばか》な真似《まね》ができたのか？

理由はわかっている。**俺ら**は生まれてこの方、そんな生き方しかしてこなかったからだ。いつだって自分はクズだと思い込んで、クズを脱したいという日々の焦《あせ》りと不安から、自分よりクズなやつを作ることに全力を傾け、自分は違うと証明しようとする。そんな下へ下へ螺旋《らせん》状に降りていくような生き方しか知らないから、**俺山**の絆という現実を信じきれず、均はそれまでの生き方に逃げたのだ。**俺ら**に仕込まれたその自動的な生き方は、そこまで強力に**俺ら**を支配しているってことだ。

俺山はもう戻ってこない。それどころか、クズを「削除」したい欲求が、あらゆる**俺ら**の中で膨らんでいる。そう、誰も殺すつもりなんかなくて、ただ排除して削除したいだけなのだ。なかったことにしたいのだ。その欲求の餌食《えじき》にならない安全地帯が、唯一《ゆいいつ》、**俺山**だったのに、あえなく崩壊した。

俺にはもはや知っている人間が誰もいない、と思った。誰が友だちで誰が仕事仲間で、誰がおふくろで誰が親父《おやじ》で誰がきょうだいなのか、俺にはもうわからない。だから自分が誰かもわからない。みんな輪郭が点線になって定まらない。ただひたすら同じ**俺**であるだけ。屋外も、建物の中も、乗り物の中も、見渡すかぎり**俺**、**俺**、**俺**。自分だらけの中で、自分たちが傷つけ、削除し合っている。誰よりも理解し合えたはずの自分を、誰よりも残酷に痛めつけている。まっしぐらに、絶滅へと突き進んでいる。

何もかも忘れたかった。**俺山**が始まったときは、何もかも覚えておこうと思った。忘れるから、俺は**俺**になっていくのだと気づいたから。でも**俺山**の崩壊した今となっては、ただひたすら忘れたい。削除に取り憑《つ》かれた当事者に、自分だけはなりたくない。削除という現実があることを知りたくない。見たくない。無関係でいたい。**俺**である限り無理だとわかっていても。

　明かりだけを消して、あとはそのままに鍵をかけた。警察に通報するなど論外だった。ナオの死なんか自分の視界に入れず、これまでどおり普通に生活してさえいれば、死体は自《おの》ずと消えるような気がした。


　ずっと見られているような気分がぬぐえないので、俺は急ぎ足で大久保駅から電車に乗る。電車に乗れば乗ったで、熱帯の蔓草《つるくさ》みたいに**俺ら**のまなざしがからんでくる。あからさまに俺をじろじろと見続けている、二十歳ぐらいの女の**俺**。俺を指さして母親に何かを訴えかけているガキの**俺**。俺の足もとを探るように観察している、対面《トイメン》のババアの**俺**。上から目線で俺を見下ろす、吊《つ》り革のジジイの**俺**。俺が目から光線を発射できるなら、焼き尽くしてやりたかった。だが俺の目から光線は出ないので、ただうつむくばかり。

　渋谷で東横線に乗り換えるために階段を降りている途中、後ろから突き落とされそうになった。均か、と背筋が寒くなったが、俺の背後に立ったそいつは、白髪が交じった短髪の**俺**だった。「くそタクヤ」とそいつは俺の耳元で囁《ささや》いて、もう一度俺の背中を押すと、駆け降りていく。数段落ちかけたが、手すりにつかまることができて転ばずにすんだ。短白髪の**俺**は階段を下りきったところで俺を振り返り、顔をゆがめてチッと舌打ちをすると、すぐに**俺**だらけの人混みに紛れて見分けがつかなくなる。

　驚いたことに、他の通行客の誰も、俺に注意を払わなかった。こっちは危うく階段を転げ落ちるところだったのに、やつらは整然と降りていく。むろん、俺を落とそうとした**俺**のことも気に留めない。捕まえようとする人もいなければ、駅員に知らせる人もいない。立ち止まりさえしない。あいつのことも俺のことも、見ようともしない。俺らが透明なのか、さもなければ、通行客が動く書き割りなのか。あまりに普通すぎる出来事で、誰の目にも留まらないのか。

　こうやって五十三人が死んでいくのか、と俺は合点がいった。

　短白髪の**俺**は、俺のことを「くそタクヤ」だと思い込んで、突き落とそうとした。人違いである。でも人違いじゃない。きっと、「くそタクヤ」も**俺**なのだろうから。「くそタクヤ」の代わりに俺が死んでも、要するに**俺**が死んだことには変わりがない。短白髪の**俺**にはもはや、「くそタクヤ」も俺も、区別がつかないのだろう。均が、俺とナオを取り違えたように。とにかく**俺**を消したいのだろう。それが俺であっても「くそタクヤ」であっても、同じ。どちらが消えても同じこと。つまり、消えても消えなくても同じこと、何も起きなかったに等しいのだ。

こうして俺同士が、相手を取り違えたり取り違えなかったりしつつ、消し合っているのだろう。昨日死んだ五十三人は、全員が俺だったのだ。

何て危険な世の中なんだ！　何しろ、見渡すかぎり俺だらけなのだ。いつ、誰に取り違えられて消されるか、わかりゃしない。削除の統計が新聞に載るようになったのは二年前なのだから、少なくとも二年以上前からこの現象は拡大していたわけだ。俺が吉野家のバイトだったころから俺のことを俺だとわかっていた、と言っていたやつがいたことを、俺は急に思い出した。俺が吉野家のバイトをしていたのは、もう八年も前のことだ。八年も前から俺は存在してたってことか。いや、もっともっと前から存在していたのだろう。ただ、爆発的に増殖したのがここ何年かなのだ。それでつぶし合いも顕著になってきたわけだ。

敵陣にただ一人迷い込んだ兵士みたいに極度に緊張しながら、俺は自宅へたどり着いた。帰宅がこんな一大事だとは思わなかった。知りたくなかったと後悔した。知らなければ、今までどおり何の気苦労もなく脳天気に帰れたのに。

携帯のバイブの音で目が覚めた。寝ぼけながら携帯をつかむと、メール着信のお知らせだった。携帯の時計は九時十二分を表示している。

たちまち目が覚め、俺は飛び起きた。遅刻だ。大遅刻だ。朝礼はすでに始まっている。なぜ目覚ましが鳴ってない？　時計をチェックすると、アラームをセットし忘れていた。職場できわどい立場にあるってときに、俺は何て失態を犯しているんだ。気が急《せ》くあまり、歯を磨きながらシャツを脱ごうとして、脱げないことに気づき、一人で癇癪《かんしゃく》を起こす。

いかん、落ち着け。歯を磨いて、ゆっくり腹で深呼吸。だらしないやつという印象を少しでも和らげるため、今日はスーツを着ていこう。どうせ更衣室で着替えるのだから無意味だとわかっているのに、俺は親戚《しんせき》の法事でしか着たことのない黒いスーツに着替えた。財布と携帯とウォークマンをポケットに入れる。そのとき、携帯のランプが青く点滅しているのに気づいた。そうだった、メールが来ているのだった。新着メール一覧を見る。

差出人が「ナオ」となっている。

体を下から上に鳥肌が駆けのぼった。ナオだと？　そんなはずあるか！　俺は確かにこの目で、ナオの死体を見た。

メールを開く。本文は空で、添付ファイルが二つ。何だかウイルスより怖い。開いたら、俺は「あっち」の世界に呼び込まれて二度と帰れなくなるんじゃないか。そんな妄想までしてしまう。

それでも俺は添付ファイルを開いた。二つとも動画ファイルだった。

一つめの動画は、死体の傍らにたたずむ俺の姿から始まっていた。俺はカメラのほうへ振り返り、近づいてくる。

あのパソコンだ、と俺はようやく思いいたる。ナオの部屋にあったあのパソコンにはウェブカメラがついていて、部屋の中の様子を録画し続けていたのだ。なにやらソフトがいろいろ開いてあったのは、そのためだったのだろう。「ナオ」は、俺が帰った後で部屋に戻り、録画をチェックして、俺がいたことを発見したというわけだ。実際には「ナオ」じゃなくて、ナオを死体にした均が仕掛け、ナオの携帯からこれを送っているのだろう。

もう一本のファイルも再生してみる。

玄関らしき扉が映る。平凡でどこにでもありそうな、安普請《やすぶしん》の家の扉。うちの扉じゃないか！

俺は思わず玄関を見た。今、外にいるってことか？ チェーンをそっと掛ける。

動画の映像は、玄関から離れ、俺のアパートのまわりをうろつく。真っ昼間で、日差しがきつい。

すぐに途切れ、今度はにぎやかな店内が映る。メガトン日吉店である。俺の売り場のデジカメが、なめるように映されていく。だが、俺の姿はない。

　それだけだった。

　今度は自分を奮い立たせ、ナオの携帯に電話をかけてみた。相変わらず呼び出し音が鳴り続けるだけだ。それならメールに返信してやろうと思ったが、何を書けばよいかわからない。下手に反応しないほうがいいかもしれない。

　俺はこれからどうすべきか、懸命に考えた。とにかく、このアパートは危険だ。どこかに姿をくらましたほうがよさそうだ。そう思って最初にとった行動は、通勤用のリュックに替えの下着を詰めることだった。気が動転して、冷静な判断ができていないことを自覚していたが、パニックに陥らないのが精一杯で、自分を落ち着かせることができない。

　下着を手当たり次第につかんでいたら、引き出しの底から、やや厚みのある銀行の封筒を見つけた。中身を引き出して仰天する。札束だ。数えると八十五万円もある。身に覚えがない。自分でこんな金を引き出したのなら、忘れるはずがない。誰かの仕掛けた罠《わな》か？

　札束を凝視していたら、妙な気分になってきた。これを持っていれば助かるかもしれないという、変な安心感が湧《わ》いてくる。霊験《れいげん》あらたかなお守りを手にしたみたいな。膝をすりむいたのに親に撫《な》でてもらったら痛くなくなったときのような。これが金の力というやつだろうか？

そこはかとなく懐《なつ》かしかった。記憶はないのに、俺はこの金を知っているはずだと感じた。この金の出所を知ることができれば、俺は救われるかもしれないと予感した。けれど、どう頭の中を探っても、思い出せない。何事も、都合の悪いことはなかったことにして忘れてきた人生の、ツケかもしれない。

俺はその金を五万円だけ財布に入れ、残りは封筒のまま上着の内ポケットに押し込んだ。思いついて、大昔に誰かのスイス土産でもらったビクトリノックスのオフィサーナイフも突っ込む。

玄関の扉を開く前に、これからの一連の行動を、頭の中で何度もシミュレーションする。そして腹で呼吸。本番に臨む競技者のように、心で、三つ、カウントする。

ドアスコープをのぞく。異常なし。細くドアを開ける。異常なし。ドアから体を出してあたりを一瞥《いちべつ》する。均らしき影はなし。すぐにチャリンコの鍵《かぎ》を外し、道路までダッシュで押して飛び乗り、全速力でこぐ。できる限り、脇道《わきみち》へ入っていく。元住吉へ向かって、下り坂を飛ばす。信号に引っ掛からないよう、タイミングを見計らって自動車道路を横切る。脇道、脇道へと折れ込みながら、元住吉の住宅街を北東へ進む。自転車でもバイクでも車でも徒歩でも、俺をつけている者はいないかと確認してから、武蔵小杉駅前に乗り捨てる。ダッシュで東急線の階段を駆け上がり、一番最初に発車する目黒線に乗り込んだ。南北線経由埼玉高速鉄道「浦和美園」行き急行だった。

俺

　車内はすいていた。俺はひとまず座席に着いた。それでも用心して、大岡山に向かう間に、車両を二つ先へ移った。さらに、大岡山駅ではいったん降りるふりをして外に出て、発車寸前にまた飛び乗ったりした。

俺

　再び着席する。どこへ行くとも当てはない。とにかくこの金が続く限り、逃げよう。遠くへ行くのがよいのか？　中古車を買ってもいい。でも、手続きが済んで納車されるまで待てない。車のディーラーをしている親父に頼んで、すぐに乗れるものを手配してもらう、なんてことはできないだろうか。ただ、親父と和解することが前提になるが。そんなの無理だ。何年も無視し合ってきて、急に和解なんてできるわけない。

　何を言っているんだ！　親父は死んだはずだろう。しかも俺の親父は、川口の鋳物《いもの》工場の経営をしていた。それで俺が高校生のときに経営が苦しくなって、消費者金融からヤミ金融にいたるまで借金を重ねたあげく、工場で首を吊った……。

いかん、いかん、思い出してはいけない。思い出せば出すほど、自分がどんな人生を送ってきたのか、あやふやになるばかりだ。自分がどんな目に遭ってきたのか、俺がどんなことを他人にしてきたのか、知らないほうがいい。忘れてるなら、忘れてるまま、そっとしておこう。どうせろくな話など出てきやしないのだから。

とにかく、肝心なのは現在だ。今、俺は危機なのだ。できるかぎり節約して、ホテルはたまにして、ネットカフェやサウナとかを活用して、ここから離れることだ。

だが俺の想像は、金が尽きた後の状態へと飛んでしまう。アルバイトをしながら放浪し、年を取っていく。アルバイト自体もなくなり、路上で体を壊している俺。

そんな**俺**がいることを思い出す。均の兄貴の**俺**、均が役所で面談している大量の**俺**。その中にこの俺も混ざっている。全員が**俺**なのだから、路上に転がっていても区別はつかない。

そんな自分の姿を想像すればするほど、本当に俺はそんな人生を送ってきたような気がしてくる。電器店店員なんて、惨《みじ》めな俺のささやかな夢だったような気がしてくる。

危険だろうが何だろうが、俺は遅刻して出勤すべきだったんじゃないか、と後悔する。だが、これ幸いと逃げ出したのは、職場にいることも限界だったからだ。緊急事態だ不可抗力だと口実を設けることで、職場という地獄から自分を救い出したかったのだ。あそこに戻るなんて、今となっては絶対お断りだ。

車内の乗客は昨晩以上にみな、**俺**ばかりだった。**俺**でないのは、数人の外国人と、籠《かご》に入れられたフレンチブルドッグだけ。ベビーカーの赤ん坊も妊婦も年配のおばさんも、みな同じ**俺**の顔をしている。ただ、俺の見るかぎり、**俺**であることに気づいている人は少ないようだった。気づいている人間は、俺のように息を殺してうつむき、自分に閉じこもってこの時間を耐えている。

俺はウォークマンを取り出し、イヤフォンを両耳に深くねじ込む。外部の音とともに視線もシャットアウトできたらいいのに。プレイボタンを押すと、いきなり「Ｎｉｃｅ Ａｇｅ」と告げられた。ＹＭＯのアルバム『増殖』だ。昭和に詳しいテレビ売り場のカトケンさんが、ＹＭＯのＣＤを貸してくれたのだった。「ヤソリ」なんて言われる前のことだった。昭和なんかよりずっと昔の出来事に思える。俺の生まれる前の、俺のいなかった良き時代の出来事。南さんや中村さん、宮武さんに店長、江尻さん……次から次へと顔が浮かぶ。昨日まで会っていたはずなのに、もはや遠くて懐かしい人たち。どれも笑っている。

誰にも悪気なんかない。俺だって**俺**なんだから、よくわかる。何もかもが、たんにそのときの流れや環境や偶然で決まるのだ。ただ、そうなっただけなのだ。選べることなんか何もない。自分の力でできることは何もない。だから**俺**には意思がない。意思は奪われている。いや、最初から与えられていなかった。**俺**は意思のない生き物なのだ。

終点の浦和美園駅に着いたのは、十一時半だった。キオスクが目に入ったので、**俺山**の死亡記事が出ているかどうか確認しようと、日々新聞を買った。地域面を開いてみれば当然のことながら埼玉版で、東京の事件事故は載っていない。間抜けな俺、と苦笑しつつ漫然と眺めた紙面から、「かすみ」という文字が飛び出して俺の目に突き刺さった。

25日午前8時ごろ、さいたま市大宮区大成町の税理士、揚羽《あげは》謙助さん(36)方から出火、18畳の居間と台所の一部が焼けた。住宅からは揚羽さんと妻のかすみさん(32)、長男の翔ちゃん(0)が遺体で確認されたほか、身元不明の焼死体も見つかっている。揚羽さんは首から血を流し、かすみさんと翔ちゃん、身元不明の遺体には首を絞められたあとがあり、大宮署では揚羽さんが無理心中を図ったのちに火を

つけたものと見ている。

　ああ、あのガラス張りの豪華な居間が焼けたのか、と俺はまず思った。現実感がなかった。衝撃ではあったが、悲しいとか理不尽だといった感情は湧かない。もともと、謙助や翔はもちろん、かすみにさえ俺は親しみを感じていなかった。じつの姉弟《きょうだい》だというのに、形だけの遠い親戚みたいだった。もちろん、姉貴と過ごした子ども時代の記憶はある。写真を撮るために家族でディズニーランドに行こうと言ったら、姉貴が家族となんか行けるかと言って大げんかしたこと。それで姉貴がカメラを壊そうとしたこと。いざディズニーランドに行っちまえば、姉貴は大はしゃぎでやたらと撮れ撮れと命じてきたこと。その写真で年賀状を作ったこと……。

　それにしても、と俺は思った。何で姉の死を新聞で知らねばならないのだ？　どうして誰も知らせてこないのだ？　警察は何をしてる？

　俺は携帯を取りだし、アドレス帳の「母」に発信した。だが、呼び出し音は鳴り続け、応《こた》える者はいない。つまり身元不明の遺体ってことか？　何で身元不明なんだ？

　確認せずにはいられない気持ちが高まってきて、俺は落ち着かなくなった。それでタクシーを捕まえ、姉貴の家のある所番地《ところばんち》を告げる。

新聞を広げたところで、「お客さん、その行き先って、昨日、火事だったところでしょ？」と運転手のおばさんが話しかけてきた。俺はバックミラーに映ったその顔を見た。当然、**俺**である。

「関係ないでしょ」と俺は冷たくあしらって、新聞を読もうとした。

「私は大宮に住んでましてね。揚羽御殿といって、有名なんですよ」

俺は新聞でミラーをさえぎって、運転手を無視した。

「総ガラス張りの悪趣味な家でね。いかにも成金て感じの」

俺はシカトし続けたが、不安も感じ始めていた。なので、リュックにそっと手を忍ばせ、ビクトリノックスのナイフを握り、拳《こぶし》のまま上着のポケットに手を入れた。

「私はね、乗せたこともあるんですよ、その男」

運転手は片手をハンドルから離し、顔を上体ごと俺のほうへねじって、そう言った。

俺は慌《あわ》てて新聞を下ろし、「へえ、そうなんですか？」と興味津々《しんしん》を装《よそお》った。運転手は何とか前へ向き直ってくれた。

「物騒な世の中ですよ。そんな事件ばっかり」

「いやまったくです」

「この仕事なんて、危ないんですよー。よく、お客さんの位置から運転手が刺されるんですよ。うちの営業所も、私が始めた三年前と比べて、二十人ぐらい減りましたからね」

「え、二十人も削除に遭ったんですか！」俺は驚いて見せたが、内心では、ナイフのことを気づかれていたのかと動揺していた。

「いえいえ、危なくてやってられないってんで、辞めた人も多いです。だから今も人手不足でね。新たななり手も、なかなか来ないし」

「でもタクシー使う人も減ったって聞きましたよ」

「そう。だから、お先暗いんですよ。それでもしがみついてないとね。この仕事なくしたら、私もいよいよ生活保護ですよ。あれをもらうのも大変でしょ。昨日なんか、さいたま市役所で、保護申請来た人が、役人に刺されましたからね。保護もらうのも命がけですよ」

俺は絶句した。間違いなく均だ、と俺にはわかった。すぐに新聞を広げる。

25日午後1時50分ごろ、さいたま市浦和区常盤のさいたま市役所で、生活保護申請に来た住所不定、無職、緑川毅さん（31）が、応対したさいたま市役所職員、永野均容疑者（29）に胸などを刃物で刺され重体。永野容疑者は逃走、浦和署は傷害

事件として行方を追っている。

俺は不安でいたたまれなくて、思わず後ろを振り返った。もちろん、後続車はたくさんいて、均がいるかどうかなどわからない。

ゆっくりと腹で息を吸って、動揺を静める。運転手が何か話し続けているが、俺は「すみませんけど、少し黙っててもらえませんか」と頼んだ。運転手は「はいはい」と言ってから、「黙ってられると、急に襲われそうで、落ち着いて運転できないんですよね」とこちらを向いた。俺は無視する。

とにかく均の行動を整理してみる。

①まず、おとといの晩、均は俺とナオに対してぶち切れ、捨てゼリフを残して**俺山**を出て行った。

②それからほどなく、俺は**俺山**を出て日吉のアパートに帰った。

③その後、均は**俺山**に舞い戻り、ナオを削除した。俺が深夜、寝る前にナオに電話しても、出なかった。

④翌日、つまり昨日の朝、さいたま市役所に出勤。

⑤職場で、生活保護申請に来た**俺**を削除し、逃走。

⑥おそらく日吉に来て、メガトンのカメラ売り場を、ナオの携帯のカメラで動画撮影した。さらにその足で俺のアパートまで行って、玄関なども撮影した。
⑦夜、俺が**俺山**を後にしてから、**俺山**に戻った。
⑧今朝、録画した動画ファイルを、ナオの携帯を通じて、俺に送りつけた。
そして今はどこで何をしている？

俺はまた後ろを振り返った。車は止まっている。どうした？　運転手を見ると、こちらを向いていて、「着きましたけど」と冷たい声で言われる。運転手が指さすほうに、現場がある。俺は金を払ってタクシーを降りた。

　家の周囲はテープがぐるぐるに貼《は》ってあった。だが、予想に反して、警官がいるわけでもない。野次馬も誰もいないのを幸いに、俺はテープをくぐって忍び込んだ。
リビングの大ガラスは跡形もなく、部屋全体が黒焦《こ》げの屋外ステージと化していた。ご自慢のソファも巨大な炭の塊へと変わりはてている。けれど、奥の廊下は、すすけてはいるものの、焼けてはいない。俺はそちらに足を踏み入れた。そしてすぐに引き返す。目に入った部屋のドアノブに血らしき汚れがついていたからだ。
　俺は突然怒りの発作に駆られた。謙助に対してではない。こんな現場を見せられ、重荷を背負わされたことに対してだ。自ら見に来たことを棚に上げて、「冗談じゃねえよ、こんなもん、俺には関係ねえよ」と小声で毒づいた。いくら現場を見たところで、かすみ一家にもおふくろにも何の感情も持てない。ただ見なかったことにしたいと思うだけだ。こんな現場はすっかり消え去るべきだったんだ。俺は焼け残っている部分に火をつけたい衝動に駆られた。

ズボンのポケットに入れていた携帯が、ぶるぶると震えた。俺はびくっとして壁の陰に身を隠し、携帯を見た。またしても、「ナオ」からのメールである。何も書かれず、ただ動画ファイルが添付してあるのみ。嫌な予感を受け入れたうえで、俺は動画を再生した。

やはり日吉のアパートの玄関から始まっていた。ドアが開き、スーツの俺が顔をのぞかせ、あたりをうかがう。何と、カメラのほうまで向いている。すばやく外に出て鍵《かぎ》をかけると、ドアの脇《わき》に立てかけてあるマウンテンバイクの鍵を外し、猛然と押していく俺の後ろ姿。道路に出ると、急加速して去っていく。

あのとき、俺はそうとう注意深く周辺をチェックしたはずだが、確かに誰もいなかった。よほどうまく隠れたのか、隠しカメラか、それとも俺には均の姿が見えなかったのか？

携帯がいまいちど震え、また「ナオ」からメールが届く。

今度は俺の知らない場所である。駅のようだ。キオスクが写っている。そしてその脇でむさぼるように新聞を読んでいるのは、黒っぽいスーツを着た俺である。浦和美園駅だ！　俺は新聞から目を離し、呆然《ぼうぜん》と中空を見ている。手が自動的に新聞をたたんでいる。しばらく俺はそのままの姿勢でいた。口元が動いて、何か独り言を言う。しきりに親指で鼻の穴を掻《か》いている。そんな癖があったのか、と俺は軽いショックを受けた。やがて我に返ったようにあたりを見回し、駅舎を出てタクシー乗り場に歩いていく。そして乗り込んでいった。

俺は動けなかった。すぐ背後に均が張りついているような気さえした。少しでも視線を移せば、その先に均が立っていそうな気がした。

何も見たくなかった。知りたくなかった。一通行人として、他人事《ひとごと》のように、この知らない場所を立ち去りたかった。たとえ均がそこにいても、まったく認知できないほどの他人になりたかった。

俺の中身は、てんでばらばらな方向に逃げだそうとしていた。それを俺の表皮がかろうじて引き留めている状態だった。叫び声の元みたいな塊が、のどの奥で爆発する機会をうかがっている。脳は判断を停止したがっている。俺は脳にむち打って、考えた。

腹が減ってるせいだ、と思うことにした。事実、俺は朝から何も食っていない。空腹でエネルギーが枯渇《こかつ》しているから、弱っているのだ。神経が参って、ピアノ線の切れたピアノみたいになりかけているのだ。よし、食うぞ。

そう決めたら、ようやく俺は大宮駅のほうへ歩き出すことができた。今日は休日で、のんびり昼まで寝ていて、朝昼兼用のメシを食いにマックへ行くのだ。ここが日吉じゃなくて大宮というだけで、いつもの休日なのだ。俺はそんなイメージを自分に与えて、日常を取り戻そうともがいた。

得意の自作鼻歌なんか歌って、駅までの散歩を楽しんでみたが、体は不自然だった。ナイフのあるポケットに突っ込んだ手は、固まって抜くことができない。後ろを振り向きたいのに、首がこわばって振り向けない。一度振り向いたら、もとに戻らなくなりそうだった。

俺は均の影をリアルに身近に感じていた。気のせいなんかじゃないことは、わかっていた。動画に脅されてそんな気がするわけじゃない。均は間違いなく近くにいる。**俺**なのだから、**俺**の行動パターンは何となくわかる。そして、均も俺のしそうな動きを、だいたいわかっている。**俺**同士だから、自分の頭の中など見当がつく。何て厄介なんだ。

途中、携帯がまた震えて、俺は声を上げそうになった。見なくてもわかってる。焼けた家の内部をうろつく俺の姿が映っているのだろう。そしてメールにびびり、動画を見て青ざめるのだろう。

俺はロボットのように歩いていたかもしれない。走り出しそうになるのをこらえ、前のめりの姿勢で首を突き出し、低い重心で、突っぱった手足をぎこちなく前に送る。人の多い駅前に来て、マックの赤と黄色が目に入ったとき、ついに呪縛《じゅばく》は解けた。遭難中に有人島を見つけたような気分だった。涙までにじんでくる。とりあえず、助かった。マックは俺の真のホームだ。どこへ行っても同じような内装で俺を受け入れ、安心させてくれる。今日はもうダブルクォーターパウンダーのバリューセットL、いっちまうからな。見てろよ。そう決めて、自動ドアの前に立つ。

俺がドアにタッチする寸前、向こう側の客がタッチし、ドアが開いた。相手の顔を見ないで脇へずれ、行く手を譲ろうとしたが、相手も俺の側に寄ってきた。俺のうつむけた目に、相手の黒いスーツが映る。俺と同じような黒スーツ。妙だなと思ったときには遅かった。黒スーツの男は俺に密着し、俺は胸を刺されていた。抱きつこうとする俺をそいつは肘《ひじ》で押して引きはがした。倒れかける俺に、またそいつは体当たりを食らわせ、今度は腹に刃物を埋《うず》める。俺は膝《ひざ》から崩れ、仰向《あおむ》けになる刹那《せつな》、そいつの顔を見た。ふちの太い眼鏡をかけた丸坊主《まるぼうず》のその**俺**が、均であるかどうか、俺にはわからなかった。さらにそいつは俺の胸に力任せに突き立てる。俺はもう何も感じない。ただ体が反応して、咳《せ》き込んだりしている。光が暗くなっていく。もういいと思う。これでいいのだ。思い残すことはない。思い残す記憶がない。何もない。最初から空っぽだ。俺は死んでない。なぜなら、最初からいなかったのだ。だからこれでいいんだ。

俺　俺

第五章　転生

「あつし。時間だよ。間に合わなくなるよ」

　おふくろに揺さぶられている。俺は顔を起こした。マックだった。うつぶせで居眠りしてたらしい。握っていた携帯を見ると、午後四時を回っている。

「顔に跡、ついてない？」と俺はおふくろに聞きながら、喪服の袖《そで》によだれでも垂れてないだろうかとチェックする。

「ほっぺたに袖の線がついてるよ。でもよく見なきゃわからないから大丈夫。もう時間ないし。それよか、またお父さんが、やっぱり行かないって言い出したんだよ」

　同じく喪服姿のおふくろは、眉《まゆ》を八の字にして泣きそうである。事実、泣きすぎて顔じゅうが蜂《はち》に刺されたみたいにむくんでいる。

　俺は舌打ちをし、「何だよ今さら」と親父《おやじ》に聞こえるように言った。だが親父は見当たらない。

「顔を見たら殺してやりたくなるから行かないって言い張るんだよ。あたしだって行きたかないけど、自分の娘だろ。行ったげなきゃ、かあいそうじゃないか」

「親父は？」

「外でたばこ吸ってる」

俺とおふくろはマックを出た。親父は俺たちに背を向けるようにして、たばこを吸っている。

「親父、往生際《おうじょうぎわ》悪りいぞ」と俺は言った。

「無理にでも別々に葬儀をあげればよかったんだ。ぜってえ、できたはずなんだ。それをあっちの言うがまま呑《の》んぢまうから、不愉快な思いするんだろうが」親父はそっぽを向いたまま、偉そうに言い放った。

「こうなっちまったものは仕方がないじゃないの。急なことだったんだし。かすみのためだよ」

「かすみのためを思うなら、何が何でも別々にすべきだったんだ」

「だったら親父が交渉すりゃよかっただろ」俺は苛々《いらいら》して声を大きくした。

「お父さん、後悔するよ。ここはこらえて、行ってちょうだい」

「行きたくねえやつは行かなきゃいいんだよ。ほっとけよ」俺は突き放す。

「それでね、あっちゃん、お香典なんだけど、揚羽の顔見るのが我慢ならねえんだ」

俺「行きたくないんじゃねえよ。行きたいけど、揚羽の顔見るのが我慢ならねえんだ」


「それでね、あっちゃん、お香典なんだけどね。申し訳ないけど、あたしとお父さんの分、十万円お願いできないかしらね。それとあんたの分は五万円で」おふくろは親父の件は片がついたと見て、話題を変えた。

「実の娘なのにうちも出すのかよ？」

俺「んなもん、出さなくていい！」親父が叫ぶが、おふくろは取りあわず、「うちは喪主じゃないからね」と言う。

「そんな大金、あるわけねえだろ」

「秘蔵のお金があったでしょう、例のタンス預金」

俺は頭《かぶり》を振った。「だから見つけてほしくなかったんだよな。あれはうちがピンチの時に使う金なんだから」

俺「今がピンチじゃないか」

俺「俺たちの生き死にに関わることじゃないでしょ」

「あたしは娘と孫があんな死に方して、死にそうだよ」おふくろはまた涙声になる。

俺はもうどうでもいいやと破れかぶれの気分で、内ポケットから札束の詰まった封筒を取り出す。そして十五枚を数えて抜き取り、おふくろに渡した。親父は気にくわないといった表情でおふくろの手元を見ている。おふくろはそれを香典袋に入れる。

それからはまったく無言のまま、タクシーで斎場へ向かう。俺はウォークマンでチベット仏教の読経《どきょう》を聴き続けた。

不愉快きわまりない通夜《つや》だった。斎場に着くなり、謙助の両親が俺たちを迎え、泣き崩れた。頭が腹にのめり込むかと思うぐらい丸まって、何度も何度もしつこく嗚咽《おえつ》とともに謝られる。本当に謙助があんなひどい仕打ちをして、ご両親には宝物だったかすみさんと翔ちゃんを奪ってしまって、もう私どもの命を尽くしてもお詫《わ》びしきれません、お許しいただけるなんて思っておりません、それでもどうか、この気持ちだけはお受け取りください。そう言っておふくろの手を握り、分厚い束を包《くる》んだ風呂敷《ふろしき》をこっそり押しつけようとする。俺はムカッと来て爆発しそうになるが、おふくろは、これだけで済まそうなんて思わないでくださいと涙声で言いながら、その風呂敷を黒いハンドバッグに滑り込ませる。今後も生活費をゆすり取ろうって魂胆か、と俺は唖《あ》然《ぜん》とした。ありがとうございます、これだけで済むだなんてよもや思ってもおりません、私どもも息子のいたしたことを忘れないためにも、ずっと続けていく所存でございます、私たちとてこんな目に遭って、もうつらくてつらくて、私たちも息子と孫を奪われたんです、あんなに素直で優しかったあの子がこんな残酷なことをするなんて、どうしても信じられなくて、誰かに嘘《うそ》だって言ってほしくて、こんなこと受け入れられません。そしてまた泣き崩れる。

素直で優しい人間があんな酷《むご》いことしますか、そういう人間じゃなかったことを見抜けなかった親御さんにも責任があるんじゃございませんか、そうやってちやほやしてきたから自己中心的な鬼畜に育ってしまったんじゃないですか。

ひどい、あんまりな言い方です、と謙助の母親は悲鳴を上げて泣く。俺はおふくろを無理やり揚羽の遺族から引き離した。顔を見たら殺したくなると言っていた親父なんかより、おふくろのほうがずっと危険だった。

そうやって感情の傷をさんざん切り刻み合ったのちに、坊主《ぼうず》の読経が始まる。近親者のみに限った葬儀なので、参列者は少ない。

終わってから、葬儀屋の手引きで、かすみと翔の棺《ひつぎ》が開けられる。おふくろはかすみの頰に自分の顔をすり寄せ、代わってあげたいと泣き叫ぶ。翔にいたっては、そのまま抱き上げて連れて帰りかねない勢いだった。親父も顔をくしゃくしゃにして、すでにずぶ濡《ぬ》れになったハンカチで涙をぬぐい、洟《はな》をかむ。

俺はただ暗澹《あんたん》たる気分が深まっただけだった。かすみも翔も、生前の特徴を失い、蠟《ろう》人形みたいな物体にすぎなかった。確固たる物体二体を前にして、俺は自分を恥ずかしく思った。この二体にとうてい届かず、**俺**でしかない自分を、惨《みじ》めに感じた。そして、その恥辱さえ感じていない、おふくろや親父や謙助の親どもといった**俺ら**に、憎しみを覚えた。

まったくもってうんざりだった。俺のバイト代と親父のなけなしの国民年金だけで三人が暮らしているから、こんなことになるのだ。そもそも、何で俺は毛嫌いしている親どもと、いまだに同居しているのか。親が健康なうちにとっとと家を出るんだからな、と決意を確認する。これまで何度も決意したはずなのに、俺はまだ一緒に住んでいる。今度こそ、本当に見捨ててやる。

斎場を出てタクシーで大宮駅まで戻ると、埼京線に乗る。俺は行きと同じく、ウォークマンでチベット仏教の読経を聴く。

新宿に停車したとき、俺は出し抜けに、「ちょっと寄ってくとこあるから」とぶっきらぼうに言い渡し、親どもを残して降りた。そして、もう二度とあいつらには会わないと心の中で訣別《けつべつ》を宣言し、大久保の**俺山**に向かうために総武線の下りホームへ移動する。

階段を上《のぼ》り、比較的人の少ない列に並ぶ。手持ちぶさたで、携帯をいじる。メールを整理しようと一覧を見ると、「ナオ」からファイルの添付されたメールがたくさん来ている。

背中や腰の神経が急にだるくなる。疲れていた。添付ファイルは開かないほうがいいと、心が告げている。何もかも放り出したくなる。俺は「ナオ」のメールを削除した。

携帯が震えた。またメールか、と陰鬱《いんうつ》な思いでディスプレイを見たら、通話だった。「永野均」と出ている。俺は催眠術にかかったみたいに、「はい？」と応じた。

俺「何だよ、他人行儀だな。大樹だろ？」

大樹。そうであるような気もするし、違うような気もする。俺には判断がつかなかった。それで黙っていた。

俺「今どこにいるよ？」

「どこでもいいだろ」

「どうしたんだよ？　つれないなあ。俺、新宿にいるから、メシでも食おうよ」

「俺は埼玉だから無理」と俺は嘘をついた。

「またまた。じゃあ、総武線のホームで待ってるから」

そう言って電話は切れた。俺はあたりを見回した。だがわからない。俺が電話をかけ直そうと携帯を操作していると、後ろのやつが俺の肩を指で叩《たた》き、「すいません」と言った。俺は振り返る。黒っぽいスーツ姿の**俺**が立っている。

「さっきからずっとここにいるんだけど」

そう言った**俺**が均であるのかどうか、俺にはよくわからなかった。

「じゃ、俺がここにいるって知ってて、後ろで電話してたのかよ？」と俺はとりあえず言った。

「そ」

「何でそんなことするんだよ」

「怒るなよ、ふざけただけだろうが。でもまさか、埼玉いるなんて嘘つかれるとは思わなかったなあ。大久保のアパート、帰るとこだったんだろ？」

俺は気まずくて、相手にはっきりわからない程度にうなずいた。そして、そんなことどうでもいいのに、「ナオはもう帰ってるかな」とつぶやいた。

「さあ。さっきまで一緒だったけど、途中でどっか行っちまった」均は関心がなさそうに、投げやりに答えた。

「じゃあ電話してみよっかな」俺は携帯を開く。

「やめとけ」均は強い口調で言い、俺の携帯を強引に閉じさせた。

「その服、どっか葬式でも行ってきたの?」

均に言われて、俺は自分を眺める。そうだった。俺は葬式の帰りだった。

「姉貴の一家が無理心中してね」と言った。

「へえ」と均はどこか上空を見て言った。「でも、それ、おまえの家族じゃないよ」

そんなことはわかっていた気がした。もう顔も忘れかけている。俺は均が視界に入らない方角を向いた。均まで含めて、全部なかったことにしたかった。

「俺らこのまま、山奥でも行っちまわね?」

均が言った。耳のすぐそばに声が聞こえて俺は少し驚き、均を振り返る。俺より上背のある均が、俺にのしかからんばかりに密着しつつある。俺は不安を感じて、均から離れた。

「山奥って、どこよ? 俺らスーツだよ。そんなに簡単に行けるかっての」

「ばーか、冗談だよ。今日の大樹は冗談通じねえな」

均はそう言って、俺の右肩を後ろから小突《こづ》いた。俺は心臓がドキドキしてくる。ダッシュして均から逃げたい、と思う。

アナウンスが電車の到着を知らせる。左から、レールを走る鉄車輪の音が聞こえてくる。俺は左を気にしながら、同時に均をも警戒して、半身《はんみ》の姿勢になった。

「ほんとはおまえが均なんだよ」均が俺の右耳元で怒鳴った。

「どっちだって同じだろ」と俺は言い返した。

「よくわかってんじゃん。だからどっちか一人で十分なんだよ。じゃあ、俺は消えるから」

　俺が「おい」と言って均を振り返った瞬間、両肩を力いっぱい突かれていた。予感していたのに防げなかった。バランスを取るために後ずさりしようとしたが、脚が掛けられていて、俺は後ろ向きに倒れた。つかまるものは何もなかった。均の顔を見たのが最後だった。均はろくに俺を見ておらず、どこかよそ見をしていた。


「ほんとに見てないの？　騒ぎがあったことも知らないってどういうこと？」と、中年の警官である**俺**は、俺に繰り返し尋ねた。

「知らないもんは知らないんですよ。俺はただ電車待ってただけなんだから」

「だからさあ。君以外の現場にいた人たちはみんな、ホームであれがあったって言ってるんだけどなあ」

「何すか、あれって？」

「あれって言ったら、あれに決まってるでしょ」

「あれじゃわかんないですよ」

「あれも知らないの？　あんた、日本に住んでるんでしょ？」警官の口調は俺をすっかり馬鹿《ばか》にしていた。俺はムッとして、「じゃなきゃ、どこに住んでるって言うんですか」と言った。

「あきれたなあ。今どき、あれも知らない若者がいるんだ？　人身事件よ。新聞にこまごまと出てるやつ」

俺「ああ、削除のことですか」

「何だ、やっぱり知ってんじゃない。今どきはあれって言うんだよ。削除、なんて生々しい言い方はしないの」

俺「それでそのあれがあったんですか？」

「君ぐらいの年格好の男二人組が、いきなり片方を線路に突き落として、もう一方も逆側に入ってきた電車に飛び込んだって言うんだけどね」

俺「俺は知らないすよ。なんか電車来ないなあと思って、気がついたらこんなとこ連れてこられてて」

「それで君は……」と警官は聞き書きしている書類に目を落とし、「ナカノ君は、一人で電車待ってたの？」

「そうです」と俺はうんざりして答えた。さっきも答えただろうが。てめえがうだつ上がらねえのは、頭が悪すぎて要領得ないからだって、わかってんのかこの野郎。

「ふうん。俺はね、ナカノ君、君は見たと思うんだよなあ。でもあんまり些細《ささい》なことなんで、記憶に残らなかっただけだと思うんだよなあ」

「些細なことなんですか？」

「そりゃそうでしょう。あれなんて、どこの駅でも毎日、一件や二件、起こってるんだから。しょっちゅう電車止まってるでしょう。じつに迷惑な話だけどさ。ああまたか、迷惑なって思って、あとは忘れちまうもんだよ。自分が突き落とされたとか突き落としたってんなら話は別だけど、そうでもなきゃあ、いちいち覚えてらんないでしょう」

「じゃあ、そうなのかもしれません」俺は、本当に知らないのか、覚えていないだけなのか、わからなかった。

「よし。じゃあそう書いとくよ。いいね？ ナカノ君も目撃していた、と。でも逃げた男までは観察しなかった、と。これで辻褄《つじつま》は合うやね」

「そんなんでいいんですか？」

「いいの、いいの。どうせ解決しないんだから、この手のは。俺だって形だけ聞いてるだけなんだからさ。まったく無意味にね。だいたい、誰のために解決するっていうんだよ、え?」

警官は俺の目を見た。警官の顔はものすごく疲れていて、髑髏《どくろ》のようだった。目の部分は、ただの穴みたいだった。

やばい、削除される。俺は胸騒ぎを感じて、跳ねあがるように立ちあがった。警官は俺から視線を外し、「次の人呼んで」と若い警官に命じた。

警戒を解かずに廊下へ出たら、誰かと鉢合わせしそうになり、俺は「うわあ」と声を上げて身構えた。相手も「うわあ」と言って後ろに飛び退《の》く。互いに、飛びかかられても防御できる態勢をとり、相手の手が届かないぐらいの距離で睨《にら》み合う。

喪服姿のくたびれた**俺**だった。

「均じゃねえか」という言葉が俺の口を衝《つ》いた。同時に相手の**俺**も、「げ、均」と言ってあからさまに狼狽《ろうばい》した。

「均はそっちだろう」と俺は言った。するとそいつは、「違《ち》げえよ、おまえが均だろ」と不快そうに言った。

沈黙の睨み合いが続く。俺には、どちらも嘘をついていないとわかっていた。相手もそう思っていただろう。

「まあいいや、誰でも」と言って目を逸《そ》らしたのは、相手が先だった。

「だよな」と俺はうなずいた。どうせ、どっちも**俺**であることに変わりはないのだ。

「おまえも現場にいたんだ？　見た、事件？　俺は見てたらしいけど、覚えてないんだ」と俺は緊張を緩めず、だが親しげに言った。

「俺も覚えてねえ」

「警官、頭悪いから、ねちねち聞かれるよ」

そいつは俺から視線を逸らさずにうなずいた。

「で、何、その格好？　葬式？」

そいつは自分の喪服を見回して、「あれ、ほんとだ」と言った。

「終わったらメシでも食いに行くか？」

フレンドリーにしていないと「あれ」をされるかもしれないというプレッシャーで、そんな誘いを口にしてみたものの、こんな緊張に耐えながらこいつとメシを食うなんて無理だ、と後悔する。幸い相手も、「やめとく。何か疲れてる」と答えてくれたので、助かった。やつだって早く解放されたいのだ。

「そうか。じゃあまたな」と言って俺は相手に背を向けた。鼓動が早くなる。相手も

「じゃあな」と言い、俺から遠ざかっていった。力が抜け、膝《ひざ》ががくがくした。

いつから俺はこんなに**俺**に怯《おび》えるようになったのだろう、と俺は憂鬱な気分に打ちのめされながら、署内を行き交う人を慎重に避け、警察署を出た。

夜はすっかり更《ふ》けていた。肌寒くて、俺は上着のボタンを留める。あたりには高層ビルが輝いている。新宿西口らしかった。

俺

そこで俺は行き詰まってしまった。

どこへ行っていいのかわからない。自分の家がわからない。

俺は上着のポケットをまさぐった。財布や携帯はなく、銀行の封筒だけが出てくる。厚い。俺は上着で隠すようにして中身を確認した。一万円札の束で、ざっと数えたところ六十五枚もあった。いったいどういうことなんだか、狐《きつね》につままれたような気分だ。

俺

ズボンのポケットに手を突っ込むと、ハンカチの他、ガムとビクトリノックスの折りたたみナイフに触れた。これを握ったら、俺は少し落ち着いた。

とにかく腹が減っているので、まずは何かを食べようと決め、駅方面へ歩き出す。

華やかなネオンの下、勤めから解放された**俺ら**が大勢行き交う。空気には料理と酒のにおいが混じっている。酔っている俺が多いせいか、おしゃべりの声のトーンも高い。それに車の音、音楽。

俺は緊張を高め、ポケットのナイフを握り、音と光と人の洪水に突入していく。そして、目についたマックに入る。

ビッグマックとサラダと爽健美茶《そうけんびちゃ》を載せたトレーを持って二階に上がり、空いている席を探そうとフロアを見渡したとたん、風圧のようなものがいっせいに俺に襲いかかってきた。俺はその異様な圧力にたじろいだ。店を七割ほど埋めている客の俺らが、まっすぐ俺に視線を向けるわけではないのに、濃厚な注意を振り向けてくるのだ。俺の両手はトレーでふさがっている。片手がポケットのナイフを求めていたが、全員が俺を警戒している中でそんな行動を取ったら、たちまち襲いかかられるだろう。

俺は自分の衝動を抑え、他の誰にも関心はないといった様子で、空いている席だけに目をやり、静かにゆっくりと、警戒は怠らずに歩いた。見えない風船の詰まった空間に分け入っていくかのようだった。

「よう、ミヤマじゃねえか」と俺の斜め前方に座っている俺が、気さくな調子で手を挙げて声を掛けてきた。店内の空気がそれに合わせて、ゆるりと俺とそいつを包む。俺の知らない俺だった。ここはとにかく空気を掻《か》き乱してはいけない。俺は逆らわずに、「よう、偶然だな。何してんの？」とやけに陽気に応じてみる。

「別に。そこ空いてるよ」とそいつは自分の向かいの席を指す。俺は小指を立てて「悪い、ちょっと待ち合わせでさ。また連絡すっから」と言って離れる。

俺には、そいつの気持ちが手に取るように理解できた。警察で俺が、自分の気分とは裏腹に、**俺**を食事に誘ったのと同じ行為なのだ。この緊張に耐えられず、意味もなくフレンドリーになって、場を和らげたいのだ。

そんな具合に、互いの気持ちを我がもののように理解できる**俺ら**が店内にひしめき、互いを牽制《けんせい》するように等間隔を保って座席を占めている。

俺は中ほどの席に着いた。こんな立地の店だから、ひっきりなしに客は出入りする。そのたびにフロアは張りつめ、空気は、触れれば肌が切れそうなほどに鋭くなる。階段付近や通路に近い**俺ら**は、随時、「よう、奇遇じゃないの」「どうしたの、十分遅刻」などとなれなれしく声を掛けている。

俺もその空気の収縮に合わせて怯えたり安堵《あんど》したりを繰り返しながら、みんな、「あれ」を恐れるなら、なぜわざわざこんな人の密集する店に集まってくるんだ、と訝《いぶか》しむ。そして刺激し合わないよう、知りもしない他人の**俺**に友だち面《づら》して声を掛ける、なんて演技をしている。**俺ら**のこわばった顔つきを見れば、スリルを楽しんでい

ると は思えない。ここ以外に行き場所のなかった俺はまだしも、他の**俺ら**は……。

と、そこまで考えて、理由がわかった。他の**俺ら**も、同じなのだ。何しろ、**俺ら**はみんな同じなのである。俺のように、どこへ行っていいのかわからず、自分が誰かも曖昧《あいまい》で、とりあえず腹ごしらえしたくて手近な店に入ろうと思い、なじみのあるマックを自然と選んでしまったのだろう。そして、途方に暮れている自分を悟られたくなくて、日常に没頭しているような態度を必死で取っているのだろう。あちこちのポケットにはナイフやら鈍器やらスプレーやら護身用の武器をしのばせ、いつでも手にできるように構えているはずだ。俺も今、そうしながらビッグマックを食べているのだから。もしそれが銃だったら、すでにぶっ放している**俺**がいてもおかしくない。

でも実際には誰もぶっ放さないだろう。全員が同じ**俺**の中で、自分だけ突出したくないからだ。お互いの考えることがわかっている中では、先に動いたほうがアウトだ。誰もが、この緊張を破るためのきっかけを激しく求めている。でも自分はそのきっかけになりたくない。きっかけになったら、たちまちスケープゴートとして全員から削除されるからだ。

何の変哲もない、一見、いつもの夜の平穏なマックの下には、一触即発のきなくさい空気が張り詰めていた。俺はすでにハンバーガーもサラダも食べ終わったのに、一人立ち上がって出て行くのが怖く、ちびりちびりと爽健美茶を啜《すす》っている。携帯もウォークマンも文庫本もなく、視線のやり場に困る。ずっとうつむいて、トレーに敷かれた紙の能書きを何十回となく読んでいる。さらに窮地に陥ったことに、トイレに行きたくなってきた。しかも大がかりなほう。限界が来て慌《あわ》てて動くよりも、早めに落ち着いて堂々とトイレに向かったほうがいい。使用中でドアの外で待つという、より危険度の高いケースもありうるのだ。余裕を持って行動しよう。

俺はこの極限状況を真正面から見たくないあまり、そんなやくたいもないことを熱心に考えた。だが、切羽詰まる一方だった。


救いは外部からやって来た。店の前の通りで、何かが破裂する音が響いた。続いて悲鳴や叫びが通りのあちこちをつんざく。マック内の空気も沸騰《ふっとう》した。通りに面した窓に近い客らは、立ち上がって様子をのぞき込み、「うおお！」「やっべ！」「まじいよ！」などと緊迫した声を上げると、他の客と接触するのも構わず、小走りに階段へ向かう。つられて、階段に近い客たちも逃げ始める。一歩遅れて、残りの客も階段に殺到する。

俺も頭に血が上ってとにかくダッシュしたい衝動に駆られたが、階段で詰まりかけている人の塊に混じるのが怖くもあり、この隙《すき》にとばかりトイレに駆け込み、ゆっくりたっぷり排便した。トイレの中はきわめて安全で、できることなら永遠に閉じこもっていたいほどだった。

パトカーのサイレンの音が近づいて止まった。救急車のサイレンの音が続く。何が起こっているかはわからないし知りたくなかったが、危険がこの店内にも及ぶ可能性もありそうだった。それで俺はトイレから出て、詰まりの取れた階段を小走りに下りる。レジや調理場に、店員は一人もいない。

店の外に出る。俺はさっとあたりを見回し、人の密度の少ないほうを見定め、そちらへ走った。何が起きているかは見ないようにした。走りながらもとにかく人の少ないほう少ないほうを選んでいく。しかし、**俺ら**は同じことを考えるので、どちらへ進んでも人はそれほど減らない。だから背後にまで神経を集中させながら、拳《こぶし》の中にナイフを握りしめて走らなくてはならない。

いつの間にか住宅街に入っていた。どことなく見覚えのある住宅街だった。細かな路地を折れ曲がるうち、さすがに人はまばらになってくる。走っていることが目立つので、歩きに切り替える。古そうな木造モルタル二階建てのアパートを見ると、胸が震えるような奇妙な感情がわき起こる。子どものころに住んでいた街にでも迷い込んだような感覚だった。そんなアパートはたくさんあり、俺は同じところをぐるぐる歩き回っている気分に捉《とら》えられる。

いきなり、背後からダッシュしてくる足音が迫ってきた。俺の心臓は縮まりそうになり、俺もダッシュした。すると、俺よりだいぶ前方を歩いていた人も、俺のほうを振り返って恐怖を露《あら》わにし、猛然と走り出す。

そうやってダッシュの連鎖が起こった。このままではまずい。疲れて速度が緩んだら終わりだ。もっと大胆な策に打って出なくてはやられちまう。でも本当に俺は追われているんだろうか？　いやいや、そんなことを考えちゃいけない。本当に追われている可能性がある以上、気を緩めたら命取りだ。

よし、と俺は腹を決めた。一か八か、見覚えのありそうな木造モルタル二階建てのアパートに飛び込んでみよう。鍵《かぎ》が閉まっていたらすぐに逃げる。ぐずぐずしていると、俺が家に逃げ込もうとしていることも読まれてしまうかもしれない。何しろ、相手は**俺**なのだ。

いくつかの路地に細かく分け入りながら、俺は直感的に狙《ねら》いを定めた。そして、急カーブを切ってアパートのドアにすがりつく。

ドアは開いた。俺が開けるより一瞬早く、内側から開いたのだ。俺は、ドアを開けた人ごと中に突っ込み、強引にドアを閉めて鍵を回した。

俺に押し込まれたのは、年配の男の**俺**だった。泡を食って、目玉をむき出しに俺を見、口を開くが、声が出てこない。俺だってびびっているので、握っていたナイフを開こうとする。

が、それより早く、相手が声を発した。驚いた顔のまま、「何だ、ヒロシじゃないか！」と怒鳴ったのだ。その大声に俺はひるんだ。男は俺の肩を軽く叩《たた》き、「いやいやよかった、無事で。あれに遭ったんじゃないかって心配で、ちょうど様子を見に行くところだったんだ」と表情を緩ませ、部屋の奥に向かって「母さん、ヒロシは無事に帰ってきたぞ」と俺の耳が破れそうなほどの大音量で告げた。

気勢をそがれた俺は、こっそりとナイフをポケットにしまい、「んな、大げさな」と息子っぽく、親しみのあるぶっきらぼうさで答えた。

「大げさじゃねえだろ。おまえだって息切らしてんじゃねえか。走ってきたんだろ？危なかったからじゃねえのか？」

「まあ、そうじゃないわけじゃないけど」

「だろうが。まあともかく、上がれ」

親父《おやじ》はそう言って、俺が靴を脱ぐのを待った。

俺

俺には、この男はとっさの演技をしているのだとわかっているのに、実感としては男の語る言葉のほうが現実らしく感じられた。もしかしたら親父は、おふくろから削除されそうになって、慌てて逃げようとしていたところだったのかもしれない。だが、俺が飛び込んできたことで、事情は変わった。

俺が部屋に上がると、おふくろである**俺**が迎え出て、涙をぬぐいながら「いやだよう、もう」と声を震わせて笑った。「よく無事で帰ってきたよ」

「あたりめえだろ」

俺は怒ったように言った。甘えてみせるのは、まだ完全には解いていない警戒を隠すためだ。親父とおふくろも、俺が突然あれに走るんじゃないかと一挙手一投足に注意を払いつつ、まるでそんなことは念頭にないかのように、ニコニコしている。

「いいタイミングだった。いや、母さんがヒロシはあれにやられたに決まってるなんて、ばかにしつこく言い張るもんだからね。そんなわけないだろ、そんな事件に巻き込まれてたら警察から連絡あるはずじゃないかって言ったんだけどね。全然納得しないから、じゃあちょっくら様子見てくるって、出かけようとしてたところなんだよ」

「俺の携帯に電話すればいいじゃないか」

「したわよ、何回も。なのに全然出ないから、これはおかしい、何かあったんだって思ったら、ああ、最近流行《はや》りのあれにヒロシもやられたんだって気がしてきて、動転しちまったのよ」

「おかしいな」と俺はポケットを探る仕草をし、「まじい、どっかに落としてきた」と言った。

「じゃあ、すぐ回線止めないと」と親父がわかったふうなことを言う。

「でも探しに行ったりしないでちょうだいよね。物騒なんだから」

「行かねえよ」

俺もおふくろも親父も、この会話がまったく嘘《うそ》くさいとわかっていながら、真剣に話していた。このおばさんが俺の携帯の番号を知るはずがないし、俺は俺で携帯を落としたふりなんかしている。本当は俺に出て行ってほしいくせに、裏腹のことを言う。三人とも、まったくの茶番を必死で演じている。にもかかわらず俺は、この二人が実物のおふくろや親父であるような気がしてきていた。自分の親もこんな感触だったと感じていた。誰もが**俺**なんだから、親父やおふくろも誰でも同じということか。

「まったく、いつどこでどんな目に遭うかわからないんだから。こないだもね、オニシさんてわかる？」

俺は首を振った。

「この話、あんたにはしてなかったっけ？　オニシさんがあれで亡《な》くなったんだよ。私もお葬式行ってきたけど、あんな形で人生奪われて、いたたまれなかった」おふくろの声が低くなる。「お孫さんができたばっかりでね、もう私とかサークルの仲間で会ってもお孫さんの話ばっかり。ちょっと煩《わずら》わしかったって言やあ、そうなんだけどもさ」

その言葉で、俺は緩みかけていた警戒をいまいちど強め直す。

俺「娘さんと二人で、孫の世話にかかりきりでね。そうしたら、旦那《だんな》さんが孫に嫉妬《しっと》しちまったのよ。それでオニシさんも頭に来て、これまで充分あんたの面倒見たんだから文句言うな、いい加減独り立ちしろ、とか何とか、まあすごい諍《いさか》いをした結果、離縁を勝ち取ったんだよ。それで、これからが自分の人生の本番だなんてうそぶいてた矢先に、あれに遭っちまってねえ」

俺は、オニシさんはその別れた旦那にあれを仕掛けられたんじゃないか、と聞きたかったが、言えなかった。なぜなら、オニシさんの話はじつはおふくろ自身の話で、親父に聞かせているような気がしたからだ。それで、「いやはや、まったく気の休まらない世の中になったもんだよ」と言った。

俺「外も内も、どこいたって危なっかしくてしょうがない」と親父がつぶやく。

「ほんとそうなんだけどさ」と俺は同意してから、つけ加える。「でもあんまりこんな話ばっかしてると、二十四時間ずっと、いつやられるかって不安で居ても立ってもいられなくなって、どうせ理不尽な目に遭うんだったらこっちから先に仕掛けてやる、危険のもとを先に摘んでやる、なんて思い詰めて、自分が何するかわからなくなるから、あんまり考えすぎないほうがいいよ」

「ああ、あれだな。その、何だ、フライングか。スタートの姿勢はできてるのに、いつまでもピストルが鳴らないもんだから、我慢できずに飛び出しちまうっていう」

「親父、うまいこと言うじゃん」

「そうそう、あんたは結婚しないの？　私だって、もう孫を持ってもいい年なんだよ？」

やっぱりそう来たか、と俺は思った。オニシさんの孫、というフレーズを聞いたときから、予測はついていた。何せ、おふくろも**俺**なのだ、考えていることなんざ、お見通しだ。

「俺はいいんだよ。どうせ非モテなんだから」

「はあ？　自分で独立しようって気概がないとね、人間、いつまでたっても甘えちまうんだよ。あんたももっと本気になって、誰か引っ張ってくれる人を見つけなさい」

「どうせ結婚なんてしたって、そのオニシさんみたいな目に遭うのがオチだろ。結婚したほうがいいって、本気で思ってるのかよ？　自分やオニシさんが後悔したことを、俺にはやれって要求するのかよ」

「何、その言い草？」

おふくろはやけに白っぽい目で俺を見た。まずった、言い過ぎた。**俺ら**は、ごく薄い氷の上を慎重に歩かなくてはならないのだ。間違っても、力を入れて氷を突き破って、下の冷たく暗い水を曝《さら》してはいけない。全員にとって、命取りになる。

俺「まあ俺なりに努力してるんだからさ、あんまりプレッシャー掛けるなよ」

「プレッシャー掛けなきゃ、のほほんとしてるばっかりじゃない」

俺「疲れたから風呂《ふろ》入ってくる」

「ご飯はどうするの？」

「食べてきた」

「また連絡もしないで」

「携帯落としたんだからしょうがないだろ」

「はいはい」

自分でもあきれたことに、俺はナイフを持って風呂に入った。湯船に浸かると、緊張し続けでこわばった体がとろりとほぐれていく。俺はひとつ、大きくため息をついた。ため息ごと、俺の中身が漏れてしまうかのようだった。幻覚に囚《とら》われたような気分に襲われる。

何もかも、茶番だった。ただ均衡を保つためだけに、俺自身の中身とは何の関係もない、その場の出任せだらけのでたらめな会話をクソ真面目《まじめ》に交わしただけ。何でこんなことをしているのか。生きるために、こんなことをずっとし続けなくちゃいけないのか。

虚《むな》しかった。無数の小さな穴が身と心に空いていて、ちょっと触れるとポロポロと崩れそうだった。疲れていた。悲しかった。

そのスカスカの気分は、今の嘘くさい会話だけが原因ではなかった。こんな嘘くさい関係を延々と繰り返してきたことの、蓄積だった。

そうなのだ。俺は生きるために、こんな茶番だけを続けてきた。いつも、親とはこんな会話ばかりだった。こんな、形ばかりで、互いの切実さには触れあわない、無意味な会話。親とだけじゃない。きょうだいや友だちや職場の同僚や、ありとあらゆる人間と、俺はこんな茶番の関係しか築いてこなかった。例えば――

俺は具体的な例を何も思いつかなかった。きょうだいも友だちも同僚も、誰一人思い出せない。そいつらと、二十四時間うわの空みたいな間柄だったことは、はっきりと覚えている。それなのに、実際の人物は、顔も名前も声も交わした言葉も、何一つ覚えていない。

　当然だと思う。これほど行き当たりばったりで無意味で内容のない会話など、覚えていられるはずがないじゃないか。そんな虚《うつ》ろな言葉をベースにした人間関係なんて、ないも同然じゃないか。そんなの、生きていないと言っていい。

　俺らだからなのだ。そんな絆《きずな》しか作れないから、みんな、**俺**なのだ。

　俺はまた、自分の魂を吐き出すような、奥底からのため息をついた。**俺**をやめたい、と思う。**俺**自身を削除しちまいたい。**俺**を削除すれば楽になれる。**俺**を削除すればすっきりする。

　孫だなんて、冗談じゃない。どうせ生まれてくるのは**俺**じゃないか。**俺**の子は**俺**、自分がまた生まれなおすようなもの。何を好きこのんで、こんな白紙の人生を繰り返したいんだ？　俺は**俺**を削除したいんだ。続けるんじゃなくて、やめたいんだ。増やしたいんじゃなくて、減らしたいんだ。

　俺は頭まですっぽりと湯に浸《つ》かった。皮膚が液化して中身が溶けだし、湯に混ざって消滅してしまえばよかった。それなのに俺は皮に包まれたまま、浮き上がってくる。

俺の体の七割は水分だから水に溶けられるはずなのに、実際は空っぽで、風船みたいに湯に浮こうとする。だったら俺の中に湯を入れるしかない。水中で息をゆっくり吐く。大きめの泡がぽこぽこと浮かび上がっていく。次第に泡は小さくなる。そして息を吐ききる。数を数え始める。

三つしか数えられずに、俺は浮かび上がった。空気を吸引する。俺はもう溶けることもできない。混じり合って消えることもできない。ただ浮いて漂うのみ。

風呂から上がったときにはすっかりのぼせて、意識が朦朧《もうろう》としていた。

「悪いけど、俺はもう疲れたから寝る」

「え、もう寝るの？　まだ洗い物も終わってないんだけど」

「構わねえよ」

「あんたしてくれる？」

「するから、布団《ふとん》敷いてくれよ」

「まったく、自分のペースばっかり優先して」

おふくろはぐちぐち言いながら、食卓の上を片付け始める。俺は洗い物をする。

「ちょっとそこ持って」

食卓の端に手をかけたおふくろが、反対側の端を示して言った。俺は言われるがままに従う。食卓は流し台のほうに寄せられる。そこにできたスペースに、布団が敷かれる。

「こんなとこに寝るのかよ」

思わずつぶやいてから、俺はまた踏み越したことを悟った。ずっと以前から、ここが俺の寝る場所なのだ、と言い聞かせる。もう限界だった。こんな三文芝居は続けられない。でも、目の前に**俺**がいる限り、続けるほかない。

俺は、親父が差し出してきた寝間着を、何も言わずに着た。こっそり、スーツのポケットからナイフを抜き取り、枕《まくら》の下に差し入れる。テレビのある部屋へ引っ込んだ二人に、「お休みなさい」と声を掛け、寝床に頭まで潜り込んだら、直ちに意識は遠のいた。


「ヒロミ、遅刻しないの？　もう七時半すぎてるよ。目覚ましかけなかったの？」

無理やり布団をめくりあげられて、俺は目が覚めた。黒くて粘つく眠りの沼から強引に引き上げられたような感じで、俺は、自分が誰でここがどこで何をすべきなのか、理解できなかった。やがてゆっくりと、昨晩のことがよみがえってくる。

俺はまだ生きていた。寝ている間にあれには遭わなかったのだ。おふくろも親父も、あれに及ぶにはあまりにも疲れすぎていたのだろう。

ぼうっと布団に座ったままの俺の頭上から、「邪魔くせえったらありゃしねえよ」と声が降ってきた。俺はにわかに体を緊張させて身構え、声の主を見上げた。**俺**が、端に寄せたままのダイニングテーブルに着いてトーストを食べている。

「誰？」

「病気なんじゃねえの？　毎度毎度、起きるたんびにボケちまってさ」

「お兄ちゃんは朝が弱いんだって、ヒロシもわかってるでしょうが。ボケてるのはヒロシのほうだよ」

おふくろがトーストの**俺**をたしなめる。

「いつからいるんだよ？」

「明け方帰ってきたんだよ。ヒロミはよく寝てたから気づかなかっただろうけど」

おふくろは、事情をわかってくれ、と懇願するような目配せを送ってくる。おおかた、明け方にいきなり侵入してきたこの**俺**を見るなり、おふくろは例によって「ヒロシじゃないか、よく無事で帰ってきたよ。あれにやられたんじゃないかって、もう心配で心配で、ちっとも眠れないでいたとこなんだよ」などとかまして場を切り抜け、寝かしつけたのだろう。おかげで俺はヒロミになっちまった。

俺

「それでどこに寝てたんだ？」

「兄貴が邪魔くせえから、そこで転がってるしかなかったんじゃねえか」ヒロシは玄関口を顔で示した。

俺はこいつのすぐそばで眠りこけてたってことか。なんて無防備だったんだ。だがあれは起こらず、俺は生きている。俺はうさんくさい思いで、**俺**を見た。そいつも俺を見ている。特に殺意は感じられない。とりあえず、今は均衡が保たれているようだ。

「ヒロミもいつまでもぼけっとしてないで、早く支度しなさい」

おふくろに尻《しり》を叩《たた》かれ俺は起き上がって布団をたたみ、顔を洗い、昨日と同じ黒いスーツを着た。さりげなく内ポケットに手をやって、厚い封筒が入っていることを確認する。ヒロシはテーブルを真ん中に戻す。俺はヒロシの斜め横の席に着いた。そして、何の気なしに「親父はまだ寝てんの？」と尋ねた。

不自然な間があった。背筋が寒くなる。やっぱり、あれが起こったのか？

「散歩でも行ってるんでしょう。私が起きたらもういなかったから」おふくろは何気なさを装《よそお》って言った。

どっちがやったのか？　ヒロシか、おふくろか？　俺はヒロシを見たが、均衡が壊れるのが恐ろしくて、見られなかった。それで、「流行《はや》りのウォーキングですか」と笑ってみせた。

その間にヒロシは食べ終わり、財布やら携帯やらウォークマンやらをリュックに入れている。俺はとにかく友好的に行こうと決め、雰囲気から類推して「これから大学の授業か？」と聞いた。

「てめ、おちょくってんのか！」とヒロシは絶叫し、いきなり俺に向かって突進してきた。俺はテーブルを回り込むと椅子《いす》でガードし、流し台の包丁をつかみ、刃先をヒロシに向けた。ヒロシと俺は椅子を挟んで睨《にら》み合う。

「授業かって聞いたら、何でキレるんだよ？」

「人間、誰でも大学行くのは当然とか思ってるんだろう。どうせ俺は高卒のダメ人間だよ。何の取り柄もない、人生の敗残者だよ」

「そんなこと言ってねえだろうが」

「その無邪気ぶりっこな顔がうぜえんだよ！」

ヒロシは吼《ほ》えると、勢いで椅子を飛び越え、いつの間にか手にしたカッターナイフを俺の首筋めがけて振り回した。俺は左手で鍋《なべ》のふたをつかんでそれを防ぎ、右手を思いきり伸ばした。

ヒロシは自分から包丁に突き刺さった。包丁を持つ俺の手に、柔らかくてものすごい重みが加わる。ヒロシはうめき、動きを止める。重みから力が抜けていく。俺は包丁を放した。刃がみぞおちに刺さったまま、ヒロシはゆっくりと横たわる。

俺はおふくろを見た。おふくろは電源が切れたかのように、無表情、無反応だった。

俺は流しで手を洗い、まだうめきながら何かを言っているヒロシと、ただ立っているおふくろを置き去りにして、表に出た。

体が熱かった。ひどく火照《ほて》って寒気がし、ときおり細かく震えが来る。俺も傷を受けたのかもしれないと、首や顔を手でこするが、傷もなければ血も出ていない。

手に、肉の刺さる、重くて柔らかい感触が鮮明に残っている。刃先がいろいろな皮や繊維を破るときの、プツッと軽く引っ掛かるような感じまで、手が覚えている。それを払いたくて、俺はしきりに手を振った。手首を投げ落とすかのように、強くシェイクした。だが感触は消えてくれない。そのプツッという感じがよみがえるたびに、悪寒《おかん》のような震えが俺を襲う。震えが強すぎると、俺は硬直して動けなくなる。

俺は手を無視することに決め、意識を他に逸《そ》らすために、呪文《じゅもん》を唱えることにした。浮かんできたのは「カバディ、カバディ、カバディ」というフレーズだった。テレビか何かで聞いた文句だった。その言葉をつぶやいている間は自由でいられるのだ。

俺は、カバディカバディカバディカバディカバディカバディカバディと息が切れるまで唱え続けた。唱えていれば、何もかも忘れることができる気がした。息が切れたらすばやく深呼吸をし、またゆっくりと息を吐きながら、カバディカバディカバディカバディカバディカバディカバディカバディカバディカバディカバディカバディ。

陽光が照りつけていた。暑かった。震えは止まり、汗がにじんでくる。俺はスーツの上着を脱いだ。

街はまだ半分眠っていた。スーツなどを着て歩いているのは、俺一人だった。今日は休日なのかもしれなかった。たまにすれ違うのは、スウェットにTシャツでジョギングをしている**俺**、犬の散歩をしている**俺**、子どもの**俺**と手をつないでいるカジュアルな服装の**俺**。**俺ら**は、カバディカバディカバディとつぶやいて歩く黒スーツ姿の俺を、見ないようにしながら見ている。そして俺から離れる方向へと、行く手を変える。

取り返しがつかない、と思った。どうしてやっちまったんだという叫びが、のどの奥から湧《わ》き上がってくる。それをカバディカバディで抑える。抑えても抑えても、自問がのどもとへ迫《せ》り上がってくる。

俺は薄々勘づいていた、**俺**を削除してもまったく無意味だってことを。なぜなら、死んでも、死んだこと自体がなかったことにされるからだ。死んだという事実が誰にも覚えられず、そんな事実はなかったことになっちまうからだ。

それなのに、俺は**俺**を削除しちまった。みんな、何となくわかっているのに、性懲《しょうこ》りもなく、**俺ら**同士で削除し合う。

俺らはそんなに馬鹿《ばか》なのか？

俺のいない場所へ行きたかった。**俺**はもうたくさんだった。この手に染《し》みついたおぞましい感触から、一刻も早くおさらばしたかった。

山へ行こう、と思った。高尾、という言葉が浮かぶ。泣きたいような気持ちに駆られる。高尾の山のどこかに、消えてしまいたい。

俺は新宿駅まで歩いた。休日の繁華街は、恐れていたほど混雑していなかった。人の群れにできるだけ近寄らないようにしようという傾向が出てきているのかもしれない。

俺はほどほどに警戒しながら、紀伊國屋《きのくにや》に寄って高尾山のガイドを買う。無印良品で綿パンとカットソーとリュックを購入し、試着室で着替え、スーツをリュックに詰めて背負う。さらに「ABC MART」でトレッキングシューズを入手して履き替える。それだけで俺は、昨晩からの俺とは別人になった気がして、何だかうまく行きそうだと思う。とたんに手にあの感触がよみがえり、おこりのように俺は震え固まる。

カバディカバディカバディと俺は必死で唱える。

　店員とは目を合わさないようにしたが、ちらりと見えた顔は、ひどくくたびれているようだった。店員だけじゃない。客も道ゆく人も、どことなく消耗している。街路には細かなゴミが放置され、薄汚れて感じられる。路上に駐車されたままの車も、心なしか多く感じられる。

　京王線新宿駅のホームで出発を待っている準特急「高尾山口行き」を目にしたとき、俺は熊《くま》にでものしかかられたように気分が重くなった。すでに吊革《つりかわ》が八割方埋まるぐらいに乗客が乗っていて、次の準特急を待つ人がホームに長い列をなしている。

　晴天の休日だから行楽客が押し寄せているということなのか。俺でぎっしりの電車になんか、乗りたくなかった。

　それでも俺は高尾山行きを断念できなかった。向こうに着くまでの我慢だと思った。座っていこうとホームに並んだとたん、俺は、足もとのホームが消えて重力のない宙にふわっと浮いている気がした。そして、凄《すさ》まじい衝撃を受け、頭が割れるように痛みだした。

　すぐに我に返る。俺はホームの列に並んでいる。激しい震えと動悸《どうき》と寒気に見舞われている。幻覚だった。電車の入ってくる線路に俺が突き落とされるという幻覚だった。あまりにリアルだった。俺は確かに突き落とされた経験がある、と感じた。再びそんな目に遭うんじゃないかという不安が膨れあがる。まわりの人を刺激したくなくて、カバディも唱えられない。

突き落とされる恐怖に耐えられず、俺は列を離れて、満員の先発準特急に乗った。ほどなく合図が流れ、ドアが閉まる。俺は扉にもたれることができ、四方をすっかり**俺**で囲まれる不安は免れられた。

最初の明大前駅に着く。乗り換える客も多いだろうと思い、俺はいったん下車したが、甘かった。降車客はわずかで、むしろさらに乗り込んでくる。

それらの客を漫然と眺めていて、俺は異様さに気づいた。乗ってくる客の大半が、一人客なのだ。休日の行楽地に想像されるような親子連れやカップルなんか、ほとんどいない。まるで平日の通勤時間帯のように、無表情の一人客が機械的に乗り込んでくる。腰に巻いたウィンドブレーカーや、靴、帽子といった装いから判断するに、山へ行くのは明らかだった。高尾山のガイドブックを読んでいる**俺**もいる。しかも、日帰りとは思えないほど荷物が多い。そう気づいて見渡せば、新宿から乗っているのもそんな客ばかりである。

動き出してみれば、まさしく山への通勤列車だった。聞こえてくるのは車輪の音と電車の機械音だけ。これだけの人間がいるのに、会話の声は一切ない。

不気味だった。みんな俺みたいな客なのだと、遅まきながら気づく。とにかく今すぐに**俺**のいないところへ行きたくて、じゃあ山だ、手近な山といえば高尾山だ、と安易に発想したのだ。やはり**俺ら**の考えることは同じで、たかが知れているということだ。

車内の雰囲気は、昨夜のマックで経験したような異常な張りつめ方はしていないが、空気の中に細かな針が無数に溶け込んで、行き場を求めていた。俺も含め皆、苛立《いらだ》っていた。当然だろう、一人になりたくて高尾山に向かっているのに、そんなことは不可能だと宣告されたのだから。高尾山に着いても、**俺**を避けたい**俺ら**がうじゃうじゃとさまよっていることが、もうわかってしまったのだから。

次の調布駅までが長かった。誰かと視線が合うのが怖くて、ひたすら吊り広告を読む。何度も同じ広告を読む。

目をつむってもそらんじられるほど読み返したころ、ようやく調布駅に到着した。ここでも降りる者より乗ってくる者のほうが多く、俺は奥へと押し込められ、かろうじて空いていた吊革につかまる。

府中駅では小さな変化が起こった。乗ってくる客の中に、**俺**ではない二人組が混ざっていたのだ。容貌《ようぼう》が特に**俺ら**と違うわけではないのに、**俺ら**には二人が**俺ら**じゃないことがすぐにわかった。二人が声も潜めずに会話を始めると、さらにはっきりした。聞こえてくるのは、**俺ら**の知らない言葉だった。

磁石に引きつけられる砂鉄のように、空気中の針がいっせいに二人を指す。俺の目には、その針の群れが日の光を浴びてきらめくさままではっきりと見える。電車の揺れに合わせて、針の示す方向へと、乗客が少しずつ体の向きを変えていく。気流のようなものが発生しかけている。

俺

俺はその流れに逆らっていた。針にも気流にもまったく鈍感に声を響かせてしゃべり続ける二人に背を向け、吊革にしがみついていた。まわりの**俺ら**とは反対側を向いている格好になりつつあった。

俺

気流は、すぐに到着した次の分倍河原《ぶばいがわら》駅でドアが開いたさいに、いったんは消えた。俺の近くのドアでは乗降がなかったが、乗客たちは緊張を緩め、再び姿勢をまちまちの方向に変えた。俺は、流れ込んできた外気を深く吸う。どうやら息を止めていたらしい。

ドアが閉まり、発車する寸前、車内は完全な無音状態になる。そのときに二人組の間で、小さな囁《ささや》きに続き、けたたましい爆笑が起こった。針は先ほどよりもいっそう鋭く、二人に向かった。発車時の振動とともに、**俺ら**も二人組へ体を向け直す。強い気流が二人の頭上で渦を巻き始める。

俺は再び逆らった。今度は、さらなる踏ん張りが必要だった。俺の周囲の数人が、俺を見た。明らかに俺も、違和を醸《かも》し出していた。

次の聖蹟《せいせき》桜ヶ丘で降りようと思った。あれが起こるのは間違いない。気流にはかすかな歓喜さえ混じっているのが感じられる。強烈な台風が襲ってきたときのわくわく感みたいなものが、**俺ら**の目に光と潤《うるお》いを与えている。

俺にはわかっていた。**俺ら**は、これで楽になれると期待しているのだ。あのままでは終点に着く前に、**俺ら**同士の間であれが起こっただろう。それは**俺ら**の抱える傷をさらに深くしただろう。**俺ら**は誰もが、自分を削除したことで傷を負っているのだ。そこへ**俺**じゃない者が現れた。**俺**じゃないのだから、削除してもその傷が自分に返ってくることはない。あうんの呼吸で**非俺**を削除するのであれば、**俺ら**は互いに傷つけ合うことなく、この針だらけの苛立ちから解放される。**俺ら**は二人組を、天から遣わされた救済のように思っているだろう。その興奮が**俺ら**を後押しし、二人組ににじり寄らせていく。俺は、俺が降りるまで待ってくれ、と叫びたい気持ちで祈る。

聖蹟桜ヶ丘に停車した。ドアが開く。気流は消えない。乗客も二人組への囲いを解かない。俺が降りるには、その囲いの一部を崩さなければならなかった。そんなことをしたら、今度は俺が囲われちまう。俺は虚《むな》しく体を左右に少しひねっただけで、降りることはかなわなかった。

俺は激しく焦《あせ》っていた。何としてでも、高幡《たかはた》不動では降りよう。そのために、電車の揺れを利用して、俺はわずかずつの移動を開始した。とにかく扉へたどり着きたい。

俺らはさらに包囲を縮めていく。気流の渦は勢いを増し、針がそこへ飲み込まれていこうとしている。針が二人に降りかかるまで、あとほんのわずかだ。

高幡不動で扉が開いた瞬間、俺は強引な突破を試みた。あえなく跳ね返され、たちまち包囲される。針の一部が俺を向いているのが見える。

もう駄目だと観念し、俺は全身の力を抜いた。

扉が閉まる。俺の包囲は緩む。そして、相変わらず脳天気に大声でおしゃべりと爆笑を繰り返している二人組を締めあげるように、**俺ら**が急速に二人へ迫っていく。

さすがに二人も気がついた。大声で何事かを叫ぶ。だが、すでに手遅れだった。前線の数人が、計ったように同時に二人を刺した。絶叫が上がる。その声がさらなる攻撃を呼ぶ。ラグビーの人塊のように、次々と折り重って、**俺ら**が飛びかかる。

俺はもう囲まれてはいなかったが、放置もされてはいなかった。二人組にのしかかるよう、まわりの**俺ら**から圧力を受けていた。俺も加われば楽になれると思った。加わりさえすれば、もう誰も俺を色のついた者とは見なさず、同じ祝祭に参加している**俺ら**の一部として、放っておいてくれるだろう。

俺は圧力に身を任せた。ポケットからビクトリノックスのナイフを取り出し、刃を開く。柄を握る。

いざ突き出そうという寸前、俺の手にあの感触がよみがえった。あの、肉の刺さる重くて柔らかい感覚。とたんに俺の腕はこわばる。体も硬くなって、動かなくなる。激しい震えが来て、俺は声にならない空気音で悲鳴を上げる。背後からは、二人組に襲いかかれと、凄まじい圧力がかかってくる。俺の硬直した体は、それを拒む。

俺の体を痛みが襲った。覚えのある感覚だった。矢印のような形の針がいっせいに俺に降りかかってくる。俺の視界すべてを、潤《うる》んだ目をした**俺ら**の顔が埋め尽くす。肉の雹《ひょう》が降るように、**俺ら**が俺の上にのしかかる。

第六章　復活

雪と藪《やぶ》のシェードを透かして、うっすらと陽が入ってくる。俺は敏感に目をさました。ねぐらは、山の斜面に穿《うが》たれた、横穴の奥にある。穴の入り口付近には太い木が生え、穴は外部からは見つけにくくなっているが、それでも用心のため、俺は入り口を木の葉や枯れ枝で覆《おお》った。その覆いを、上に積もった雪ごと静かに開き、顔をのぞかせる。あたりに人の気配がないことを確認すると、外に這《は》いだす。ゆっくりと立ち上がるが、それだけで目がくらみ、足がふらつく。俺は穴の奥に隠してある袋から塩をつまんでなめ、新雪を口に入れて水分を取った。今日こそまともな食い物を見つけないと、食探しに行くこと自体が不可能になりそうだ。

何日間食べていないかは、もう覚えていない。とにかく、最後に食ったのは死んだ雀《すずめ》一羽だった。その前はサワガニと小魚だった。あとは木の芽を必死で摘んで食っった。けれど、ほとんどの木の芽は摘み尽くされていて、かなり高い枝を探る必要があった。こんな足腰ではもう木にも登れないから、木の芽は無理だ。

　高尾の山々がこんなに雪深いとは思わなかった。これが通常のことなのか、異常気象のせいなのか、俺にはわからない。ただ、雪が降らなかったとしても、俺は飢えただろう。俺だけじゃない。高尾の山奥に引き籠《こ》もろうとした連中は皆、飢えている。山にはそんな**俺ら**が、まるでゾンビのようにあちらこちらを彷徨《さまよ》っている。だから、用心深さが求められるのだ。もっとも、最近は鉢合わせすることはめっきり減ったが。

　昨晩のうちに膝《ひざ》ほどまで積もった、湿って重い雪を踏んで歩く。エネルギーは枯渇《こかつ》気味だし、薄いシャツを四枚重ねた上にウィンドブレーカーを着ているだけなので、すぐに冷えてくる。できるだけ日当たりのよい箇所を選んで、東のほうへ歩く。

　ほどなく、尾根の登山道に出る。そこを横切って斜面をくだり、俺は沢へ降りる。風は弱まったが、日が当たらなくなるので、たちまち体が冷たくなる。雪も溶けないから、厚くて硬い。靴には幾重にも紐《ひも》を巻きつけてあるが、それでも滑るので、俺はアイスバーンの斜面をほとんど座った姿勢で降りる。

　沢は水と少量の食べ物があるので、他の**俺ら**が集まってきやすいから、警戒が必要だ。雪の降る前までは俺も沢の付近にねぐらを構えていたが、一度襲われてから今のねぐらへ移った。日が昇ると、沢近辺をねぐらにしていた**俺ら**や、明け方に沢に降りてきた**俺ら**が、互いに削除し合って、抜け殻と化した**俺**が転がっていることがしばしばあった。そいつらのおかげで、俺は今こうしてシャツを重ね着できているわけだ。

俺の中にはイノシシやタヌキや「さる園」の猿を捕獲して食うという猛者《もさ》もいたが、俺はリスやムササビですら捕まえられなかった。そういう鈍くさい**俺**は、虫や魚や蛇や木の実や草を食うほかなかった。だが、草は確実に毒がないとわかっていないと危ない。俺も何の草だかわからないが、ひどく腹を下して死にかけたことがあった。きのこが命中して斃《たお》れたやつも見たことがある。それでも、雪が降っていよいよ食えなくなると、杉だろうがクヌギだろうが、俺は構わず葉を齧《かじ》った。でも青くさいプラスチック袋を食っているような食感で、やがて齧ると吐き気を催すようになった。

沢にたどり着くと、俺は水をすくって飲んだ。氷みたいなその冷たさで、体のどこを水が通っているか正確にわかる。体温でぬるくなる前にすばやく吸収されて血に混じり体じゅうを駆けめぐっているような錯覚を覚える。流れがややよどんでいる箇所で、しばらく目を凝らして小魚を探したが、見つけられない。

俺は諦《あきら》めて、尾根に這い上がった。そして谷を見下ろしながら山を下っていく。誰とも出くわすことはなかったが、どこに潜んでいるかわかったものではないので、警戒は怠らない。

　高尾山に来たところは、都心の繁華街かと思うほど**俺**がひしめいていた。登山道はおろか、道を外れた雑木林にも**俺ら**がうろうろしていた。それはそれで緊張を強いられたが、あまりに人が多いと、牽制《けんせい》し合う力も働くのだろう。誰かがパニックを起こさない限り、いきなり削除合戦が始まることはなかった。**俺**の数はすっかり減ったとはいえ、今のように相手が見えないほうがよほど疲れる。

　小一時間かけて、かつてケーブルカーの発着駅だった清滝駅のあたりに出る。ケーブルカーはもはや運行していない。いつから放置されたのか、俺はもう覚えていない。設備の荒廃ぶりを見るに、だいぶ長い時間が経《た》っているような気もする。

　ケーブルカーだけではない。都心に出るための京王線高尾山口駅も、廃墟《はいきょ》と化している。俺が漠然と覚えているのは、まるで通勤ラッシュのように芋洗い状態の電車でここまで到達したときのことだ。すでに車内では削除が始まっていたから、到着するなり**俺ら**ははじけるように電車から走り出た。その先頭を走っていたのは、運転士だった。駅員は誰もいなかった。都心から逃げだしてくる**俺ら**の大群を前に、とっくに職場を放棄したのだろう。電車が走らなくなるのは、時間の問題だった。俺は間に合ったと思った。が、山に入ってみて、すでにここには収まりきれないほどの**俺ら**が逃げ込んでいることを知った。

高尾山だけじゃなく、日本中いたるところへ**俺ら**は逃げだし、あらゆる仕事が投げだされていることを、情報通の**俺ら**は語っていた。こちらからは聞きもしないのに、教えてくる**俺ら**がいるのだ。鉄道もバスもストップし、物流は滞ってスーパーやコンビニも休業し、やがて電気もガスも止まり、テレビやラジオは放送が途絶え、新聞も発行されず、通信が機能しなくなって、情報通らも口をつぐんだ。社会は心肺停止した。

俺は来てからすぐに、食い物の確保に走った。別に他に先んじようとしたわけでなく、たんにその日の晩飯に困ったのだ。来る前は、金はあるから食料は現地で調達すればいいなどと、お気楽に考えていた。

駅同様、周辺の飲食店もその時点で営業をしていなかった。俺は夜中にそんな店舗の一つに強引に忍び込み、食い物を盗んだ。そのときに塩とライターをゲットしておいたことだけは、我ながら先見の明があったと評価してもいいだろう。

食料を持って逃げてきた連中の食い物が尽きたころが、本格的な修羅場の始まりだった。略奪は熾烈《しれつ》をきわめ、**俺ら**同士は食い物のために削除をしあうようになった。もはや牽制の力など、働かなかった。毎日が、文字どおり、食うか食われるかだった。

それでも山を去らなかったのは、よそへ行っても同じだと想像がついたからだ。食い物がありそうだと思って都心部へ戻ろうものなら、ここ以上の地獄が待っていただろう。

　削除に次ぐ削除を繰り返し、気がついたら**俺ら**は激減していた。今では、足跡や食物を取った形跡を目にすることはあっても、姿を見かけるのは何日かに一人ぐらいだ。

　そんな削除の嵐《あらし》の中で自分が生き残ったと言えるのかどうか、俺にはよくわからない。俺は誰かを刺した記憶があるが、一方で、一回刺され、一回突き落とされて何か重くて硬い物に頭をぶち割られ、一回大量の足で圧迫された気もするのだ。いつ、どんな**俺**を相手に、どんな経緯で削除し合ったのかは、まるで覚えていない。ただ、この手や胸や頭部に、あのときの鋭くて冷たい痛み、あのときの無重力感、あのときの破裂するような衝撃、あのときの息の苦しさ、腕にかかった肉の重みとなま温かさが刻み込まれていて、ことあるごとによみがえるのだ。その感覚が事実なら、俺は少なくとも三回は削除されたことになる。なのにここにいて、こうして飢えて、食い物を探している。俺がずっと同じ俺のままなのか、俺には自信がない。同じ俺じゃなかったとしたら、じゃあ何なのか、それもわからない。**俺ら**は全員、同じ**俺ら**なのだから、一人でも**俺**が生きている限り、**俺ら**の意識は全部生きているのかもしれない。

そんなことを、食い物を探している以外の時間、ねぐらに籠もって悶々《もんもん》と考え続けてばかりいて、俺は頭がおかしくなりそうだった。それでもう、**俺**のことを考えるのはやめた。俺にはとても全体を見渡すことなんてできないのだ。ただただ、目の前にある問題をしのぐことで精一杯なのだ。つまり、食い物をどうするか。

俺は空っぽの店を一軒一軒、慎重にのぞいていく。あらゆる食物はすでに略奪されているとわかっていながら確かめるのは、新たな食い物が転がっていないとも限らないからだ。

だが何もなかった。いつもと同じだった。それなのに、腰が崩壊していくような絶望を感じた。もう無理だと思った。これ以上、食い物を探す気力は残っていない。

俺は最後にのぞいた蕎麦《そば》屋らしき店の厨房《ちゅうぼう》でへたり込んだ。ここで終わろう。そう思うと、絶望が和らいだ。緊張と凍えでかちかちに固まっていた体が、柔らかくなった。意識までとろけてくる。俺は心地よい睡魔に身を任せ、うつらうつらし始める。危険は承知だ。こんなに人の来やすい場所で寝たら、あっけなく削除される。でもそれで終わりならそれでいい。でもそれは終わりじゃないこともわかっている。なるようになれだ。

店舗の戸口で激しい物音がして、俺は飛び起きた。手は自動的にナイフを握っている。俺は用心しながら、音のほうへ歩いた。何かを引っ掻《か》く音に変わっている。

戸口には、見知らぬ**俺**がうつ伏せに倒れていた。もはや動かず、音も立てない。俺は近くの椅子《いす》を引き寄せ、椅子の脚でそいつの頭をしたたかに打ってみた。

反応はない。死んだふりをしているのでもなさそうだ。俺は警戒を解かずに、倒れた体の脇《わき》にかがんだ。ナイフの先端で首をつつく。そうしながら、左手で首の脈を探る。脈はない。ナイフの刃を鼻の下にあてがう。刃は曇らない。手首の脈も取ってみるが、動いていない。確かに事切れているようだ。

俺はそいつの体を奥へ引きずり、入り口の扉を閉めた。引きずった血の跡が、床にべったりと付く。体を仰向《あおむ》けに裏返すと、腹のあたりが一面、血だらけだった。**俺**にやられて何とか逃げおおせたものの、傷は深く、ついにくたばったのだろう。

俺は深呼吸を繰り返して、興奮を静めた。涙がにじんでくる。天の思《おぼ》し召しだ。運命が味方してくれたのだ。偶然のはずなのに、何かの意思が働いている気がして、その何かに俺は感謝の祈りを捧《ささ》げたい気分だった。それで、横たわる**俺**のまぶたを閉じてやり、その体に向かって頭《こうべ》を垂れ、合掌し、黙禱《もくとう》した。

モモの肉からいくか、と独り言をつぶやき、俺は**俺**のズボンを脱がせた。その体は、先ほど脈を取ったときよりもだいぶ冷たくなっている。食器棚から大きな皿を出し、肉を炙《あぶ》るためにコンロの上に燃えるものを集め、いつも持ち歩いているライターで火をつける。

いよいよ、肉を切り取ろうというときだった。再び、戸口の開く音がした。俺は舌打ちした。食い物の気配を嗅《か》ぎつけやがったな、と思った。戸口の前には、俺とこいつの二人が入った跡が付いているのだから、狙《ねら》われるかもしれないことは承知だった。だから俺としては、迅速に作業を進めたつもりだった。肉を炙ったにおいも煙もまだ出ていないのに、早すぎる。

俺は椅子を盾として体を覆うように構え、右手のナイフをいつでも突きだせる格好で、厨房から出た。やはりナイフを構えた**俺**が、戸口から少し入ったところに立っている。そのナイフと手は、血にまみれている。

俺を見てかすかに動揺する。そいつはちらりと厨房に目をやった。木や紙の焼けるにおいが漂ってくる。

「死んだか」とその**俺**は言った。

「死んだよ」と俺は答えた。やつは俺を黙って見続ける。その目は、俺が仕留めた食いぶちなんだからな、と主張している。俺は、そんなこたあ俺に関係ねえ、という目つきで見返す。

二人は牽制し合いながら、同じ計算を働かせているはずだった。最後は互いの削除に行き着くほかないのだ。ここで自分が相手を削除できれば、すでに死んでいるやつと合わせて二体の肉のストックができる。二体あれば、うまくすればひと月はもつだろう。そのころには雪も溶けてくるかもしれない。

いつだって、肉の奪い合いに勝てば、一石何鳥にもなるのだ。ただ、リスクも大きい。それでも今の**俺ら**には、それ以外にまともな食い物を調達できる当てはなかった。今、山を彷徨っている**俺ら**は皆、そうやって生き延びてきたはずなのだ。とにかく目の前にある肉を食う。それだけが生きる原理で、それ以外のことを考えた者は、何も食えなくなってそのうち飢え死にして、**俺ら**の餌食《えじき》になるしかない。

「帰れ」と俺は言った。

「あれを返してくれれば、おまえには何もしないで帰るよ」とそいつは厨房の奥を見た。

「手ぶらで帰れ」

「悪いけど、おまえは俺に勝てない。俺は警察学校で合気道の教師だった」

俺はその言葉を確かめるため、左手に構えていた椅子を思いきり相手に投げつけた。

やつは身をひねって椅子をかわしただけでなく、俺との間合いを一瞬にして詰めてきた。俺もそれを見越していたので、椅子を投げ終わると同時に厨房へ駆け込み、コンロの上の火種から火のついた棒きれを抜き取った。だが、かなわないと悟っていた。俺は餌食となるだろう。

俺「わかった。じゃあこうしよう。あれをシェアするんだ。すっかり返しちまったら、どうせ俺はくたばって、おまえに食われるだけだ。それなら俺はここで勝負つけるほうを選ぶ。そうじゃなくて、シェアすれば、俺ら二人ともまだ終わらないでいられる」

俺の口からはよどみなく言葉が流れ出た。言っている自分が、その言葉を信じ始めた。

俺　シェア、いいじゃないか！　何で今までこういう考え方ができなかったんだろう。どうして、相手を倒さなきゃいけないと思い込んでたんだろう。シェア、イケてるじゃないか！

やつは探るように俺を見つめていた。俺の内心は、素直に顔に表れていたのだろう。やつは決意を固め、「よし、乗ろう」と言って、ナイフをポケットにしまった。俺も火を戻す。

信用してもらえたことが、単純に嬉《うれ》しかった。俺もやつを信用していることを示したくて、あえて無防備に背中を向け、抜け殻の**俺**の脇にかがみ、作業を始める。やつは厨房に入ってきて、「火はこれでもう大丈夫なのか？」と俺に聞いた。俺は振り返ってやつを見上げ、「好きな加減に焼いてくれ」と言って、食べる部分を差しだす。

二人がこれから食べる量を切り分け終わると、俺は立ち上り、焼くことに熱中しているやつの首すじを見た。有機物の焦《こ》げるにおいと煙が、厨房の中に充満してきている。

「換気したほうがよくね？　入り口の扉、ちょっと切ってくる」と俺は言った。

「他の連中を呼び寄せるようなもんだぞ」とやつは難色を示した。

「でも、このままじゃ俺らがぶっ倒れちまう」

「仕方ねえな。ほんの少しだけな」

俺は戸口に歩いたつもりだった。なのに、俺が俺を裏切っていた。俺は、作業に使ってまだ手に持ったままのナイフで、やつの首に背後から斬《き》りつけようとした。だが、やつは寸前で振り返るや、俺の手首を取ってねじり、ナイフを叩《たた》き落とし、「騙《だま》しやがって」と憎悪《ぞうお》むきだしに言うと、俺を調理台の上に押しつけ、万力のような力で首を絞めあげた。

気道は完全に塞《ふさ》がれていた。息を吐くことも吸うこともできない。俺は音一つ立てられないまま、口をぱくぱくさせた。

またあの同じ苦しさを味わっていた。無数の**俺**にのしかかられ、圧迫され、息を吸うことも吐くこともできず、自分ののどを吸うようにして息絶えたことがあった。あの苦しみがよみがえり、今の苦しみと重なり、性懲《しょうこ》りもなく繰り返していることが悲しくなり、それもこれも裏切った自分のせいだと己《おのれ》を軽蔑《けいべつ》し、死んで当然だと嗤《わら》って、今ひとたび息絶えた。

気がついたら俺は食われていた。俺は分けられ、炙られ、食われていた。ひええ、あの野郎、俺を完全には削除しきれてないのに食い始めたのか、俺は生き食いされてるのか、とのけぞったが、そうではなかった。俺はすっかり事切れていた。何をされても、何も感じない。やつに「うまいか？」と話しかけても、声にはならないし、やつにも聞こえていない。ただ、俺の意識だけが宙に浮いている。

聞こえなくても俺はやつに対し、「すまなかった」と謝った。許してもらえるなら、もう一度だけ、信用してほしかった。だが、そんなことがあり得ないことは、俺も承知していた。だからやつは俺を食っているのだ。裏切られたことへの復讐《ふくしゅう》をしたくて、すでに焼かれた別の**俺**の肉があるのに、あえてこの俺を解体して食いちぎっている。死んだ俺を侮辱したくて、食っている。見下げているから、食う。

ああ、結局、こうなのだ。俺も実のところ、こうして**俺**を食い続けてきたのだと、今ならわかる。

要するに、**俺**を馬鹿《ばか》にしているから、食えたのだ。こんな下等な連中とは違う、と思っているから、その肉を食べることができた。でも実際には食ってるのは自分の肉なのだから、下等なのは俺自身だということになる。肉を食っちまうようなくだらない自分を食う自分は、さらにくだらなくなって、食えば食うほど俺自身の価値は落ちていって、クズ同然になる。クズを軽蔑すればするほど、俺は違うと証明したくて、自分を削除しては、また食っちまう。

悪循環だった。自分を貶《おとし》めている限り、この循環は止まらない。にもかかわらず、俺は自分を蔑《さげす》むほかないような卑劣な行為に及んでしまう。俺を信用してくれたやつを、あんなふうに情けなく裏切っちまう。

食ってくれ、と俺は思った。食い尽くして、骨は動物に齧《かじ》らせて、俺なんか跡形もなくしてくれ。せめて、栄養分としてだけでも役に立てるなら、俺はありがたいと思わなくちゃいけない。俺を食って、生きながらえてくれ。俺が命の足しになるなら、それで十分だ。

　しかし待てよ、と俺は胸のざわめきを感じた。十分どころじゃない、こんなにまで俺が誰かの役に立ったことなんて、いまだかつてあったか？　俺は切実に求められていて、しかもそれに完璧《かんぺき》に応《こた》えている。俺は今、俺史上最高に輝いてるんじゃないか？

　俺の中で、誇りの感情がはちきれんばかりに膨れあがった。俺はとてつもない充実を感じていた。

　そうなのだ、俺は今、人の役に立っている！　仕返しだろうが何だろうが、俺はやつが生きるために必要な栄養分だ。俺は今、心から必要とされている！　俺には意味がある！

　俺はもう死んでいたが、このとき初めて、「生きていてよかった」と感じた。自分が生きていたことに価値があったのだ、と思えた。食われていることが快感だった。歓《よろこ》びが、失われた体の中を駆けめぐる。血が沸き立ち、躍っている。死んでいるけれど、鼓動が、脳波が、瞬《まばた》きが、体の刻むあらゆるリズムが、音楽を奏《かな》でている。食べてくれてありがとう！　俺はやつに感謝していた。俺は今幸せだよ！　絶叫していた。甘美な涙まで流れてくる。

やつは険しい表情で俺の肉に齧《かぶ》りつき、よく咀嚼《そしゃく》し、飲み込む。そしてまた齧《かじ》り、嚼《か》み、飲み込む。合間に、大きなげっぷをする。これまで放っておかれていた胃が、急に働き始めたために、妙な音を立てる。

「あんまり食い過ぎると、拒否反応が起きちまうな」とやつは独りごとを言う。「それで食べるのをやめ、一部分がなくなっている二体の**俺**を眺める。「干し肉にするしかないな」と言って、保存用に薄く刻み始める。

俺はまた幸せを味わった。俺はまだまだ、役に立ち続けるのだ。

ああ、どれほど、この感覚を俺は求めていたことだろう。俺が飢えていたのは、食い物なんかじゃなく、自分が必要とされているという感覚だった。俺を必要としているのは**俺**自身だけど、構わない。いや、むしろ**俺**であることが重要だ。なぜなら、俺が自分の価値を認めていることになるからだ。俺は今、自分が大事なのだ。自分は評価に値すると、信じられるのだ！

手応えがあった。底を打ったのだ。悪循環は、逆回転し始めている。俺はうまく回り始めている。

それなのに。俺はにわかに気づく。それなのに、俺はもう死んでいる。いくら事態が好転したって、もう何もできない。ヌケ作のヌカ喜びにすぎない。

遅すぎたのだ。削除されてからわかったところで、手遅れなのだ。何と愚かな。

無念だった。俺は歯ぎしりをし、うめいた。

俺が食ってきたたくさんの**俺ら**も、こんな気持ちで食われていったのだろうか。人生で初めて役に立っていると充実を感じ、その歓喜を、食っている**俺**に伝えたいと思い、でもそれはもう叶《かな》わないと気づき、行き場のない無念を抱えて、食われて消えたのだろうか。

だとしたら、俺は大量の無念を食ってきたことになる。無念の思いは、俺の肉となって蓄積されている。

ああ、**俺**よ、今俺の肉を食っている**俺**よ。願わくば、この濃縮された無念の味に気づいてくれ。そして、**俺ら**は誰かの役に立つことができる意味のある存在なのだと、食われる前に目覚めてくれ。


俺の思いが強烈だったせいだろうか。俺は干し肉用に切り終えても、まだ無念の思いを抱えて涙ぐんでいた。取り返しがつかない、それもこれも自分の裏切りのせいだ、と後悔していた。そして、死んだ**俺ら**のシャツで肉をくるみ、ボロ切れでナイフをぬぐい、椅子《いす》に座り込んで放心したとき、俺は腰を始め節々が痛いことに気がついた。

おや、俺は痛んでるよ。何も感じなかったはずなのに、痛んでいる。俺は「俺は痛んでいる」と声に出して言ってみた。俺の声は、厨房《ちゅうぼう》の中でかすかに反響して聞こえた。俺はテーブルを叩いてみた。ごん、と音が鳴る。埃《ほこり》を吹けば舞い上がる。つまり、俺は生きていた。でも、この歓びが伝えられないという無念を感じてもいる。それだけじゃない、今日、立て続けに二人を削除したときの感触まで、しっかりとこの手が覚えている。

奇跡が起きたらしかった。今まで**俺**を食ってきて、こんなことは初めてだった。俺は食っていたはずなのに、食われた俺になっていた。いや、逆かもしれない。食われていた俺が、食った俺になったのだ。

どっちでもいい。俺にはもう区別がつかない。俺の人格が二つになったわけでもなければ、どちらかに偏《かたよ》ったわけでもない。とにかく、食った俺は、食われた俺の歓喜と無念を体で知っていた。食う前の、復讐心にまみれた憎しみは、すっかり溶けてしまった。

じわじわと俺の体を歓びが浸していき、無念は薄らいでいく。幸福感が手足や耳や頭のすみずみまでを満たし、やんわりと痺《しび》れるような快感が広がる。気持ちは穏やかで、どこか少し高いところから俺と俺のいる場所全体を見渡しているような気分である。そこは日に照らされ、柔らかい風が吹いていた。風の中には暖かい空気が含まれている。南風だった。雪の表面が溶けて、帯状に光を反射している。

俺はもう、**俺**を削除する気が失《う》せている。おそらく、自分から相手を削除することは、二度とないだろう。

想像のうちでまた、雪の溶けた山を俯瞰《ふかん》する。斜面では**俺ら**が何人も土をいじっている。**俺ら**は食う物を、自分たちで作ることができるはずだ。なぜなら、俺は今、**俺**を信用しているので、共同作業ができるから。

俺らが削除しあってきたのは、自分を信用できなかったからだ。だから、一緒に何かをすることさえできなかった。たとえ表面的に協働したところで、結局は裏切ることを繰り返してきた。それで**俺ら**はなおさら自分を避けるようになった。

でも、これからはできるという予感がある。俺が自分を好きで必要だと感じている今なら。

俺は残った骨を集め、調理台に載せ、火を放った。さらに、店舗の中のあちこちにも火を移した。そして外に出た。俺は少し山のほうに入って、雪の中に荷物を隠し、木陰に身を潜め、離れたところから店が燃えるのを見守った。

火と煙につられて、山から**俺ら**が現れてくるだろう、と俺はもくろんでいた。そこでこの肉を分け合い、俺が感じているこの充実を伝えるのだ。賭《かけ》だった。俺の内面は伝わらないかもしれない。そうなれば、ストックの食い物は奪われ、俺は削除され、食い尽くされるだろう。でも、今なら伝わる気もしている。**俺ら**はみんな、削除し合い食い合うことに疲れ切っている。本当は誰かに止めてほしいはずなのだ。

分けた肉を食い終わっても削除が起こらなければ、今度は、京王線の朽ちた駅舎内でみんなが寝ることを提唱する。何事も起こらずに一晩を過ごせれば、**俺ら**は一緒に生活できるという証明になるだろう。共同での食い物作りも、そこから始まる。

俺は具体的に、高尾山の南斜面でホウレンソウや豚を育ててみよう、などと空想した。**俺ら**が集まって畝《うね》を耕したり雑草を抜いたりしている場面も思い浮かべた。それらのイメージの力で、俺はひるまないよう自信を高める。

その気分に影が差してきたのは、火の勢いが弱まってきたころだった。二時間ぐらいはたっていただろうか。日も斜めに傾き、光は少しオレンジがかってきている。それなのに、**俺**は誰一人、現れなかった。俺は目をこらして周囲を観察し続けていたが、木陰や物陰にも気配すらなかった。

西の空がはっきりと赤みを帯びてくる。火はほとんど消え、燃えさしの内部で炭火のように赤黒く輝いている。俺は木陰を出て燃える家に寄り、焼けぼっくいに雪をかけていく。雪の溶ける音が、ジュッ、ジュッ、プシュー、プシューと小気味よくあがる。煙とともに水蒸気が立ち昇る。そこに夕日が映え、ピンク色の霧になる。山の落日は早いから、急がないと暗くなる。

調理台のあったところには、焼けた骨が転がっていた。火葬場で焼くほど細かくはなく、骨らしい形を残したまま、表面が粉を吹いたように白くなっている。雪をかけて冷ますと、俺は用意してあったシャツを広げ、骨を集めて包んだ。それから適当な棒杭《ぼうくい》を拾い、焼け跡の地面を掘り始める。誰か俺を見て寄ってきてくれ、と願いながら掘る。思いつく限りの歌を大声で歌う。それでも、誰も現れない。ただカラスが数羽、降りてきただけだった。

穴ができあがったら、骨をシャツに包んだまま納める。そして埋め戻し、動物が掘り返さないよう足でよく踏み固め、壊れた瀬戸物の破片を小さく積み上げ、穴の脇《わき》に棒杭を深く突き刺す。

すでに黄昏時《たそがれどき》だった。**俺**が寄ってきてもわからないほどの薄暗さだった。俺は瀬戸物の小塔に向かって頭《こうべ》を垂れ、目をつむり、胸の内で、俺はこのことを覚えているからな、忘れないからな、と独りごちる。

それから周囲を見回す。電気も火もない山の麓《ふもと》は、蒼《あお》い沼に沈んだようである。俺は、自分を統合していたたがが外れ、ばらばらになり、それぞれのパーツが好き勝手に暴れだしそうな気がした。

実際、俺の口は勝手に絶叫していた。言葉にならない、吼《ほ》え声だった。何度も喚《わめ》いた。さもないと正気が保てなかった。恐怖が、夜の冷え込みよりも猛スピードで体の芯《しん》を侵していく。

俺は一人なのだ、ここにいるのは俺一人なのだ、俺だけしかいないのだ、みんな削除され尽くしたのだ、俺が今日削除した二人、あれが最後の二人だったのだ！

自分だけしかいないという絶対的な認識が、俺を波状攻撃で襲う。他の可能性があり得ることを考えようとしても、この真実の前でははじき飛ばされてしまう。隠れているだけじゃないか。動けないほど弱っているだけだ。俺が寝たら襲おうと待っているのだ。いや、みんな山を捨て街に戻ったのだ。

だが、そうじゃないことは、わかっている。何しろ、**俺ら**は全員が自分なのだ、**俺ら**のことは他ならぬこの俺が一番わかっている。**俺ら**は、必ず自分に反応する。反応がないのは、いないからだ。

いつかこの現実がやって来ることは予測できたはずなのに、**俺ら**は目を背けてきた。

無数の種類の恐怖に囲まれて、**俺ら**は自分の殻に閉じこもるように、ひたすら目の前の食い物を獲《と》ることに没頭した。この先がどうなるかを考えずに、自分を食い続けてきた。

　またしても、忘れてきたせいだった。

　自分だけが残っているという事実を、今すぐ消したかった。自分を削除して自分を食っちまいたかった。さもなければ、恐怖のあまり脳が壊れてしまえばいい。

俺

日は山並みの向こうに沈みきり、猛烈な冷え込みが足もとから這《は》い上がってくる。このまま動かずに終わりたい欲望を、体に残っている歓びの感覚が妨げる。俺は完膚無きまでに打ちのめされているのに、自分がまだ諦《あきら》めていないことを知り、驚いた。

俺

それで、ずっしりと重い肉の束を背負いながら、自分のねぐらへと戻った。

眠れないかと思ったが、ねぐらで丸まったとたん、俺は眠りの穴に転がり落ちていった。陰惨な悪夢の連続だったが、朝の光で目覚めてみたらすべて忘れていた。

日は山の稜線《りょうせん》に姿を現していた。昨日の恐怖は少し和らいでいた。でも直視したら、また捕らえられそうだった。

昨晩、寝る前に塩を揉《も》み込み木の枝につるしておいた肉をチェックする。よい感じにフリーズドライ化しつつある。今日一日、このまま陰干しをしておけば、まともな干し肉ができあがるだろう。鳥に食われたら食われたで仕方ない。俺は肉を三枚ほど口に入れ、よく噛《か》んで飲み込む。

それから俺は、**俺**を捜して山を歩いた。「誰かいないかあ」「食い物あるよお」と声を響かせながら、山じゅうを歩き回った。だが、何の反応もなかった。行き倒れた**俺**も見つからない。たまに、壊れた靴の片方や破れたシャツや骨なんかが、落ちているだけだった。

太陽が南中したころ、ねぐらへ戻った。肉は奪われてない。日だまりで寝転がりながら、俺は高尾山を出る決意を固めた。明日には干し肉を携えて、街へ降りてみよう。誰もいないかもしれない。だが、この世で生きているのが俺だけだとも思えない。

どれほどの時間、高尾山で暮らしてきたのか、俺にはもうわからなかった。街がほぼ無人だろうとわかっていても、山を離れて人里に降りていくのは恐ろしかった。それで俺は日の出前の薄暗いうちに街に着くように、山を下りた。

半月が照らす青白い闇《やみ》の中、高尾山口駅から線路上を歩いていく。もう削除はしないと決意しているのに、ポケットにはナイフを忍ばせている。

トンネルに入るのは嫌だったので、途中で線路から外れて街道を歩いた。一時間ほどしか来ていないのに、すでに住宅街が広がっている。雪は山の中に比べると薄く、建物の北側に根雪がうっすらと残っている程度だ。電気が止まっているので、街頭にも家にも明かりは灯《とも》っていない。電柱の住所表示をライターの火で照らしてみると、「高尾町」と読み取れた。俺は適当なところで左に折れて横道に入った。

人気はまったくない。試しに俺は七軒ほど、ドアを開けてみた。うち六軒は鍵《かぎ》がかかってなかった。玄関は荒れていて、人の押し入った形跡がある。他にも、窓が破られていたり、まるで爆発物を仕掛けたみたいに一部が崩壊している家もある。

やがて小さな川にぶつかった。橋を探して渡る。対岸も住宅地だが、その裏にすぐ小山がのしかかっている。何となく、その小山を目指してしまう。

その丘を徘徊《はいかい》しているとき、夜が明け始めた。俺は疲れて、どこかの施設の玄関に腰をおろした。たちまち睡魔が襲ってくる。鳥の声だけがときおり響く。

仮眠を終えたときには、日が昇りつつあった。俺は太陽を見た。そして、そちらの方向に細い煙が一条、立ち昇っているのを発見したのである。

道路を挟んだ向こう側にもう一つ丘陵があり、煙はそこから上がっているようだった。俺は煙を目指した。

木々の間を抜けると、突然、土がむきだしの斜面に出た。切り株だらけだった。その切り口はギザギザで、新しい。明らかに素人《しろうと》が最近切ったものだ。切り株をよけるようにして、土が掘り返されている。土の中で凍った水分が霜柱を作り、朝日をきらきらと反射する。

俺は深く息を吸って、興奮を静めた。煙は近い。俺は空気を荒立てないように、ゆっくりと歩いた。

再び雑木林に入り、その林が薄くなった向こうに、煙の源が見えた。小屋の煙突から昇っている。そして、小屋の外には、女の**俺**が三人、体操をしている。

俺は自分が犯罪者のような気分になった。入っていったら直ちに引っ捕らえられるような気がした。俺はナイフをそこに捨てた。それから、背負っていた干し肉も下ろした。持っていたら犯罪の証拠になるような気がしたのだ。そして、両手を挙げて出て行こうとした。

だが、思いとどまった。自分を卑下してはいけないと思った。干し肉を捨てるのもいけないと感じた。またしても忘れて、なかったことにする態度だと思った。俺はこの肉を最後まで大切に食べる義務があると思った。それで再び背負い、でかい声で「おはようございまーす!」と叫んでから、歩き始めた。

女たちはギョッとして体操をやめ、こちらを見た。すぐに一人が誰かを呼んだ。煙の出ている小屋から、男が一人、女が一人、駆けだしてきた。
俺はゆっくりと歩き、「どーも、どーも。いやあ、大変でしたよ、ここまで来るの」などと、思いつく限りの言葉を大声でしゃべり続けた。

普通の声で話せる距離まで近づいたところで、俺は足を止めた。そして、まずは自己紹介しようと、「初めまして。俺、……」と言ったところで、自分の名前がわからないことに気づき、そのまま絶句した。

六人のうち、男二人が一歩、俺に歩み寄る。何かを言わなくてはと焦《あせ》り、「俺、ずっと高尾山にいて、でももう誰もいなくて」と言葉を絞りだしたら、頭も体も空っぽになってしまった。俺はただ声も出ないままに口をぱくぱく開いたり閉じたりしていたと思う。

男だけでなく六人全員が寄ってきて、俺はたちまち激しい恐怖に駆られ、回れ右をして逃げだそうとした。すぐに背後から「おはようございます！」と声が飛んできて、俺は振り返ろうとし、足がもつれて転んだ。**俺ら**みんなが手を差し延べる。誰かの手をつかんだ瞬間、それが柔らかくて温かくて、俺は時限爆弾のように何の前触れもなく突然号泣した。セーブする力も気もなく、俺は、うああん、うああん、と精一杯の声を張り上げて泣いていた。

俺は全部で十四人が暮らすその小さな集まりの一員に迎えられ、一緒に食い物を作っていくのだが、それはまた別の物語だ。

その集落が切り開いていたのは、何だか超有名人の墓だったところだそうだが、俺は知らなかった。知っていても忘れちまったのかもしれない。俺のように、逃げた先でひとりぼっちになって絶望して彷徨《さまよ》っていた連中が、少しずつ集まったのだった。

宇宙に自分だけしかいないというあの究極の独りを味わった**俺ら**は、もはや削除のできない身になっていた。そんな局面に遭遇しても、体が動かないのだ。

俺らは知識もない中で、懸命に食い物を作り、住むところを作り、生き残った**俺ら**を集めていった。そんな集落が、あちこちにできていた。集落同士の交流が始まれば、復興作業は一気に加速した。電気もガスも水道も通り、交通機関が走り、情報がめぐり、食べ物も流通する社会に戻るまで、ひとっ飛びだった。街の様相は、信じられないスピードで回復した。ただ、その街を歩く人の量は、とても少なかっただろう。

そうして気がつけば、**俺ら**は消えていた。誰もが**俺**ではなく、ただの自分になっていた。俺と他の人とは、違う人間だった。

そのことに気づいたとき、俺はそこはかとなく寂しかった。もう、誰かを自分のことのようにわかるということはないんだなあ、と感傷的になった。いや、と俺は考え直す。相手を自分のことのようにわかろうとし続けていれば、たまにはわかるのだ。その程度でいいのだ。すべて同じ自分であるがゆえに、自分が消えてしまうことのほうが、ずっと恐ろしかったはずじゃないか。

こんな具合に、俺らは復活することができた。だから、今こうして、おまえたちにも話していられるわけだ。

何で話すかというと、あの悪夢みたいな**俺俺**時代を覚えておいてほしいからだ。俺はもうジジイだから、頭も弱くなっちまって、具体的な出来事はよく覚えていない。でも何をしちまったかは、今でも体が覚えている。その、体が覚えていることを、おまえたちにも自分の感覚として覚えておいてほしいのだ。

時代が違うから俺たちには関係ない、なんて思っちゃいけない。これは他人事《ひとごと》じゃない。おまえたちが忘れたとたん、おまえたちもたちまち**俺俺**になっちまう。**俺俺**は、おまえたちが現在や昔を見ないようにして忘れちまうことを、こっそり待っている。だから、頼む、覚えておいてくれ。そして自分たちが誰だか、忘れないでくれ。

解説

中島岳志

私が私であるという現実は、一体何によって担保されているのだろうか。そもそも私とは何か。確かな私など存在するのか。私が私であることの根拠とは何なのか。

私はいつだって、裸の私ではない。両親にとっては子供であり、妻にとっては夫であり、子供にとっては親であり、会社では上司であり、部下である。私は無数の私を生きている。それぞれの場所で、それぞれの役割を演じながら生きている。

人は演じることで、トポスを獲得する。演じることは役割を獲得することだ。子としての私、父としての私、〇〇株式会社××部△△係長としての私、〇〇ちゃんと同級生の私……。自己は他者との関係性によって意味を持つ。出番のある場所。トポスは役割によって生成する。

しかし、人は不安になる。役を演じている自分は、本当の自分なのか。演じているということは、その外部に演じていない真実の自己が存在するのか。

ただ、私が私を演じなくなったとき、つまり私が私に還元されたとき、私のトポスは消える。私は、私としての場所を失う。なぜなら原子化した私は、私として自己完結するからだ。

役を演じるのは疲れる。演じることは、時折、キャラを自己に強いることになる。すると、自己が自己から遠ざかる。自己が自己を疎外《そがい》しはじめる。だから時折、役から降りなければならない。演じ続けると、人は疲弊する。

（中略）電源がオンになれば、プログラムで型どおりにしか動かず生身の俺など理解しない親という連中に関わらなければならないし、同僚と同僚らしくつきあわなければならないし、自分のキャラを立てる努力をしなくちゃならないし、自分を説明しなきゃならない。俺は絶えず俺でいなければならないのだ。生きている間じゅうずっとそんなことをしていたら気が狂うので、スイッチをオフにする必要がある。それで俺は一人の時間を大切にする。俺が俺をやめる時間に安らぐ。（81頁）

オンとオフ。

舞台から退き、楽屋で一服する瞬間。すべての地平が舞台化すると、人は「気が狂う」。舞台から飛び降りたいという衝動に駆られる。

（中略）俺は俺でいすぎた。「母」の息子の俺、母の息子の俺、**俺**ではない俺、俺ではない**俺**、**俺**としての俺、俺たち俺俺。俺でありすぎてしっちゃかめっちゃか、もう何が何だかわからない。電源オフだ、オフ。スイッチ切らないと壊れちまう。

（83頁）


スイッチを切った俺は、一体何者か。俺をやめた俺は、誰なのか。それが本当の俺なのか。

俺にとっての楽屋は「風呂《ふろ》」。俺を脱ぎ、俺から俺を解放する。

ぬるま湯につかりながら、人間の体の水分は七〇％だっけかな、八〇％だっけかな、と考える。七、八割が水の風船が人間なんだから、この皮を破ったら、俺の半分以上は水に溶けちまうわけだ。

俺は自分のへそを破る光景を思い浮かべる。へそから透明な汁が風呂の中に広がり出て、俺はゆっくりとしぼみ、しわしわになっていく。水の俺は湯に広がり、湯の温度を少しぬるくする。水に混じった俺のことを、もはや誰も俺だとは思わない。どこまでが俺でどこまでが水かなんて、誰にも区別はつかないのだ。俺はクラゲの気分でしばらく湯船にたゆたう。少しうたた寝もしたかもしれない。（103頁）

俺が溶け出す瞬間、俺は俺に回帰する。俺の輪郭はなくなり、俺の範囲が融解する。どこまでもが俺であり、俺は俺として識別されない。俺は俺から解放されることで、俺を失う。

俺を演じることに疲弊した時、自己のペルソナを取りたいという衝動に駆られる。しかし、自己はペルソナを取った自己をなかなか凝視できない。それはあまりにも赤裸々な自己だからだ。グロテスクな自己が露出する。向き合いたくない自己がそこにいる。目を背けたい。見ていられない。これは「拷問《ごうもん》」だ。

しかし、再びとめどない疑念が沸き起こる。その自己は本当に赤裸々な自己なのか。赤裸々な自己を演じている自己なのではないのか。裸の自己だと思いたい自己なのではないか。仮装された裸。裸を着た裸。延々の自己言及は旋回し続け、自己を解体する。玉ねぎをむき続けると、玉ねぎはなくなる。完全な私小説など、存在しえない。

＊

——人は演じることによって自己を獲得するのか。それとも、演じることをやめることで本当の自己に到達するのか。

この問い自体を解体してしまうのが現代社会だ。なぜならば、私たちは演じることの基盤を奪われた社会に生きているからである。

現代社会は、個に代替可能性を突きつける。派遣労働者は、固有の名前を除去され、「そこの派遣さん」と呼ばれる。「あなたの代わりなんて、いくらでもいるんだよ」「あなたじゃなくったって、Aさんでも、Bさんでも、Cさんでもいいんだよ」と言われ続ける。アイデンティティが氷解する。

一方で、社会も急速に流動化している。これまで自明だった家族や共同体が、解体している。どこにも属していない社会。誰でもない自己。一人暮らしの老人が、一日に他者と話す平均時間が、たった3分しかない社会。隣の家で起きていることが、外国のように遠い社会。

孤独死、幼児虐待《ぎゃくたい》、引きこもり……。半径数メートルの世界。演じる舞台の底が、あらかじめ抜けている。

では、人間が演劇性から解放された社会は存在するのか。役割を演じなくても、私が必要とされる社会は、どこかにあるのか。疎外から解放された社会など存在するのか。

＊

俺　——本当の自分を認めてほしい。一人にしないでほしい。つながっていたい。けど、演じたくない。

この欲望は、透明な世界への希求となって顕在化する。

俺　本当の自己と本当の他者がつながりあった世界をつくりたい。他者の苦しみから解放された世界が現前してほしい。そこは、どこからどこまでが自己で、どこからどこまでが他者なのか分からない世界。私の悲しみはあなたの悲しみで、私の喜びはあなたの喜びとなる世界。

ここに俺山が出現する。

（中略）「いやあ、んめぇ」と三人でハモった。似ている声がひとつに重なって、多重録音みたいに響く。俺らは顔を見合わせた。爆笑しそうだった。楽しくてたまらない。こんな珍妙な光景、他にあるか？　俺密度がこんなに高いのだ。普段は存在感の薄い地味な俺が、今はすごく濃いのだ。

「いやー、俺の純度、高いっすね」と学生が言った。

「俺も同じこと考えてた。なんか、酸素ルームにいるみたいだよね」と俺も同調する。

「俺もさ、人といてこんな気楽な気分、初めてだよ」と均は言ってビールをあおる。

「他人じゃないですからね。なにしろ、自分なんだから」

そうか、と俺は合点がいく。俺は人といるのに、オフなのだ。俺にならないでいていいのだ。（120頁）

声が一つになる。俺密度が高くなる。俺らは一体化することで、俺の濃度をあげる。気持ちがいい。心と心で繋《つな》がり合った関係。「人といるのに、オフ」。俺を演じなくても、他者と繋がり合える。透明な俺山が成立する。

もはや口に出さなくても、互いの考えや感情が、自分の心として理解できた。（136頁）

俺　外観を脱ぎ捨て、心のヴェールを剝《は》ぎ取り、一切の障壁を解き放った人間関係。透明な共同体。そこでは純粋な一般意思が常に仮想される。みんなが一つの思いに集約され、すべてが共有される。自己が他者に溶け込んだ状態。忘我の共同体。我《われ》と汝《なんじ》の境界がなくなるがゆえに、我の存在が絶対化する。いつも繫がり、いつも必要とされている。

俺　（中略）俺は熱烈に必要とされているのだ。替えはきかず、ほかならぬこの俺こそが必要とされているのだ。ここまで完璧《かんぺき》に人を理解し、求められている力を過不足なく与えられるなんて、初めての経験だった。この瞬間、俺と均は有意義な存在だった。生きている意味があった。たとえその相手が自分にすぎず、はたからは自己完結と映ろうとも、俺らにはかけがえのない瞬間だった。（164頁）

こうなると、俺は**俺たち**との完全一致を求める。すべてが**俺**に還元され、自己完結した世界に没入したくなる。もはや相対的な人間関係による演劇的な場所は、居場所でもなんでもない。これまで大切だった職場なんて、所詮《しょせん》よそよそしい場所だ。俺山こそがすべてを包んでくれる居場所。もう俺山に引き籠《こも》りたい。一歩も出たくない。

（中略）もはや俺は、たまに感情や欲求が一致するぐらいでは物足りない。**俺ら**同士、二十四時間完璧にシンクロしていたいのだ。均が望むなら三人だけでもいいから、いつでも喜怒哀楽を一致させ、考えることも同じで、まるで自分は一人の大きな自分の一部であるかのような感覚に浸っていたかった。そうである限り、**俺ら**は常に互いのために存在していることになるからだ。（167頁）

これこそ全体主義的幻惑だ。私と全体が等記号で結ばれた歓喜の世界が開かれる。一糸乱れぬマスゲーム。同じ制服。同じ動き。そして同じ表情。個の区別が出来なくなったとき、全体主義は完結する。自己は全体と一致する。

俺の頭に、鰯《いわし》のイメージが浮かんでくる。自在に海を泳いでいるようでいて、じつは俺はまわりの鰯に合わせて体を動かしているだけなのだ。誰かリーダーの鰯が動きを決めているわけではない。すべての鰯がまわりに倣《なら》うだけで、全体としては雲のように膨らんだり縮んだり横へ流れたりひたすら遠くへ泳いでいったりする。そこには意思はない。外れたら食われる。だから俺は周囲の鰯に遅れないよう、きびきびと動く。前後左右上下、どこを見ても同じ鰯鰯鰯。そのうち、どの鰯が自分かわからなくなる。自分がそこにいるのかどうかも、わからなくなる。（195頁）

俺俺＝鰯鰯鰯。

オフのときに湯船に溶け出した俺と鰯鰯鰯の俺は、同じだ。もはやそこに個別的な意思は存在しない。全体と自己の区別がつかず、不在の自己が現前する。

一糸乱れぬ群れ。すべてが同じ姿。液状化した自己。

ここでは一体化に同調しない異質な存在は、許容されない。なぜなら、そんな異分子こそ、透明な共同体の破壊者だからだ。そいつのせいで、疎外が生み出される。そいつがいるから他者から切り離され、孤独が起動する。他者の苦しみが発生する。

均一。均質。同質。

そこから外れる人間への敵意。

しかし、ここで発生する暴力は、ある時、一転して同質的他者へと向けられる。なぜならば、液化した社会の中では、「自己がいなくなる恐怖」に怯《おび》えはじめるからだ。すべてが同じであることは、自己の消滅を意味する。他者と一体化した社会では、他者がいないのと同時に、自己もいない。俺が**俺**になったとき、俺は消える。「俺を鰯の感覚がめまいのように襲う」（199頁）

俺は立ち止まる。ちょっと待ってくれ。なんで、お前のようなくだらない人間が、**俺**なんだ。なんでお前が、俺と同化することで、俺を消そうとするんだ。俺は消えたくない。俺はお前なんかといっしょにされたくない。お前とは違うんだ。

（中略）何でこの俺が、虫みたいな**俺**の大群のためにこんなに追い詰められなきゃならねえんだよ。冗談じゃねえよ。わらわらとしつこく湧《わ》いて来やがって。俺のふりしやがって。俺の真似《まね》しやがって。人の真似ばっかりでろくに独り立ちもできねえハンパもんのくせしやがって。俺はてめえらとは違うっつうの。こんなんじゃねえよ。こんな二束三文の、大量生産の出来損ないとは違げえよ。てめえらみたいな規格落ちが無数に出てくるから、俺の価値まで落ちるんだ。一緒にされるのはもうゴメンだ。もう我慢しない。もう許さねえ。全部壊してやる。全部つぶしてやる。（204頁）

俺　俺

こうして全体主義社会は、一転して破《は》綻《たん》を迎える。人々は全体主義に耐えられない。それは、人は自己であることの欲望から、永遠に解き放たれないからだ。透明な共同体では、俺は有象無象の**俺ども**に回収される。くだらないあいつらも**俺**。どうしようもないあいつも、**俺**の姿なのだ。

俺は**俺**であることに耐えられなくなる。それは同一化の恐怖と共に、客体化された醜悪な俺を主体的な**俺**として生きる恐怖でもある。もう見ないことにはできない。グロテスクな自分を直視し続け、なおかつその**俺**を生きなければならない。人のせいになんてできない。「あいつに問題がある」と、他者を切り離すことはできない。その非難と嘲笑《ちょうしょう》の対象は、自分自身なのだから。この世界はキツい。ユートピアは、ユートピアであるがゆえに悪夢と化す。他者が自己化する世界には、固有のトポスが存在しない。なぜならば、すべての場所が差異化を拒絶された均質の空間だからだ。

やってられない。こんな世界は、もう破壊したい。クズは早く「削除」したい。目《め》障《ざわ》りだ。見たくない。「殺す」という言葉さえ、使いたくない。それは生々しい人間として、存在自体を認めることになるからだ。手触りを除去したい。

（中略）爆薬でも毒薬でもいいから、いっぺんにこの**俺ども**を殲滅《せんめつ》させてやったら、どんなにクリアになるだろう。こいつらがのさばっているから、俺も巻き込まれるんだ。俺と**俺ども**がごっちゃになるんだ。それで俺の居場所がなくなるんだ。（222頁）

しかし、その「削除」の対象は、否応《いやおう》なく俺に向けられる。だって**俺**は俺だから。目の前のクズは、俺の姿でもあるから。ここで他殺＝自殺という関係が生れる。**俺**を「削除」することと、俺を「削除」することが重なり合う。

こうなってくると、わかり合えない他者と、わかり合おうと言葉を交わした世界が懐かしくなる。時に疎外感《そがいかん》を味わい、時につながりを感じたあの日常。自分と異なる他者がいてほしい。

結局、暴力的破綻の後に、人々は凡庸な日常を抱きしめ、また役割を演じはじめる道を生きて行く。不完全な世界に回帰し、不完全な自己を生きて行く。不安と共に訪れる安堵《あんど》を抱きしめて。

俺　俺

（中略）誰もが俺ではなく、ただの自分になっていた。俺と他の人とは、違う人間だった。

そのことに気づいたとき、俺はそこはかとなく寂しかった。もう、誰かを自分のことのようにわかるということはないんだなあ、と感傷的になった。いや、と俺は考え直す。相手を自分のことのようにわかろうとし続けていれば、たまにはわかるのだ。その程度でいいのだ。すべて同じ自分であるがゆえに、自分が消えてしまうことのほうが、ずっと恐ろしかったはずじゃないか。

こんな具合に、俺らは復活することができた。（326頁）

他者を自分のように感じることはできない。自分も他者に感じてもらえない。疎外は永続する。しかし、そこには俺が存在する。他者との関係性の中で、トポスを獲得しようとする自己が存在する。俺はいない。

人間は完結しない。クライマックスなど、永遠に来ない。けれども、それでいいじゃないか。儘《まま》ならない他者に囲まれ、喜怒哀楽を発露しながら、少しずつ合意できることを分有していけばいいじゃないか。

世界は、最終的に凡庸な結論に落ち着く。しかし、この凡庸こそが非凡なのだ。

*

『俺俺』が出版されたのは、2010年6月30日。

その約1か月後の、同年7月29日。東京地方裁判所104号法廷の証言台に立った男は、次のように語った。

「例えば、自分の家に帰ると、自分とそっくりな人がいて自分として生活している。家族もそれに気付かない。そこに私が帰宅して、家族からは私がニセ者と扱われてしまうような状態です。」

小柄な青年の名前は加藤智大《ともひろ》。秋葉原《あきはばら》無差別殺傷事件の犯人だ。

彼は事件を起こした原因として、ネット掲示板に現れた「なりすまし」の存在を挙げた。彼は自分になりすまして書き込みを続ける他者に、自己を奪われたと感じた。彼にとって、掲示板は居場所だった。しかし、そこに「なりすまし」が現れ、自己を乗っ取った。どうしても許せなかった。激しい怒りは、激しい暴力衝動に直結した。

加藤は、疎外から解放されたかった。誰かと心と心で繋《つな》がり合いたかった。惨《みじ》めな自分を、根源的に承認してほしかった。

彼はその関係をネットに求めたが、「なりすまし」によって自他の区別がつかなくなり、自己が氷解した。加藤は言った。「自分が掲示板上で存在しなくなる。自分とそれ以外の境界があいまいになりました」。

＊

俺俺は遍在している。フィクションは、リアルを超えたリアルに肉薄する。ここに文学が存在する。

『俺俺』は現代の傑作だ。

同じ時代に、星野智幸という作家が存在する喜びを、私は静かに噛《か》みしめている。


（平成二十五年二月、北海道大学准教授）

この作品は平成二十二年六月、新潮社より刊行された。

大江健三郎著
個人的な体験
新潮社文学賞受賞
奇形に生れたわが子の死を願う青年の魂の遍歴と、絶望と背徳の日々。狂気の淵に瀕した現代人に再生の希望はあるのか？　力作長編。

大江健三郎著
同時代ゲーム
四国の山奥に創建された《村＝国家＝小宇宙》が、大日本帝国と全面戦争に突入した!?　特異な構想力が産んだ現代文学の収穫。

大江健三郎著
美しいアナベル・リイ
永遠の少女への憧れを、映画製作の夢にのせて――「おかしな老人」たちの破天荒な目論見の果ては？　不敵なる大江版「ロリータ」。

角田光代著
しあわせのねだん
私たちはお金を使うとき、べつのものも確実に手に入れている。家計簿名人のカクタさんがサイフの中身を大公開してお金の謎に迫る。

角田光代著
予定日はジミー・ペイジ
妊娠したのに、うれしくない。私って、母性欠落？　運命の日はジミー・ペイジの誕生日。だめ妊婦かもしれない〈私〉のマタニティ小説。

角田光代著
くまちゃん
この人は私の人生を変えてくれる？　ふる／ふられるでつながった男女の輪に、恋の理想と現実を描く共感度満点の「ふられ小説」。

中村文則著
土の中の子供
芥川賞受賞
親から捨てられ、殴る蹴るの暴行を受け続けた少年。彼の脳裏には土に埋められた記憶が焼き付いていた。新世代の芥川賞受賞作！

中村文則著
遮光
野間文芸新人賞受賞
黒ビニールに包まれた謎の瓶。私は「恋人」と片時も離れたくはなかった。純愛か、狂気か？　芥川賞・大江賞受賞作家の衝撃の物語。

中村文則著
悪意の手記
いつまでも絡みつく、殺人の感触。人はなぜ人を殺してはいけないのか。若き芥川賞・大江健三郎賞受賞作家が挑む衝撃の問題作。

川上弘美著
古道具中野商店
てのひらのぬくみを宿すなつかしい品々。小さな古道具店を舞台に、年の離れた4人のもどかしい恋と幸福な日常をえがく傑作長編。

川上弘美著
ざらざら
不倫、年の差、異性同性その間。いろんな人に訪れて、軽く無茶をさせ消える恋の不思議。おかしみと愛おしさあふれる絶品短編23。

川上弘美著
どこから行っても遠い町
二人の男が同居する魚屋のビル。屋上には、かたつむり型の小屋――。小さな町の人々の日々に、愛すべき人生を映し出す傑作小説。

筒井康隆著
ヨッパ谷への降下
―自選ファンタジー傑作集―
乳白色に張りめぐらされたヨッパグモの巣を降下する表題作の他、夢幻の異空間へ読者を誘う天才・筒井の魔術的傑作短編12編。

筒井康隆著
愛のひだりがわ
母を亡くし、行方不明の父を探す旅に出た月岡愛。次々と事件に巻き込まれながら、力強く生きる少女の成長を描く傑作ジュヴナイル。

筒井康隆著
ダンシング・ヴァニティ
コピー&ペーストで執拗に反復され、奇妙に捩れていく記述が奏でる錯乱の世界。文壇の巨匠が切り開いた前人未到の超絶文学！

舞城王太郎著
阿修羅ガール
三島由紀夫賞受賞
アイコが恋に悩む間に世界は大混乱！同級生は誘拐され、街でアルマゲドンが勃発。アイコはそして魔界へ!?今世紀最速の恋愛小説。

舞城王太郎著
スクールアタック・シンドローム
学校襲撃事件から、暴力の伝染が始まった。俺の周りにもその波はおし寄せて。書下ろし問題作を併録したダーク&ポップな作品集！

舞城王太郎著
ディスコ探偵水曜日
（上・中・下）
奇妙な円形館の謎。そして、そこに集いし名探偵たちの連続死。米国人探偵＝ディスコ・ウェンズデイ。人類史上最大の事件に挑む!!!

新潮文庫最新刊

小野不由美著
風の万里 黎明の空（上・下）
―十二国記―
陽子は、慶国の玉座に就きながら役割を果たせず苦悩する。二人の少女もまた、泣いていた。いま、希望に向かい旅立つのだが――。

星野智幸著
俺　俺
大江健三郎賞受賞
なりゆきでオレオレ詐欺をした俺は、気付くと別の俺になっていた。やがて俺は果てしなく増殖し……。大江健三郎賞受賞の衝撃作。

白石一文著
砂の上のあなた
亡父が残した愛人への手紙。それは砂上の出会いから続く「運命」の結実だった。果てなき愛への答えを示す、圧倒的長篇小説。

太田光著
マボロシの鳥
舞台芸人チカブーによる今世紀最大の演し物「マボロシの鳥」。人類の愚かさと愛しさを描き、世界の真理に迫る、希望の物語。

井上ひさし著
一週間
昭和21年早春。ハバロフスクの捕虜収容所に移送された小松修吉は、ある秘密を武器に当局と徹底抗戦を始める。著者の文学的集大成。

角野栄子著
ネネコさんの動物写真館
お母さんの動物写真館を継いだ29歳のネネコさんの非日常的日常。『魔女の宅急便』の作者が大人の女性に贈る、やさしい恋の物語。

新潮文庫最新刊

松本清張著
松本清張傑作選
憑かれし者ども
―桐野夏生オリジナルセレクション―

甘美な匂いに惹かれ、男と女は暗闇へ堕ちてゆく。鬼畜と化した宗吉。社長秘書の秘められた貌。現代文学の旗手が選んだ5編を収録。

松本清張著
松本清張傑作選
戦い続けた男の素顔
―宮部みゆきオリジナルセレクション―

「人間・松本清張」の素顔が垣間見える12編を、宮部みゆきが厳選！ 清張さんの〝私小説〟は、ひと味もふた味も違います――。

吉川英治著
三国志（五）
―孔明の巻―

曹操に敗戦し劉表に命を狙われた劉備は、逃げ延びた先で軍師、徐庶に出会う――。諸葛孔明、いよいよ登場。邂逅と展望の第五巻。

吉川英治著
宮本武蔵（三）

宍戸梅軒、吉岡清十郎、さらに伝七郎。次々と向けられる剣先に武蔵は――。又八vs小次郎、お通・朱実の恋路、興奮高まる第三巻！

阿川佐和子著
残るは食欲

季節外れのローストチキン。深夜に食すホヤ。とりあえずのビール……。食欲全開、今日も幸せ。食欲こそが人生だ。極上の食エッセイ。

よしもとばなな著
人生のこつあれこれ２０１２

10年間続いた日記シリーズから一新。波瀾万丈な1年間の学びをつめた、あなたと考える人生論エッセイ。ミニボーナスエッセイ付！

俺《おれ》　俺《おれ》

新潮文庫　ほ－15－2

平成二十五年 四月 一日 発行

著者　星《ほし》野《の》智《とも》幸《ゆき》

発行者　佐藤隆信

発行所　株式会社 新潮社

郵便番号 一六二―八七一一
東京都新宿区矢来町七一
電話 編集部(〇三)三二六六―五四四〇
読者係(〇三)三二六六―五一一一
http://www.shinchosha.co.jp

価格はカバーに表示してあります。

乱丁・落丁本は、ご面倒ですが小社読者係宛ご送付ください。送料小社負担にてお取替えいたします。

印刷・大日本印刷株式会社　製本・憲専堂製本株式会社

ISBN978-4-10-116452-6 C0193